脚本・岡田惠和
ノベライズ・蒔田陽平

新装版
最後から二番目の恋

扶桑社文庫
0848

本書はドラマ『最後から二番目の恋』のシナリオをもとに小説化したものです。

小説化にあたり、内容には若干の変更と創作が加えられておりますことをご了承ください。

なお、この物語はフィクションです。実在の人物・団体とは関係ありません。

本書は2014年5月に扶桑社より刊行した文庫『最後から二番目の恋』の新装版です。

第1話　寂しくない大人なんていない

　薄暗い間接照明に浮き出され、ワイングラスに映った友の大口を開けた笑い顔を見ながら、吉野千明《よしのちあき》は冬空のなか露天風呂にでもつかっているような気分になっている。ぽかぽかと暖かで、とっても心地がいい。ここを出ると、凍てつくような冷たさに身をさらさなければいけないとわかっているからこそ、このぬくもりはありがたかった。

　ゆとり世代の新人編集部員をネタにした荒木啓子《あらきけいこ》の〝すべらない話〟が終わると、今度は水野祥子《みずのしょうこ》が新たにプロデュースすることになったバンドのCDを配り始めた。

「新人バンド？　うわ、頭悪そう」

　ジャケットを一瞥《いちべつ》するや毒舌をふるう千明を、「頭なんかどうでもいいのよ。才能あるし、かわいいんだから」と軽く受け流した祥子は、「それより、ついにきたわよ」とふたりに向かって声をひそめる。「この子たちの親、私と同じ歳。私、この子たちに『おかん』って呼ばれてんのよ、どうなの？」

「あぁ、そういう年だよねえ……」と千明はしみじみと頷いた。「私、今度でドラマ作るの最後かも。いつまでも現場にいられると思うなって言われた。下が育たないって……」

千明はＪＭＴテレビという民放テレビ局でドラマプロデューサーとして働いている。ドラマブームのころに入社した、まさにドラマが世の中を動かしていた時代のテレビウーマンである。自分が流行を生み出す快感も知っているし、それなりの修羅場も経験した。それゆえ、今の若いスタッフたちの、自分の意見や、やりたいことよりも周りの空気を読んで、とにかく楽しくモノをつくりたいという考え方にはイライラするし、つい説教じみたことも言ってしまう。それで煙たがられているのも知ってはいるが、だからといって迎合する気はさらさらない。

それは音楽業界にいる祥子も、出版業界の啓子も同じで、彼女たちは溜まったストレスを、似たような環境にいる気の合う友との飲み会で思い切り発散することで、どうにかこうにか踏ん張っていた。

モノづくりの現場から、人を管理し、育てることへと仕事をシフトしていかなければいけない。わかってはいるが、やはり寂しい……。

しんみりした場の空気を変えようと、啓子が別の話題を振った。

「前にさ、三人で老人ホーム入ろうって話したじゃない？　でもさ、あれ無理だと思うんだ。なんかほかの人たちと私たち、折り合いが悪い気がするしさ……ほかの人たちには、子どもとか孫とか来るのに、私たちだけ誰も来ないいっていうのも何だかさって感じだし。だから、老人になってからじゃなくて、早めにこういうところに、三人で一緒に暮らすのはどうかなと思ってさ」

啓子が広げた雑誌を千明と祥子が覗き込む。それは〝田舎の古民家で暮らそう〟という特集だった。「鎌倉なんかよくない？」とふたりをうかがう啓子を、すぐに千明が否定する。

「いやいやいや、ないよ、ないない。鎌倉なんてお寺と海しかないじゃん。すぐ飽きるってそんなの。無理無理。私、都心じゃないと暮らせない。それにさ、古い家でしょ。大変だってば。壊れるし、冬は寒いよ。絶対、無理無理」

「ま、ちょっといい感じではあるけどね。実際となるとなかなか大変かもね」

祥子にもそう言われ、「そうかぁ……」と啓子は残念そうに雑誌をしまう。

「でも、三人でっていうのは……いいよね」

「そうだよね」と千明のフォローにふたりが微笑む。

寂しくない大人なんているだろうか。

寂しいから、不幸せなわけでもない。

人はひとりで生まれてきて、やがてひとりで死んでいく。

つまり人生ってやつは、もともと寂しいものなんじゃないのか――。

ふたりの笑顔を見ながら、千明はふとそんなことを思った。

年の瀬の慌ただしい職場を出ると、冷たい風が首筋をなでる。長倉和平《ながくらわへい》はコートの襟を直し、携帯を耳に当てた。娘に帰宅を報告し、その素っ気ない応答に少し寂しくなる。待ち受け画面の娘の笑顔に思わずつぶやいた。

「つまんないよな、父親なんて……」

「なんだ、えりなちゃんか。彼女かと思いましたよ」

いつの間にか追いついて背後から携帯を覗き込んでいた部下の田所《たどころ》が、そんな軽口を叩く。

「再婚とかすればいいじゃないスか、課長。まだ間に合うでしょ？」

「何だよ、まだ間に合うって。死んだカミさんよりいい女なんていないだろ」

「ハハ」と軽く受け流し、田所が言う。「でも、寂しくないんですか？」

和平は肩をすくめると、田所のうしろからわらわらとやってきた観光推進課のみんなに声をかける。「飲みすぎるなよ、お前ら。寒いから、帰り風邪ひくなよ」

部下たちは「はい！」と元気に返事をし、楽しげに夜の鎌倉の街へと消えていく。

「……寂しくない大人なんか、いないって……」

『私に会いたい人、横浜駅の駅前広場に来てくれますか。目印はバナナです。朝まで一緒にいてください』

二十回撮り直してようやくできたアイドルスマイルの自撮り写真にそんなメッセージを添え、長倉万理子《ながくらまりこ》は出会い系サイトの掲示板に送信する。一時間後、横浜駅の駅前広場にはさりげなさくバナナを持った男たちが数人、間抜けヅラをさらしていた。

「六……七……八……八人……」

黒ずくめの服装でフードを目深に被り、少し離れた場所から待ち合わせ場所をうかがっていた万理子は、満足そうな笑みを浮かべると、立ち上がって改札へと向かった。

これで今夜はゆっくりと眠れそうだ。

カフェのテラス、柵に寄りかかり海風に吹かれている女性がひとり。四十代半ばくらいか、夜の海にポツンと光る船の明かりをぼんやりと眺めている。長倉真平《ながくらしんぺい》はその女性に目を留め、じっと見つめた。

やがて視線に気づいた女性が警戒心をあらわにする。警戒を解くように、真平はにっこりと笑った。邪気のない、白い歯の笑顔。

「なんか俺にできることないかなぁ」と真平は女性に近づく。

「え？」

「いや、どうせいつか死ぬなら、ひとりでも多くの人を幸せにしたいなと思って」

「……じゃ結婚して」

「ごめん、結婚は無理だ……」

「じゃ明日の朝まで一緒にいて」

最初の冗談めかした言葉ではない、切実な思いが宿っている。

「いいよ」

浅黒い肌、野性味たっぷりで彫りの深い顔だちに、また笑みが広がった。女性は信じられないという表情で、真平を見つめる。

「名前は？」

「……はるみ」

「行こうか、はるみ」と真平は女性の肩を抱いた。


パーテーションで仕切られたスタッフルームで、千明の堪忍袋の緒は今にも切れそうだった。唯ひとり信頼するフリーの女性AP（アシスタントプロデューサー）の三井《みつい》に、すがるように尋ねる。「どうなってんの？……ねえ、三井さん。締め切りを何だと思ってんの？　あの子は」

「さぁ。連絡はしてるんですけど、返信ないですね。電話も出ないし」

デスクで携帯をいじっていた若手プロデューサーの武田《たけだ》が面白おかしく報告する。

「ツイッターによると、昨日の夜、テレ日《にち》の人とスペイン料理食べに行ってますね。あまりのおいしさに、もう病みつきです。ついお酒も進んでしまいます。うふ……って」

「脚本家の文章か、それ。腹立つわ」と千明は頭をかきむしる。

そのとき、パソコンの前に張りついていたセカンドＡＰの飯田《いいだ》が千明に向かって声を上げた。

「来ました、原稿」

「つまんなかったら殺す……早くプリントアウトして。三井さん、この子どこ住んでるんだっけ」

「西麻布です」

「生意気……。飯田、すぐ呼んで。すぐ打ち合わせするから」

飯田がその旨をメールすると、すぐに脚本家の栗山《くりやま》ハルカから返信があった。

『え〜〜すぐですかぁ』——メールを見た千明のこめかみの血管が浮き上がる。

一時間後、原稿を読み終えた千明の顔は、般若に変わっていた。打ち合わせのために会議室へと向かいながら、隣を歩く三井に尋ねる。「三井さん、これ、つまんないよね。私がわからないだけなのかな？　年なの、私？　そうなの？」

三井は「さあ」と肩をすくめる。年は千明よりも十ほど下だが、長年サポート役として現場を回してきただけあって、精神的にはずっと大人だった。

「でも、美人脚本家先生、今、人気ですからね。役者さんたちとも交流が広くて、今回も直接お願いして主演ＯＫもらってますし……局は大切にしてるんじゃないですかね……だから、なるべく怒らせないように」

「……わかってます」

「若いスタッフも怖がってるし、あなたのこと」

「そうなの？　なんで？」

「面倒くさいし、しつこいし、打ち合わせ長いし……すぐキレるからじゃないですか」

「……それって、仕事熱心っていうことじゃないの？　違うの？　命懸けてるっていうかさ」

「四十五の女だと、そうは取ってもらえないんじゃないかしら」

「わかった」とため息交じりに千明が言う。「穏やかにやればいいんだよね、穏やかに……じゃないと、下はついてこないもんね」

会議室の前に来ると、若い子たちの楽しげな声が漏れ聞こえてくる。千明の眉間にしわがギュッと寄る。そんな千明を三井がにらむ。

「わかってます」と笑顔をつくって、千明はドアを開ける。その瞬間、それまでの和やかだった空気が一変し、緊張感と気まずさに会議室は支配された。

「何？　何の話してたの？　ずいぶん楽しそうだったけど……ん？」

さりげなさを装った千明の問いに会議室の空気はさらに重くなる。

「何よ、教えてよ……武田」

「あ、いえ、全然大した話じゃないっスよ。そんな、千明さんに言うほどのもんじゃ……はい」

「……そっか……そうだよね。うん、じゃあいっか……うん……始めようか、ね」

千明はファッション誌の読者モデルのようなモテメイクをしたハルカに向かって笑顔をつくり、頭を下げた。「お疲れさまでした」

「ありがとうございます」

「とりあえず、全体の感想を言わせてもらっていいかな。えっと、全体的によく書けてるっていうか、テンポがいいっていうか、うん……って感じがしました」

千明の言いたいことがよくわからず、ハルカは「はぁ」と首をかしげる。

「うん……えっと……えっと……」

千明はため息をつくと、苦笑を浮かべる。「ダメだ、やっぱり。調子が出ない。

自分流にやらせてもらうね」

「？　あ、はい」

「えっと……まったく笑えないし、まったく泣けなかった。……何もない」

「……え？」

「まぁ、それとさ、基本的なことなんだけど、原稿待たせすぎ。なかにはさ、原稿遅いのがカッコいい伝説みたいになってる先輩がいてさ、そういうのいいなって思ってるかもしれないけど、遅くていいことなんか何もないんだよね。多くの人間がムダな時間を使うしさ、効率は悪くなるし、準備期間は短くなるしでさ、何ひとつとしていいことなんてないわけ。ただね、遅くてもさ、いやいや参りましたっていうのがくればさ、許すよ。許しちゃう。私たち、結局のところさ、ドラマが好きでやってるからね。いい台本きたら、やっぱり許しちゃうんだよね。これを書くのはそりゃ大変だったろうみたいにさ……。でもさ、遅くてつまんないのはホント最低。まだ、早いけどつまんないほうがいいよ。考える時間があるからね、みんなで。……これは最低。職業的雰囲気だけ脚本家にならないでね、先に。わかる？」

ハルカはすでに顔面蒼白になっている。誰も怖くてハルカを見られない。しかし、千明はなおも続ける。

「私さ……私は……本当にドラマが好きなのね。誇りも持ってるし、テレビドラマにさ。だからさ、こういう、恋愛ドラマってこんなもんでしょ、みたいな台本読むとさ、ホント腹立つんだよね。命削って書いてんのかって話だよ、ホントに。悔しかったらさ……」

そこまで言うと、不意に千明は目まいを感じ、頭を押さえた。さらに急激な嘔吐感に襲われる。それでもどうにか話を続けようと、口を開いた。しかし、ハルカに向かって飛び出したのは、言葉ではなく昼に食べたペペロンチーノだった……。

「で、何だったの？　妊娠？」

話を聞き終えた祥子が千明に尋ねる。打ち合わせの惨劇から数日後、いつものようにお気に入りの飲み屋に集まっていた。

「違う。妊娠するわけないもん。エッチしてないんだから、長いこと」

「じゃ、あれだ。更年期だ……ね」と啓子。

「……そういうことらしい」

しぶしぶ認める千明に、「ああ、あったな、私も」と祥子が頷く。

「私、まだ」

「くるよ、そのうち……たまらないね、あれは。そのあとのことは、よく覚えてないんだけどさ……どうやら、その脚本家に向かって、吐いたらしい……」

「うわ……それ、嫌がらせ？」

「わかんない。でも、ひょっとしたらね。腹立ってたからさ、うん」

「でも、わかるねえ」と祥子がしみじみ頷く。「なんかさ、自分が部屋に入ってくとさ、空気変わる感じ？　今まで楽しそうだったのにさ」

「しょうがないんじゃない」と啓子はクールだ。「だって私たちだってさ、若いころ四十五くらいの先輩ってイヤだったもん。うっとうしいしさ。特に自分は若いと思ってる人ほどイヤだったよね」

痛いところを突かれ、千明は絶句する。自分にも跳ね返ってくるのによくもまぁ……こういうところが啓子らしい。千明が黙ったので、「そうね」と祥子が返す。

「特に女の先輩はイヤだったね」

「死ねババア、古いんだよとか言ってた気がする、裏で」

千明の言葉に、ふたりは強く頷く。千明は「はぁ〜」と深くため息をついた。

「言われてるんだね、私たち」

どんよりとした空気があたりを包む。千明は何だか泣きそうになってきた。

「いや、でもさ、本当につまんない台本だったんだよ」

「かわいいわけ？　その若い先生は」と啓子が再び観察者の目で尋ねる。

「え？　まぁ……そう言われてるみたいだけどね。まぁ、かわいいんじゃない？」

「それもあるんじゃないの？　若くてかわいいっていうのも、腹立つ原因のなかに」

「え？　いや、それは……ちょっとは……あるかもしれないけど」と言葉を濁す千明に、「あるよね、それって」と啓子が畳みかける。

「いや、でも、それはそれで別の問題っていうかさぁ」

「仕事はどうなってんのよ、それで」と祥子が尋ねる。

「いや……私は外されるのを覚悟してたんだけど、それはないみたい。進んでるよ、ワタシ抜きで。……なんか順調みたいよ。みんなで、まるで映研みたいなノリで、台本作ってますとか、楽しそうに若い子が報告してきやがった」

「あぁ……なるほど」と祥子と啓子が同時に頷く。

「いなくていいわけ？　私は……もういないほうがいいわけ？　ねえ」

さらに空気が重くなる。

「いや、ごめん。なんかあまりにも自分に返ってくるものが多いので、返事したくない」と、ようやく啓子が答え、「私も」と祥子が頷く。

「思ったんだよね、私……倒れてさ、病院連れていかれて……夜、病室でさ、思ったんだ……家族いないんだって。田舎には親も兄弟もいるけどさ……家族つくらなかったんだな、私はって……なんか、思ったんだ」

「……なんで連絡してこなかったのよ」と啓子が友人の目で訴える。

「ごめん。だって病気とは違うしさ……あ、それでさ、思ったわけ。こないだの話、あれ、やっぱりいいなって……ほら、鎌倉の古民家で三人で暮らすっての」

「あぁ」と啓子が頷く。

「調べたんだけどさ、暇だったから。古民家みたいなのだとさ、わりと安く手に入るらしいよ。それにほら、結局、私たちって昭和の人だからさ、落ち着くんだって。子どものころ住んでた家みたいな感じがして」

「なるほどね。わからないではない」

「でしょう?……でもさ、いい物件はすぐになくなっちゃうみたい。だから、今から押さえておくくらいのほうがいいと思うんだ……で、私さ、ちょっと時間あるからさ、見てくるわ。うん、そうしよう。いいのがあったらさ、先に住んでもいいじゃない。鎌倉なら通えるしね、全然。年取ってから新しいところに引っ越すのキツいしさ。うん、そうしようか。ね、そうする」

まくしたてるように語り、ひとりで勝手に了解している千明をふたりが怪訝そうに見つめる。

「ん?……どうかした?」

「……いやに積極的だね、千明」

「そうね」と祥子も啓子に同調する。「どっちかっていうと、三人のなかでは一番往生際が悪いっていうか、男全然あきらめてないっていうか、現役オーラ出してたのに」

「なんかあった？　まさか、それくらいの仕事のことで傷ついたってわけじゃないでしょ？　そんなタマじゃないわよね？」

鋭い啓子の指摘に、千明は観念した。「……いや、わかんないんだけどさ……わかんないんだけど……まだ、ハハ……あの……あのさ……ないんだよね」

「何が？」と祥子が尋ねる。モジモジしたままなかなか答えられない、千明らしからぬ様子を見て、啓子はようやく思い当たった。「生理？」

千明は切なそうに頷く。祥子が驚いて、千明を見る。

「え？　終わったってこと？　閉じたの？　閉経？」

「閉じたってそんな言い方……」と千明は祥子を軽くにらむ。「わかんないんだけどね……ハハ……そうかも……ハハ……わかんないけどね、ハハ」

祥子と啓子は顔を見合わせる。「私、まだ」「私も」そして同時に頭を下げた。

「長い間、お疲れさまでした」

「いや、だからわかんないわよ、まだ……わかんないわよ……わかんないの！」

力の抜けた笑顔が泣き顔に変わっていく。そんな千明を、祥子と啓子はやさしく抱きしめるのだった。

海沿いをゆっくりと江ノ電が走っていく。窓の外に広がる鈍色《にびいろ》の海を、千明がまぶしそうに眺めている。太陽が波に反射し、まるで光が沸騰しているようだ。なんだか気分がよくなって、鼻歌なんかが出る。

やがて、短いトンネルを抜けた江ノ電は、窓際を木々や住居が迫る細い路地へと突っ込んでいく。スリリングで独特な車窓からの景色に、千明は思わず身を乗り出す。電車が通りすぎると、当たり前のように線路を横切って自分の家へと入っていく人たちがいる。おばあちゃんが線路沿いの花に水をあげている。

なんか、いいなぁ……と千明は過ぎていく景色を振り返る。

極楽寺駅で降り、千明はほどよい自然のなかに築かれた古き良き鎌倉の町並みを散策していく。

「……いいねえ……」

イメージのまんまの、趣《おもむき》のある古民家が点在している。千明はそういう家を見つけると、携帯を取り出し、写メを撮る。塀から身を乗り出すようにしてパシャパシャと。

「課長、極楽寺の一条《いちじょう》さんです」

受話器を手で押さえた田所が、少し楽しげに和平を振り返る。和平は「なんで俺に回すんだ」と田所をにらみつけながらデスクの電話をとる。用件を聞いたあとも五分ほど話に付き合わされ、ようやく和平は電話を置いた。

「どうしたんですか?」と最も若い課員、大橋知美《おおはしともみ》が尋ねる。

「ひとの家を覗いたり、勝手に写真を撮ってるバカ女を何とかしろという苦情だ」

「バカ女って何ですか課長、それ問題だと思いますけど」

「一条さんがそう言ったんだよ。だからそのまま伝えたんだ。そのほうがクレームの温度やニュアンスがわかるだろ」

釈然としない知美は、冷たい視線を送る。

「それとな、最近ほら、長谷や北鎌倉あたりの古民家を改築して移住してくる人が増えただろ。それを怒ってるんだよ。古民家ってのはさ、古いだろ? 古いってことはさ、今まで暮らしていた家のようにはいかないわけだ。音は漏れるし、声は聞こえるし……」

知美の目がさらに冷たさを増す。

「え? 違うよ……声ってべつにいやらしい意味じゃないよ。誤解するなよ」

冷たさが軽蔑へと変わった。

「とにかく、今まで住んでいた都会よりは静かな場所だ。お年寄りも多い。夜は早い。家と家との距離も近い。そこでいろんなトラブルが起きてるわけだ……な」

「でも、それって観光推進課の仕事なんですかね」と田所が疑問を呈する。

「でも仕方ないだろ。お前、この間の観光案内マップに古民家のこと書いたろ？」

「あ、いや、でもあれは……紹介しただけで……」

「同じだよ、同じこと……市民からしてみればな……ま、頑張ろうや」

そう言うと和平は、デスクに戻り、何やらゴソゴソしはじめた。

「……よし、できた」

顔を上げた和平が課員たちに見せたのは、『私有地の撮影はやめましょう』という文字と大仏を模したゆるキャラが描かれた立て看板だった。満足そうな和平を、課員たちは残念な大人だとでもいうような冷めた目で見つめる。


古い木造家屋の前、一条が見守るなか、和平が立て看板を設置している。

「鎌倉に住んでると勝手に家の写真を撮られたりしなきゃいけないのかね。それに古くて素敵とはなんだ。だいたい古民家という言い方はなんだ。人が住んでる家に対して。失礼極まりない」

「おっしゃるとおりです。申し訳ありません」

「悔しいからな、証拠写真をこっちも撮ってやった」と一条が携帯を取り出した。

おぼつかない操作を見かねて、和平が手助けしてあげる。「あ、出ましたよ」

画面には塀から身を乗り出して携帯を掲げている女性がぼんやりと写っている。

「あぁ、なるほど。多いんですよねえ、こういうのが」

和平は携帯を返すと、看板の位置を修正し、一条に向き直った。「できた。これでどうでしょう。少しは効果があるかと」

「悪いね」

「いえ、とんでもございません。これからも何かあったら、いつでも」

「ときに長倉さん、あんた独身だったね。これ、あんたにやる」

そう言うと一条は、隠し持っていたアダルトな雑誌を和平に押しつけた。

「は？　いやいやいやいや、こういうの私は」

「いいんだいいんだ、わかってる。嫌いな男はいないんだから」

「いやいや、そんな」

「バレちゃったんだよ、ばあさんに。今度見つかったら大変だからな。頼むから持ってってくれ」

と一条は無理やり和平のコートのポケットに雑誌をねじ込んだ。

「はぁ、どうも……」

路地の突き当たりに、その古民家はあった。入り口の小さな鉄製の門扉には『売り家』の看板がかかっている。鍵がかかっていないのを幸いに門扉を抜け、千明は敷地内へと入っていく。手入れがされていない庭はかなり荒れていたが、いい感じにこぢんまりとしていて、これなら整えるのもそれほど難しくはないだろう。家の中は暗くてよく見えない。が、黒ずんだ板壁が年季を感じさせ、これぞ古民家という風情を醸し出している。裏に回ると縁側にやわらかな陽だまり。そこにノラネコが一匹、気持ちよさそうに眠っている。千明の心にビビッと衝撃が走る。

「……ここだわ……」

千明は携帯で写真を何枚か撮り、それを祥子と啓子に宛ててメールした。しかし、なかなか返事が来ない。イライラしながら外に出ると、小学校五、六年くらいの女の子が向こうから歩いてくる。大人びた雰囲気の美少女だ。女の子は千明の前を通りすぎ、隣の家に入っていった。

よくよく見ると、隣もかなり素敵な古民家である。しかも、一階はカフェになっているようだ。『ながくら』と小さな看板が掛けられている。このまま外で返信を待っていても……と思い、千明は中へと入っていった。

「……どうもぉ……やってますか?……」

店内は民家の趣を残す内装になっており、カフェに来たというよりも知り合いの家に遊びにきたような気分になる。そういう狙いなのだろう。

「どうも、いらっしゃい」

満面の笑みで千明を迎えたのは、この店のオーナーの真平である。

枯れたおじさんのマスターを勝手に想像していた千明は、突然現れたワイルド系のイケメンにビビる。「あ、ど、どうも……やってます？」

「はい、どうぞ」

千明はひととおり店内を眺め、外のテラス席へと出た。

「外でいいんですか？」

千明が頷くと、真平がストーブに火をつけながら注文を聞いた。

「あ、ソイラテなんかあったりします？」

「あったりします。ちょっと待っててくださいね」

そこにさっきの女の子が顔を出した。「ハルんち行ってくる」

「おう、気をつけてな」と真平が送り出す。

「美少女ですね……お子さん？」

「え？　あぁ、えりなのことかな。ハハ……いやいや兄貴の子です。俺はまだ独身……この世界の女性たちを、もっとたくさん幸せにしなくちゃならないんで」

ちょっと言ってる意味がわからなかったが、「ですよねぇ」と笑ってみる。

「はい、そうなんです。なんかもし俺にできることあったらしますよ、何でも」

「何でも?」

「はい、何でも」と真平は白い歯を見せる。「名前は?」

「あ……吉野です」

「下の名前」

「あ……ちあき……です」

「何でも言って、ちあき」

「ハハ……ありがとう」

そのとき、千明の携帯が鳴った。啓子からだ。真平は笑顔で奥へと消える。

「メール見た。あれ本気だったたんだ?」

「ねえ、決めるよ。いい?」

「無理無理。だって私、マンション更新したばっかだし」

「は? ちょっと何よ、それ……もしもし?」

「ごめん、打ち合わせ入るから。またごはん行こうね。じゃあね」

千明は切られた携帯を呆然と見つめた。「……信じられない」

嫌な予感がして、すぐに祥子にも電話をかける。予感は当たった。「ごめん、あれ本気だったんだ。びっくり」いきなりそう返され、脱力する。

「いや、こないだはさ、とても言える雰囲気じゃなくて言えなかったんだけど……ちょっと今、男と一緒に暮らすか、みたいな感じになっててさ……ごめ～ん」

携帯を切り、「サイテー」とつぶやいたところに真平がドリンクを持ってきた。

「お待たせしましたぁ」

「ハハ……ちあき面白いね。いいね、かわいくて面白いなんて」

「え？　いやいやいや。まいったなぁ……あの、住み心地どうですか？　古民家」

「ここ？　俺は生まれたときからここに住んでるからね。古民家っていうか、住んでる家が古くなっただけの話で」

「あ、そっか。そうだよねぇ」

「あ……隣、見にきたんだ。住むの？」

「あ、いや、まだそこまでは……素敵だなってちょっと思ったり、みたいな？」

「なんだ、おいでよ、ちあき。お隣さんになろうよ。楽しいじゃん、ね」

「え？　そ、そうですかぁ？　ハハ」

「うん。俺、ちあきが喜んでくれることなら、何でもするからさ」

「え？……」

目の前には三十代の男の分厚い胸板……千明はゴクリと生唾をのむ。一瞬、妄想の世界に飛んだ自分に千明は頬を染め、照れ笑いでごまかす。

「ハハハ……ありがとう……でもねえ、一緒に暮らすはずの友達に裏切られてしまいましてね、ハハ……トホホなわけです」

「そうなんだぁ……」と本気で残念そうな真平に、千明は少し感動してしまう。

店を出た千明は、売り家の看板の掛かった古民家の前を、檻の中のクマのようにウロウロする。祥子と啓子に裏切られた今、ここに住むという選択肢は消えたかと思ったのだが、真平の笑顔がちらつき、どうしてもあきらめきれない。とりあえず看板にあった不動産業者の電話番号をメモし、千明はきびすを返した。


和平が海岸のゴミや流木を拾い集めている。流木の下に小さなピンク色の貝殻を見つけ、それを手にとる。と、背後で声がした。

「あ、桜貝……きれい」

振り返ると、和平が集めた桜貝を見知らぬ女性が覗き込んでいる。「あ、これですか？」と思わず和平は尋ねていた。

千明は頷き、「きれい」と桜貝の一つを手にとる。「今は東京なんですけど、長野生まれなんで、きれいな貝を拾うみたいなの、ちょっと憧れちゃうんですよね」

「そうですか……」と和平は、ちょっと好感を抱いたように千明を見つめる。

「いいところですねえ、鎌倉」

「ありがとうございます」と礼を言われ、千明は和平が首から下げている市役所職員を示すＩＤカードに気がついた。

「ご苦労さまでございます。こんなことまでするんですね、市役所の人」

「何でも屋ですね。鎌倉のためになることなら、何でもやります」

誠実な笑顔に、千明も好感を抱く。

「こういうポスター作ったりも？」と千明は砂浜に置きっぱなしにされた和平お手製の看板を指さす。

「あ、それは苦情をいただいて、作ったんですけどね。最近多いんですよ。あの、なんて言うんですかね、独身の女性で、そうですね、四十とか四十五過ぎて、もう結婚とか男とかあきらめて、それでエコだロハスだとかって、鎌倉の古民家なんかに引っ越してくるのが。そうすれば人生変わるんじゃないかなんてね。何を考えているんだか……人生、そんな甘いもんじゃないですよ」

最初の好印象は吹っ飛んでいた。千明は内心の怒りを押し殺し、冷静に言った。

「そういう人ばっかりじゃないと思いますけど」

「いやいや実際多いんですって。そういうおばさんのトラブルが」

「ずいぶん偏見があるんですね。中年の女性に」

声に怒りを感じ、「え？」と和平はあらためて千明を見つめる。

ん？　その顔と雰囲気、つい最近どこかで見たような……。

「……あれ……どっかでお会いしましたっけ？」

「はぁ？　ないと思います！」

「はぁ……あ、あれ？　なんか今、安いナンパ男みたいになっちゃいましたけど、違いますよ。私はそんな安っぽい男じゃないんで」

「そうですか」と千明は冷たく一瞥をくれる。と、ポケットからはみ出ている雑誌が目に入った。あきれたような千明の視線に気づいた和平は激しく動揺する。

「あ、いや、これはですね、あの私じゃなくて」

「いえいえ、そんないいですよ。私も小娘じゃありませんし、わかります」

「いやいや、わかりますじゃなくて」

「私にそんな言い訳しなくてもいいじゃないですか……では、失礼します」

去っていくうしろ姿を見ながら、ようやく和平は、千明が一条の写メした女性だということに気がついた。

「……何なんだ、いったい」

役所の車に戻った和平は、何げなく手にした雑誌を広げる。ついつい夢中になって見ていると、何やら視線を感じ、顔を上げた。

道路の向こうで、友達と一緒のえりなが和平をにらみつけていた。

「……えりな……」

心の底から軽蔑したような表情を浮かべると、えりなは背を向け、去っていく。

「あ、おい、えりな……」


カフェ『ながくら』は長倉家のリビングを兼ねている。日曜の朝、和平が海岸の散歩から帰ると、真平が開店準備をしているところだった。「お帰り。いいのあった？」

「まぁな」と答えて、和平は拾ってきた桜貝を奥の棚のガラス瓶に入れる。

「兄貴、今日暇なんだろ？　店手伝ってよ」

「やだよ。なんで休みの日まで観光客のために働かなきゃいけないんだよ」

「はいはい。わかりました」

「……イヤミで言ってるんだから、素直に聞くなよ、お前」

「素直だからね」といつもの笑顔になる真平を、和平は少しつらそうに見つめる。

そこに、えりなが帰ってきた。

「あれ？　どこ行ってたんだ、えりな」

「コンビニ。いやらしい本は買ったりしてません」

「⁉……何度言ったらわかるんだ、あれはな……」

えりなは無視し、真平にコンビニ袋を渡した。「はい、真兄ちゃん」

「サンキュ。あ、えりな、やっぱその服似合うね」

「ありがと」

「お、ホントだ」と話に加わろうとする和平をひとにらみで黙殺すると、えりなは自分の部屋へと戻っていった。

「あらあら、思春期。兄ちゃん、ドンマイ」

入れ違いに寝起きで髪の毛を爆発させた万理子が、まだ半分夢の中のようにぼーっとした顔でやってきた。黙ってテーブルにつく万理子に、和平は顔をしかめる。

「おはようぐらい言えよ」

「……おはようございます。お世話になっております」

「なんだよ、それ……万理子、お前、また仕事やめたんだって。吉永《よしなが》さんのとこ」

「うん。やめてません」

「どっちなんだよ」

「やめたんじゃなくて、やめさせられました」

「なんで？」

「……店が陰気になるので」

それもそうかと納得してしまう自分が悲しい。やっぱり万理子には接客業はちょっとハードルが高すぎたかと、和平は自分の斡旋ミスを反省する。

「それに、その話題結構古いです。もう新しい仕事に移りました」

「あ、そうなのか？」

「そこも昨日でやめたというか、やめてほしそうな空気を察してやめました」

三十五にもなって一向に社会性を身につけようとしない妹に、和平はがっくりと肩を落とす。そのとき、勢いよくドアが開かれ、「おはよう！」とまた面倒なヤツが入ってきた。長倉家の長女、典子である。

四人きょうだいのうち、典子だけは早くに嫁に行き、今は夫とひとり息子の三人暮らしをしているのだが、最近は暇ができるとすぐに実家に帰ってくる。和平は詳しくは聞かないが、家では寂しい時間を過ごしているのかもしれない。

テーブルにつくなり、いきなり真平に朝食を要求する典子に和平が口をとがらせる。「腹減らして来るな。食ってこい、自分ちで」

「いいでしょ。ひとの作ったものが食べたいのよ。えりなは？」

「部屋」

「思春期だもんね。主に部屋だよねえ、ハハ」笑う典子《のりこ》に万理子が説明する。

「大きい兄ちゃんがエロ本を読んでるところに遭遇して、以来ろくに口もきいてもらえないみたいです」

「なんでそんなときだけ長くしゃべるんだよ、お前は」

「ま、しょうがないか、男だもんね。独身長いしね……うん、わかるよ」

「わからなくていい」

「鎌倉は健全な街だからねえ。遊ぶところとかないしねえ。その……なんていうかね……どこ行くの？　そういうとき。横浜？」

「何の話をしてんだよ、お前は。うるさいんだよ」

「何よ、うるさいうるさいって。一番ひとに文句ばっか言ってうるさいの自分じゃない。ねえ」

と典子は真平と万理子に同意を求める。

「あのな、俺はな、好きでこうなったわけじゃないぞ……お父さんとお母さんが死んで、そこからは俺がお前たちの親代わりにならなきゃいけなかったんだからな」

三人は同時に口を開いた。「はいはいはいはいはい……感謝してま〜す」

「……お前ら、ホントに感謝してんのか」と和平は苦笑する。

真平が朝食の準備のためにキッチンへと消え、三人がとりとめもない会話をしているとドアが開く音がした。典子が立ち上がり、入り口へと向かう。

入ってきたのは、千明だった。

「はじめまして、隣に引っ越してまいりました、吉野と申します。これ、つまらないものですが、お近づきの印に」と千明はお菓子の紙袋を典子に渡す。典子のうしろに立った和平が「ご丁寧にどうも」と挨拶を返す。「長倉と申します。よろしくお願いいします」

ふたりの視線が合い、「あ」と同時に声を上げた。

「どうしたの？　知り合い？」

「いや、べつに」

バツが悪そうなふたりを見て、典子は「せっかくだから」と千明を強引に中へと引っ張り込む。そのとき、真平が奥から出てきた。千明の表情がパッと輝く。

「あ……ちあき！　え？　引っ越してきたの？」

「はい！」

「あれ？　こっちも知り合い？」

「うん、友達。ね、ちあき」

「ん……あ……はぁ」とはにかむ千明を見て、和平がつぶやく。「なるほど」

「何がなるほど……なんですか？」

「いや、べつに」

と、いきなりシャッター音が響き、千明は驚く。

携帯を千明に向け、万理子が言う。

「もっと笑って」

「は？」

訳もわからず千明は携帯に向かって微笑む。再びシャッター音が響いた。万理子は写真を確認して、頷く。「ありがとう」

「あ……はぁ……」


「で、和平兄ちゃんは奥さん亡くして以来、独身男。えりなはひとり娘。私は嫁に……これが結構すごいんだけどさ、私、女子校のときに高校の先生と付き合っちゃって、で、バレちゃってさ、学校に。もう大騒ぎ。近くじゃマズいからって横浜のホテルとかでデートしてたんだけどさ、見つかっちゃって。それが、また」

どんどんエスカレートしていく典子の話に和平は眉をひそめる。店の中央に置かれた大きなテーブルで、千明を交じえての長倉家の朝食が始まっていた。

「おい、えりなの前でやめろ」

「何でよ、知ってるわよ、えりなだって。ね」

「有名だから」とえりなは頷く。「それに、べつに全然いやらしいと思わない。誰かと比べたら」

千明は父娘間に何があったのかを察し、大いにえりなに同調する。

「で、このふたりは双子」

「え？　双子⁉」と千明は驚きの表情で真平と万理子を見比べる。

「全然、性格は似てないんだけどね。あ、でも双子だからさ、なんかね、テレパシーみたいに通じ合ってるから、怖いよ……ま、以上かな」

「長々と説明いただき、ありがとうございました」

「で？」と典子は千明を見返す。「今度はあんたの話でしょ？」

仕方ないなというように、千明は簡単に自己紹介をする。

「へえ、テレビ局かぁ。ドラマねえ、すごいね」

「いえいえ、そんな」と千明が謙遜したとき、不意に携帯をいじっていた万理子が口を開いた。

「いくつですか？」

「え？　あ、年？」

万理子は頷く。千明は憮然《ぶぜん》としながら答える。「四十五……ですけど」

「……三つ下げるか」とつぶやき、万理子は携帯に何やら打ち込む。

「何月生まれ？」今度は典子が尋ねる。

「……三月ですけど」

「やった。私のほうが若い。学年も一個下だ」

「四捨五入すると五十ですね」といきなり和平が話に入ってくる。しかも、ものすごい乱暴な入り方だ。千明の感情のギアが一段、上がる。

「なんで四捨五入しなきゃいけないんですか」

「自分が五十だからじゃない」と典子が面白そうに言う。

「あぁ。一緒にしないでください。心外です」

「一緒ですよ。いいですか？　たしかに四十五と五十は五歳違いますよ。でもね、あなたは二十代のころ、四十五と五十が違うと思ってましたか？　そこまでいったら一緒だと思ってませんでしたか？」

千明が言葉に詰まるのを見て、和平は勢いづく。「でしょう？　七十五と八十だって五歳違うんですよ。でも似たようなもんだって思うでしょう」

「……なんでそんな勝ち誇ったような顔してるんですか」

「してませんよ」

「私にとっては全然違うんです、四十五と五十は。そこには大きな壁があるんです。五十なんて……ありえない」

「はぁ？　自分が五十になったらどうするんですか」

「なりませんから」

「ならない⁉　みんな、この人、年取らないんだって」

まるで子どものような応酬に、えりなさえあきれてしまう。

「ごめんね。お兄ちゃん、悪い人じゃないんだけど、いろいろあってこういう性格になっちゃったのよ……本当ごめん」と典子が笑いながら千明に頭を下げる。

「あやまるな」

「ねえ、ねえ、ドラマってどんなの作ってるの?」典子が話題を変えた。

「いや、言って知らないって言われるとヘコむんで、言いません」

「一個でいいから教えて、ね」

「……じゃあ、最近だと『モテキパラダイス』とか?」

「知らな～い」あっさりと典子に返され、「だから言ったよね」と千明はにらむ。

しかし、意外なところから反応があった。「『モテパラ』作ったんですか?」とえりなが興味津々に尋ねたのだ。

「え?　うん、そうだよ」

「知ってるの?　えりな」と典子。

「うん。全部見た」

「ありがとう」

「そんなもん、いつ見てたんだ、えりな」

「そんなもんって、ご存じなんですか？」と千明が和平に嚙みつく。

「いや、でも、タイトルがバカっぽかったんで」

「失礼な。だから五十代ってダメなんだよね。若者のことをまるでわかってない」

「なに若者の代表ぶってんだか、四十五のくせに」

「はぁ⁉」

またまたエスカレートしそうなふたりのバトルを、「ガン！」とテーブルを叩いて、えりなが静める。キッチンから真平が顔を出したので、典子が尋ねた。

「千明ちゃんは、真平ともう、なんだか、そんな感じの仲なの？」

「は？」

ポカンとする千明に対して、真平はあっけらかんと答える。

「ううん。まだだよ」

「あ、そうなんだ」

「……え？」

何なんだ、この会話は……？

千明は汚れた食器を手にキッチンへと戻る真平を怪訝そうな目で追う。大きな背中が壁の向こうに消えたと思ったら、ガチャンと大きな音がした。次の瞬間、弾かれたように和平と典子が立ち上がった。典子は「大丈夫⁉」とキッチンへと走る。

和平もひどく心配そうな表情に変わっている。

「ごめん。皿落としただけ」

「なんだぁ」

奥から典子と真平のそんな会話が聞こえてくる。今の光景に千明は違和感を覚えたのだが、それはすぐに頭から消えた。


夜風に乗って、千明の声が『ながくら』の店内まで流れてくる。友達に電話で波の音を聞かせようと窓を開けたらしい。

「でかい声だな……まったく」と和平はため息をつく。隣で真平が微笑みながらランプの手入れをしている。正面に座った万理子は、精密作業をするような真剣な表情で、シュガーポットに角砂糖を移している。

「え？　ああ、うん、いるよ、真平君でしょ？……なんか不思議な男の子なんだよね。なんだろね……ワイルドなのに癒し系みたいな感じかな……なんか、見てるとこっちまでうれしくなってくる笑顔なんだよね」

真平がうれしそうに笑い、和平は嫌な顔になる。万理子は携帯を手にとると、出会い系サイトを開く。好みのタイプの欄に『ワイルドなのに癒し系な男性』と打ち、それを今朝撮った千明の顔写真とともに送信した。

「なんかね、ちょっと救われるんだよねえ。近くにいると思うと、本当に。ただ、そのお兄さんってのが、何だか嫌な感じなんだよね。いちいち突っかかってくんの。もうね、最悪」

勝ち誇った顔の真平に、フンと鼻を鳴らすと和平は立ち上がった。棚の桜貝の瓶を手にとり、眺める。

「結構溜まったね」

「ん?……あぁ……まぁな」

「千明さんさ……ちょっと義姉さんに似てない?」

「はぁ?」と和平はあきれたように真平を見る。「全然違うだろ、顔も性格も。なぁ、万理子」

「……全然似てません」

「そうだよなぁ。冗談じゃないよ」

「そっか……何となく似てると思うけどな」

と、万理子が「おやすみなさい」と立ち上がった。

「おやすみ。万理子、腹冷やすなよ。あれして寝ろ。昔、俺が買った腹巻き」

「……して寝ます」

万理子が自分の部屋に消えると、真平も席を立った。「俺も寝るわ」

「おやすみ。お前もちゃんと暖かくして寝ろ」

「わかった……あ、あのさ。義姉さんのこと」

「兄ちゃんのせいじゃないだろ。わかってるって」

「おやすみ」

　ひとり残された和平は、桜貝の瓶を棚へと戻した。いつの間にか千明の電話は終わり、ごうごうと海鳴りの音だけが響いている。次の瞬間、和平は不意に猛烈な寂しさに襲われ、目を閉じる。つらさが治まるまで、和平はそこを動けなかった。


「古民家、寒すぎだって」

　コンビニで簡易カイロをしこたま買い込み、千明が家に戻ってきた。玄関のドアを開けると、小さくて黒いものが足元を素早く通りすぎた。脳がその正体を認識するのに、ちょっと時間がかかった。それくらいショックだったのだ。

「ギャーーーーーーー！！！！」

　茫然自失の千明は、玄関にペタンと座り込む。

「ね……ね……ね……ネズミ……」

　すぐに、叫び声を聞いた真平が駆けつけてきた。腰を抜かした千明の肩をやさしく抱き寄せる。

「もう大丈夫、俺がいるから」

「……だって……ね、ね、ネズミが」

「古い家だもん、仕方ないよ。慣れるってそのうち」

「そんな……無理」と千明はぶるんぶるん首を振る。

「じゃあ、朝まで一緒にいてあげるよ。一緒に寝よう。ずっと抱いててあげるから。そうすれば怖くないでしょ」

え？……この人、何を言ってるの……？

「……それって……え？……あの……それはすなわち……あれなんでしょうか……その……するっていうか……あ、違うよね。違う違う」

「違わないよ」あっさりと真平は答えた。「しようよ。千明がしたいなら」

真平は女の心をとかすような例の笑顔を千明に向け、そして、家の中へと入っていく。

「え……え……え〜〜〜！」

第2話　ひとりって切ないくらい自由

遅れて千明が居間に入ると、真平はテーブルに置きっぱなしにしていた台本を手にとり、珍しそうにめくっていた。千明は胸に渦巻く複雑な感情を、そのまま真平にぶつけた。

「バカにしてる？　私のこと。そうでしょ？　ひとりで寂しい四十五の女だから喜ぶと思ってるわけ？　じゃなきゃ、何なの？　おかしいでしょ？　ありえないでしょ」

「あ……いや……」

「そりゃ君はさ、いい男だし……悪い人なんかじゃないのもわかるよ……だから何？　ボランティア？……バカにしないでね……嫌いになりたくないから」

「……違う」

「ひとりで生きていくって覚悟したから、ここに来たんだから私は……だから、そんな中途半端なことしないで……私と、おじいちゃんとおばあちゃんになるまで一緒にいてくれるの？」

真平は悲しそうに言った。「それはできないや」

「でしょ」

「そっか……じゃ帰るね。あ、ボランティアが必要なときはいつでも言って」

真平は笑顔を向け、居間を出ていく。玄関のドアが閉まる音が聞こえた瞬間、千明は「はぁぁぁぁぁぁ……」と深く切ないため息をついた。


「バカじゃないの⁉」「そうよ。何考えてんのよ」

真平との一件を話し終えた途端、千明は祥子と啓子にメッタ打ちにされた。

「いい男なんでしょ？　若いんでしょ？　ワイルドで癒し系なんでしょ？　それがしようって言ってるんでしょ？　だったら、なんでしないわけ？」

「だって」

詰問についたクエスチョンマークの数で、祥子のあきれ具合がよくわかる。

「だって何！　あんたね、人生であと何回セックスできるかどうかわかんないのよ。ゼロかもしれないのよ。それでいいわけ？　ねえ」

千明につかみかからんばかりの祥子の剣幕に、啓子は「おや？」と思う。

「だってさぁ……お隣さんだよ？　ずっと顔合わすんだよ？　後腐れありすぎじゃん。私、有り金はたいてあの家買っちゃったんだからね。ずっといるしかないんだよ」

「そんなことでひるむような女じゃないでしょ、あんたは。結婚とか子どもとか、あきらめるつもりで、ひとりで生きていくつもりで引っ越したんでしょ？　もう男に食わしてもらおうとか思ってないわけでしょ？　だったらさ、そんな都合のいい男いないじゃないの。ボランティアしてくれるって言ってくれてるんでしょ？」

「なんか、言ってんすよね」

「だったら、ありがたくいただきなさい。四十五にもなったら、据え膳食わぬは女の恥なのよ！」

「……わかりました」

ずっと祥子の様子をうかがっていた啓子が、恐る恐る尋ねる。「祥子……別れた？」

「え……」と固まった祥子の様子が、啓子の指摘が間違っていないことを証明する。

「ウソ？　早っ！」と千明は目を丸くした。「一緒に住むはずだったんでしょ？　なのに別れたの？　逃げられた？　どんなふうに」

「言わない……今は言いたくない」

「そっか……あ、じゃ祥子、鎌倉来る？　そうしなよ、ね」

「やだ。あれが人生最後の恋なんて、納得できない……だから、まだ、やだ」

「そっか」

「最後の恋か……もう終わってんのかな」

啓子のつぶやきに、周りの空気がどんよりと重くなる。

早朝の海岸を和平が歩いている。先客を見つけ、歩みを速める。海を見ながらひざを抱えているえりなの隣に腰を下ろすと、「寒いなぁ」と声をかける。えりなの横顔がドキッとするほど大人っぽく見えて、和平は少し戸惑った。

「なんだよ、失恋したみたいな顔して」

えりなはキッと和平をにらむと、無言で立ち上がり、去っていく。

「当たりかよ……」

同じころ、千明は縁側でノラネコにごはんをやっていた。いつもだったらまだ布団にくるまっている時間だったが、鎌倉に越してきてからなぜか朝早く目が覚めるようになっていた。

「千明、千明、起きてる?」

垣根越しに真平に声をかけられ、千明は驚いた。「は、はい!?」

返事を聞いた真平がこっちにやってくる気配がする。すっぴんで部屋着姿の千明はビビる。あたふたしているうちに真平が庭に顔を出した。「おはよ」

「……おはよう。あ、あの、この前は……なんていうか、その、せっかくのお誘いを、その失礼なというか……その……」

「ねえ、朝ごはん食べにおいでよ、ね」

「え？　いや、でもそれは図々しいっていうか、クセになるっていうか」

「待ってるね」とさわやかな笑顔を振りまいて、真平は去っていく。

とりあえずパパッと化粧をして、それなりに若く見えそうなカジュアルな服に着替えると、千明は『ながくら』へと向かった。

「……あ……おはよう……ございます」

テーブルには和平とえりなの姿があった。

「なんかすみません。お邪魔します」と千明はえりなの正面の席につく。

「いえいえ、とんでもございません」和平の慇懃無礼《いんぎんぶれい》な口調に千明は少しカチンとくる。

「さすがに、あれですねぇ」

「さすがに何ですか？　女も四十五とかになると図々しいとか、そういうことですか」

「いえいえ、まさかそんな。さすがに一月ともなると冷えますねえって言いたかったんですよ」

自爆させられ、千明は言葉に詰まる。「……そうですか、それは失礼しました」

勝ち誇ったように和平は「いえいえ」と微笑む。そこに真平が料理を運んできた。

「またモメてんの？　兄ちゃん、千明はもう鎌倉市民だよ。市民の皆さまの税金で給料もらってるんでしょ」

「それを言うな」と和平は立ち上がり、階段のほうへと歩いていく。そして、二階に向かって叫んだ。「万理子！」

「さ、千明食べて」

「ありがとう。おいしそう」

真平が再びキッチンへと戻ると、えりながおずおずと声をかけてきた。

「あの……ＫＥＩＴＡとか、会ったことあります？」

「うん、あるよ」

「……嫌なヤツでしたか？」

「スゴい、いいヤツ。なんで？　好きなの？」

えりなは恥ずかしそうに小さく頷く。そこに和平が戻ってきた。「何？　なんだって？」

「どうせ、知らないでしょ。言ってもムダ」

「ラグシーのロールキャベツ系の男の子」と千明が代わりに教えてあげる。

「あぁ……俺もあそこのロールキャベツは大好物で……」

えりなの凍りつくような冷たい視線に襲われ、和平は口を閉じた。

そこへ寝起きですといわんばかりに頭を爆発させた万理子が、携帯をいじりながら下りてきた。携帯画面には千明の写真。出会い系サイトでの収穫をチェックしていたのだ。ふと顔を上げると、まさにその本人がいるではないか。万理子は驚愕し、反射的に、「ごめんなさい！」とあやまってしまう。

「え？……私、なんかされました？　あやまられるようなこと」

「え？……あ、いえ……あの……こんな髪型ですみません」

「はぁ」

動揺したまま万理子は自分の席につく。万理子と自分の皿を持って、真平が戻ってきた。

「さ、食べよう！　楽しいね、みんなで食べる朝ごはんは」

千明はにっこりと頷く。

「楽しくやろうよ、ね。短い人生なんだからさ」

「バ～カ」と苦笑する和平に、真平が笑顔で舌を出す。兄弟が醸し出すなごやか空気に、千明はなんだかほっこりしてしまう。

「違ったかぁ……服」

千明は自分の服装を駅のホームの小さな鏡でチェックして、ため息をついた。

「ま、いいか」と歩きだす。と、フェンスに寄りかかって電車を待っている万理子の姿が見えた。

「あら」

「あ……ど、どうも」

「仕事?」

「ええ……鎌倉の雑貨屋に……」

「そうなんだ……あ、あのさ……今日の私の服どう? なんかオバサンくさいかなぁ?」

「ええ」

あまりの即答ぶりに、千明はうまくリアクションがとれない。

「あの……今日は東京へ、お仕事で?」

「?……ええ」

「何時のお帰りで?」

「??……はっきりとはわからないけど……今日は早いかな……七時とか」

「え! 七時?」

「???……なんかまずい?」

「いや……あの、東京からは真っすぐお帰りで? 横浜で途中下車して、ちょっとお買い物して帰ろうかしらなんて野心はお持ちではないですよね？」

「？？？……いや、ないけど」

「なら、よかったです」と万理子は安堵の表情を浮かべる。

「なんか、ユニークだよね。おたくのきょうだいは皆……万理子ちゃんもかわいいのに」

「それはわかってます。私の場合、外見と内面のギャップに、脳が自分をうまく管理できないというか、そんな感じなわけです。わかります？」

「全然わからない」

「ですよね」


溜まった書類を一つずつ片づけはじめて、はや二時間、そろそろうんざりしてきた和平の前に誰かが立った。また追加の書類かと顔も上げずに手を差し出す。乗せられたのはやけに硬く分厚い書類で、和平は「？」と顔を上げた。

「い、一条さん！」

「悪いねえ、仕事中に」一条は言葉とは裏腹に、まったく悪びれない笑みを向ける。

「どうされたんですか？」と和平は手渡されたものを見る。なんとそれはお見合い写真だった。

「あ、いや、これは……」

「早く渡してこいって、ばあさん、うるさくてさぁ。いつも世話になってるからって」

「いや、それはかまわないんですが、こ、これはちょっと……私はもう全然その気は……」

写真を返そうとする和平の手を、一条は押しのける。「何を言ってるんだ、長倉さん。娘さんもお母さんが欲しいんじゃないのか？……父親だけじゃ大変だろう」

最近のえりなの反抗的な態度を思い出して、思わず和平は「いや、まぁ……」と頷く。

「だろう？　それにあんた、たしかまだ五十だろ。あっちのほうも大丈夫だろ？」

「何をおっしゃってるんですか」と和平はあたりを見回す。知美と目が合い、和平は焦る。

「本当にご心配いただき、ありがとうございます。ですが、今は娘も難しい年ごろですし、ちょっと、その気には……申し訳ございません」

「いやいやダメだよ。何言ってんのよ、長倉さん。持って帰れないよ、俺は。ばあさん怖いもん。とりあえず写真見ようか。五十三歳未亡人。べっぴんさんだぞぉ」

「年上じゃないですか。この年になって、年上は……」

「写真見たら、気が変わるって」

そんなふたりのやりとりを、知美がじっと見つめている。

食堂からスタッフルームに戻った千明は、「そろそろ取材ですよ」と三井に告げられ、「ウソ」と驚いた。朝からバタバタしていて取材のことなど完全に頭から忘れていたのだ。

「ウソじゃありませんよ。ちゃんと何度も言いましたし、確認もしました。十三時半に栗山ハルカさんとTVタイムの対談、写真撮影あり。六階ラウンジです」

「しまった……服装をね、間違ってしまったというか……ちょっと買い物行ってくるわ」

「いやいや、そんな時間ありませんから。もう始まりますよ」

三井はガシッと千明の腕をつかむと、取材場所へと引っ張っていく。

予想どおり、ハルカは若さをアピールするかわいらしい服で決めている。自分のババくさい服装と見比べ、千明はどんよりと落ち込む。

インタビューに答えるふたりにカメラマンがシャッターを切っていく。もっとも、レンズを向けられるのはほとんどハルカで、当たり前だよなと思いつつも千明は面白くない。

「光栄です、吉野さんと一緒に仕事できるなんて。大好きだったんですよ、吉野さんが作るドラマ」と、ハルカは千明が過去に作ったドラマのタイトルを挙げた。自分の仕事を褒められ悪い気はしない。「ありがとう」と千明の口元が自然にゆるむ。が、すぐにそれはひきつりに変わった。

「小学校だったかなぁ。母と一緒にテレビにかじりついて見てたんです」

「ハハ……そうなんだ」

「なので、そんな憧れの大先輩と一緒にお仕事できるなんて、幸せです。母も喜んでます」

「ハハ……お母さんによろしくお伝えください」

「実は、第一話からいきなり思い切り、吉野さんに怒鳴られちゃったんですよね。もう全否定」

ここで、それを言うかと千明はハルカをまじまじと見つめる。

「結構へコみましたよ。普段は年とかノリの近い人間で集まって、こういうのいいよねぇとか言いながら書くことが多いので、めっちゃ新鮮でした。もう毎日泣きながら書いてますよ」

この女……と、千明はひざの上で拳を握りしめる。と、クルッとハルカが振り向いた。

「絶対成功させたいんです、このドラマ。ね、吉野さん」

「え？　あ、はい、そうですね。絶対成功させましょう」

笑顔のハルカに合わせ、千明も無理やり笑みをつくる。取材は終始ハルカのペースで進み、終わったとき千明は敗北感にまみれていた。


幼稚園くらいの息子の手をとり、「こんにちは」と店に入ってきたのは、とてもなつかしい顔だった。小学校の同級生の畑中《はたなか》みどりだ。

「おう、みどり」と真平は目を輝かせる。

ほかの客が帰り、真平はみどりのテーブルへと向かった。

「元気そうだね、真平君」

「うん……久しぶりだよな、会うの。同窓会、来たっけ？　来ないよな。ここでやったとき」

「うん。結婚して……大阪行ってたから」

「あ、そうだったね。いや、結構にぎやかでさ、盛り上がったよ。鎌倉はさ、わりとみんな、そのまま住んでるヤツ多いから」

「そうだね……ハハ……あ、で、出戻り……離婚して、実家帰ってきたんだ」

言いにくいことを思い切って告白したみどりを、「そうか」と真平はやさしく受け止める。

「……俺も、これくらいの子がいてもおかしくないんだよな。結婚とかしてたら」

「全然おかしくないよ」

「うん」

真平は、不器用にスプーンを動かしながらアイスを食べているみどりの息子を、いとしげに見つめる。その目には、かなうことのない夢のかけらを見るような悲しみが含まれている。


書類チェックを終え、和平がデスクから顔を上げると、すっかり外は暗くなっていた。ほとんどの課員が帰宅し、残っているのは知美だけ。来客用のコーヒーの補充をしている知美に和平が声をかける。「大橋さんも、もういいよ」

知美が和平を振り向き、尋ねた。「するんですか？　お見合い」

「う～ん……一条さん、強引だからなぁ」

「えりなちゃんに母親は必要だろうって、一条さん言ってましたね」

「そりゃ、母親がいたほうがいいっていうのはわかるけどさ。父親には話せないこともあるだろうしさ」と、和平は最近のえりなの様子を思い浮かべる。

「年下のほうがよかったですか？」

お見合い写真を手にとった和平に、知美が言う。

「そういうんじゃないんだよ」

「……私、知ってるんですよ、その人」

「え？　これ、見たの？　なんで知ってるの？」

「その人、夫を亡くしてから、ずっとひとりで……恋とか全然してないし……でも、お見合いの話がきてから、なんかそわそわウキウキしてるんですよ。ちょっとオシャレになったりとかして……こんなの最後のチャンスだからって……。どうなんですかね、そういうのって。イタいっていうか、ちょっとみっともないっていうか……どう思います？　課長はそういうの」

「みっともなくなんかないよ。当たり前の気持ちだと思うけどな……俺にはわかるなぁ」

「……へえ、そうですか」

「あぁ、そう思う……お？　あれだろ？　普段はダメなおっさんだと思ってたけど、意外と理解力あるなって見直したんじゃないのか？　今、ん？」

ため息で一蹴すると、「お先に失礼します。お疲れさまでした」と知美は出ていく。

「お疲れさま……あ、おい、知……大橋さん、なんで、知ってんの？」

しかし、知美の姿はすでにフロアから消えていた。

打ち合わせを終え、千明が席を立とうとする。すると武田が赤字だらけの千明の台本を見て、何気なく尋ねる。

「千明さん、台本にこういうのつけないで、よくわからなくならないですね。使います、これ？」

ポストイットを差し出され、千明は首を振る。

「嫌いなんだ、それ……じゃ、お疲れさまでした」

「お疲れさまでした！」

スタッフの声を背に、千明はスタッフルームを出る。が、局の出口まで来たところで、ＩＤカードを忘れたことに気づき、きびすを返した。スタッフルームの前まで戻った千明の足が止まる。中から楽しげな笑い声が聞こえてきたのだ。

自分がいたさっきまでとはまるで空気が違う……。

千明はそのまま壁に寄りかかり、動けなくなった。

そこに三井がやってきた。千明が忘れたＩＤカードを届けようとして、入れ違いになっていたのだ。カードを渡しても動かない千明に、「どうしたの？」と尋ねる。

「へへ……なんかさ、みんな楽しそうで、入りにくいっていうか……もし自分のことネタにして笑ってたりとかさ……だったらイヤだな、なんて。考えすぎだよね、ハハ……」

三井は千明にやさしく微笑みながら言った。「こういうときは……？」

「ん？……あぁ！」

気分がふさいだときは、好きなものを欲望のまま買うにかぎる。

千明は途中下車して横浜の街へと繰り出した。

未開拓の街をショッピングして歩くのは本当に楽しい。新しいショップに入るたびに千明の手の荷物は増えていく。

ようやく気がすんだころには、千明はヘトヘトになっていた。駅前広場のイルミネーションに誘われるように、ベンチにゆっくりと腰を下ろす。


その数分前のこと、万理子は人混みに隠れて駅前広場の様子をうかがっていた。

「約束したのは、三人……来たのは……」

万理子は携帯を取り出し、メールを作成する。

『もう来てる？　もうちょっと待ってね。すぐ行くね。裕子』

一斉送信すると、ベンチの前をうろうろしていたふたりの男が反応した。手にはちゃんとバナナを持っている。

「……ふたり……」

万理子は優越感いっぱいの笑みを浮かべる。

自分のときは八人、完全に勝った……。

肩をすくめて帰ろうとしたとき、信じられない光景が目にとび込んできた。

大量のショッピングバッグを抱えた千明が突然現れ、待ち合わせ場所のベンチに座ったのだ。

すぐにバナナを手にした男がふたり、千明のほうへ向かっていく。

「裕子ちゃんでしょ?」

「え?　違いますけど」

驚く千明の前に、別の男が立った。「どういうこと?　裕子ちゃん、俺だけじゃないの?」

「は?……何?　だから違いますけど」

「これ、あなたでしょ?　だから来たんでしょ?」と最初の男が携帯画面を千明に見せる。そこには自分の顔写真がしっかりと映し出されていた。

「あ……私だ」

「やっぱり、そうじゃん」

「いやいやいや……」

事態がのみ込めず、千明は恐怖を感じる。

マズいことになったと万理子はその場を逃げようとする。と、新たなメールが着信した。

『ごめん、遅くなって。今、到着しました。ヒデ』

顔を上げるとさらなる驚愕の光景が万理子を待ち受ける。バナナの房をぶら下げてやってきたのは、典子の夫、水谷広行《みずたにひろゆき》だった……。

「え〜〜〜〜〜〜」

万理子はパニックになり、脱兎のごとくその場を駆け去っていく。

広行は千明のほうへ行こうとしたが、何だかもめているようなので、足を止めた。

千明はふたりの男に詰め寄られている。

「どっちにするの、裕子ちゃん」

「いや、どっちって……何これ……怖い、怖い」

千明は男たちから逃げると、一目散に駅へと走った。

自宅へ帰ってきた万理子は、家に入るなり呆然とした。真平とえりなの横に典子がいたのだ。

「お帰りぃ」と笑みを向けられ、万理子はさらなるパニックに陥る。典子の視線に耐えきれず、万理子は階段を駆け上がり、自分の部屋に逃げ込んだ——。

釈然としない怒りを抱えたまま千明が駅の改札を抜けると、横に和平が並んだ。どうやら同じ電車だったらしい。「お疲れさまです」と挨拶を交わし、一緒に歩きだす。

「なんかすごい荷物ですね」

「え⁉」とケンカ腰のきつい口調で反応され、和平は戸惑う。

「あの……どうかしました？　なんか怒ってます？」

「……ええ」

「……私に関係あります？」

「……男って……ホント最低ですね」

「は？……世の中の男への怒りを、すべて私に向けるのやめてもらえますか？」

それはそうだと千明はいったん口をつぐむ。しかし、ふとある考えがよぎった。

「まさか、あなたじゃないでしょうね」

「何がですか？」

「……いいです」

「何ですか、それ……何だかわかりませんけど、私ではありません」

「どうだか」

「いいかげんにしていただけませんかね。八つ当たりでしょう、それ」

「ええ、そうですね」

「……なんか、あれだったら、話聞きましょうか？　しゃべれば怒りも収まるっていうか」

意外にやさしいところもあるんだなと千明は一瞬見直すが、結局「大丈夫です」と断った。信頼してもらえなかった気がして、和平はちょっと納得がいかない。

「あなたこそ、なんかあったんですか？　ものすごいしょぼい顔してますけど」

「もともと、こういう顔です」

「そうでしたね」

そのとき和平の携帯に着信があった。立ち止まる和平を置いて、千明はスタスタと先を歩いていく。和平が携帯に出ると、典子の切羽詰まった声が聞こえてきた。

「お兄ちゃん、早く帰ってきて！　大変なんだから」

和平は家の前で千明に追いついた。典子が外で待っており、和平に早くと手招きする。

「万理子がまた引きこもったんだ！　出てこない」

「ウソ！　最近なかったのに」

和平は慌てて家の中に入っていく。その様子を横目に、千明が自分の家に入ろうとすると、典子に腕をつかまれた。千明はそのまま長倉家へと引きずりこまれる。

「あ、千明」

場違いな者が来てすみませんと恐縮する千明を、真平は笑顔で招き入れる。

「何なんだろ、何があったんだろ？　私の顔見たら、急に部屋に入っちゃったのよ」

典子は心配そうに言うが、千明にわかるはずもない。奥からは二階に向かって叫ぶ和平の声が聞こえてくる。「万理子、開けなさい、万理子！」

「どうしたんですか？」と千明は真平に尋ねた。

「うん……なんかね、自分で抱えきれなくなると、心がパニックになって閉じこもるんだ」

「へえ……あ、私、今朝、駅で話しましたけどね」

「なんか変わったとこあった？」と典子が食いつく。

「いや……普段がわからないので、変わったとこと言われても……」

「普段が変わってるもんね」とえりなが冷静に返す。

「そうなの。そうなのよ」

と、奥から和平が戻ってきた。「ダメだ……」

「でしょう？　私でも真平でもダメ」

和平は家族のなかに違和感なく千明が交ざっていることに気づき、目をむいた。

「なんで？」

「千明ちゃんはね、私が来てもらったの」

「家族のことだろ」

無視して典子は、千明へと向き直った。

「前のときはね、何日だったかな……トイレ我慢しすぎて、膀胱炎になったんだよね」

「何があったんですか？　そのときは」

「これはさすがにえりなの前では言えない。ハハ」

「あぁ、そっち方面の」

「おい、家族のことだろ、これは」

和平は典子から千明へと視線を移して言った。「せっかく来ていただいたんですが、私たち、家族のことなんで」

そこに典子が割って入る。「私たち、きょうだいが説得して出てきたことないでしょ。他人っていうかそういう人のほうがいいの。話して出てきたの一度だけよ。お義姉さんのときだけ」

そして典子は千明の手を握った。「だからさ、お願いします。話してやって」

真平も「お願い」と手を合わせる。「あいつ、なんか千明のこと好きみたいだし」

「いや……でも、何を？」

「なんでもいいの。お願い」

部屋の戸にもたれかかり階下の会話に耳をそばだてていた万理子は、よりによってなぜ千明がかかわってくるのかと頭を抱える。そこに「こんばんはぁ」とさらなる関係者の声が聞こえてきて、万理子のパニックのレベルがさらに一段階上がる。

「どうも……」と入ってきた広行は、典子の姿に驚いた。

「何よ、遅くなるんじゃなかったの?」

典子は、広行から遅くなるから食事はいらないと連絡を受け、それで実家にやってきたのだ。

「え? あぁ、中止になってな……久しぶりにちょっと、寄ってみようかなと思って……」

「へえ……」と典子は疑惑のまなざしを向ける。その視線から逃れるように顔をそらせた広行はそこに千明の姿を見て、驚愕する。

な、なんで出会い系の女がここに……!?

「あ、これ、ウチの旦那。あだ名はじじぃ」

典子に紹介され、千明は広行に挨拶する。「どうもはじめまして。隣に越してまいりました、吉野千明と申します」

「ちあき?」

「え?　はい、千明ですけど」

「あ……そうなんですか」

やっぱり、この旦那もなんかヘンだ。何なんだ、ここの家の人たちは……。

戸惑う千明の背中を押し、典子が二階へと追い立てていく。万理子の部屋の前に千明を連れてくると、「じゃ、ヨロシクね」と典子と真平は階段のほうへと引っ込む。仕方ないなぁと千明は万理子の部屋の戸に向かって話しはじめた。

「万理子ちゃん、隣の千明です。ごめんね、家族でもないのに。でもね、みんな心配してるからさ、ちょっとだけ顔見せてくれないかな」

しばらく待っても反応がないので、千明は階段のところへと戻る。「無理みたい」しかし、「もっとしゃべって」と典子に再び、追い立てられる。千明は戸の前にペタンと座ると、本腰を入れて話しだした。

「どうしちゃったの?　仕事でなんかあった?……じゃあ恋愛だ。彼とうまくいかなくなったとか、そういうこと?……どんなにつらいことがあったかわかんないけどさ、まだ若いしさ、絶対取り戻せるよ。いきなり元気出せっていわれても、そんなに簡単にいかないかもしれないけどさ、もしも恋なら、まだ絶対に次があるから、ね……ほら、私なんかの年になっちゃうとね、なかなか次っていうわけにはいかないしさ、素敵だなっていう人がいたらもう絶対に結婚してるしさ、そうじゃない人と出会っても、仕事が忙しくて、いつの間にかふられちゃったりさ……もしかしたらさ、もうこの先、恋もしないで終わっちゃうのかもしれない。でも万理子ちゃん、まだ若いからさ、まだまだ取り戻せる。傷ついたって大丈夫。だってまだ三十五でしょ。いい年ごろじゃないの。戻れるものなら戻りたいもん、私だって、そのくらいに」

そこに、和平と広行が階段を上がってきた。典子が「しぃ」と人さし指を口に当てる。

「だから大丈夫だから。絶対に次があるから。失敗したって、絶対大丈夫だから。私だってね、もういっぱい失敗して生きてきたんだよ。最後の恋なんかさ、ホントにひどい終わり方でさ、あれが最後かと思うと、私も結構キツいんだよね……年下の子とさ、なんかちょっといい感じになってさ。もう一緒に住んじゃえって暮らしはじめたのね。でもさ、なんか重いって思われるのヤだからさ、あくまでも軽いノリって感じにしてたんだけどさ、実は私、結構浮かれててさ……あれは私、本気だったんだよね。できもしない料理いそいそと作ったりさ、寝てていいよって言われてるのにじとーっと待っちゃったりさ。ついつい、仕事場に電話しちゃったりさ、ハハ」

千明は思わず自虐の笑みを漏らす。

「ウザいでしょう？　もう今考えただけでも恥ずかしいもんね。でね。付き合って、そうだね二週間くらいたったころかな、仕事早く終わったからさ、お肉とかオシャレな野菜とかさ、ワインとかいっぱい買ったわけ。若いからサーロイン好きだろうなって感じでさ。いっぱい包み抱えてさ、帰ったらね……いなかったんだよね……荷物もきれいになくなっててさ。ごめん、無理って玄関のところにペタッと貼ってあったの、ポストイットが……。ポストイットだよ……あれが私の人生の……最後の恋になっちゃいそうなんだよねえ……」

あまりにも切ない話に、みんなは聞き入ってしまう。千明はハッと我に返った。

「私、何話してんだろう。ごめんごめん。それに比べたら万理子ちゃんなんかまだ若いんだし、かわいいし、まだまだ取り戻せるよ。ほら、元気になってきたでしょう」と立ち上がり、千明は仕上げのセリフを言った。「万理子ちゃんにはまだ未来があるんだから！　さぁ、元気になってきた。そろそろ扉を開けてみようか」

しかし、戸はまったく開く気配がない。息を詰めて見守るみんな……千明は振り返った。

「普通開けるよね、このタイミングで」

みんなは一斉に頷いた。

「何よ、今の全部ムダ？　今の全部ムダですか？　お願い、開けてよ」と千明は激しく戸を叩きはじめた。「開けてくれないと、私、今ね、死ぬほど恥ずかしいの」

地団駄を踏む千明にみんなが駆け寄る。「恥ずかしくて死にそうなの！」

「すみません。ホントすみません」と和平が千明をはがい締めして連れ戻す。

するると、静かに戸が開いて万理子が顔を出した。海辺で拾ってきた細い流木を杖代わりに体を支えている。みんなが注目するなか、万理子は口を開いた。

「あの……せっかくのお話、申し訳ありませんが、まったくそういうことではなくてですね……ホント、すみません。あの……あの……」

自分のしでかしたことを告白し、懺悔しようと思ったその瞬間、広行の姿が目に留まる。

「……ごめんなさい、やっぱり言えません……もう一度、さらに固まります」

万理子はみんなに頭を下げると、部屋へと戻る。ふたたび閉じてしまった天の岩戸に、みんなは唖然《あぜん》とするのみだった。

結局、恥をさらしただけで何もできなかった……自分の無力さにため息をつき、千明は自宅の門扉を開ける。と、うしろから和平に声をかけられた。和平の手には千明のショッピングバッグ。どうやら長倉家に忘れてきたらしい。和平はバッグを手渡し、言った。

「すみませんでした。巻き込んでしまって」

「あ、いえ……こちらこそ、お役に立てなくて」

「とんでもないです」と和平は首を振る。

「私、途中からなんかヘンなこと言っちゃって、恥ずかしい。笑ってください。あとで思い出して笑ってください」

「笑いませんよ」と和平は真剣なまなざしを千明に向ける。「いいじゃないですか。どんなかたちであれ、ちゃんと恋が終わったんだ。好きだったんでしょ？　そのポストイットの彼のこと」

「……ええ」

「じゃ、いいじゃないですか。それに比べて、私はダメです。妻に先立たれた男はダメですね。突然、事故でいなくなってしまったんで、何だか結論が出てないんですよ。妻との恋が最後だったのか、そうじゃなかったのか……もう私の恋は終わりなのか、よくわからないんですよ。だから、あんなふうに笑える……っていったら失礼ですけど、そういう最後の恋ネタを持ってるあなたがうらやましいです」

「そうですか」と千明は苦笑する。

「ええ。それに、最後かどうかなんてわからないですよ。まだ若いんだから。だって、四十五は五十とは違うんでしょ？」

「……ええ、そうですね」

不器用な思いやりの言葉に、千明の心が少しばかりほっこりとする。

家に戻って、「なんか疲れたな、今日は」とソファに寝転がる。ものすごくおなかがすいてるが、何かを作る気力がわいてこない。そこに突然、「千明！」と真平が入ってきた。手に食材の入ったカゴとワインを持って、にっこりと笑う。

「おなかすいてるでしょ？　キッチン借りていい？」

「……夢のようだね」と千明はつぶやく。


二階からキッチンに下りてきたえりなに、和平は皿を洗う手を止め、尋ねた。

「万理子は？」「全然反応なし」

えりなは答え、冷蔵庫から冷水の容器を取り出す。

「なぁ、えりな……えりなはさ、お母さん……欲しいか？」

「……なんだかわからないけど、私のためにとか、そういうのやめてね」

「……そうだよな」

えりなは水をコップに入れると、「おやすみなさい」と部屋へと戻っていく。

「おやすみ」

皿を洗い終え、和平はキッチンを出る。

「……最後の恋か……」

つぶやくとなんだか訳もなく寂しくなってきた。誰も来る様子がないのを確認して、カバンからお見合い写真を取り出し、それを眺める。一条は五十三歳と言っていたが、とてもそうは見えない。品のある美しさを備えた女性だった。

和平の頭のなかにぼんやりとした妄想が浮かび上がったとき、突然ドアが開いた。

「こんばんは」と入ってきたのは知美だった。

「あれ、どうして？」和平は慌てて写真をしまう。

「すみません、夜分。あの……お見合いの話なんですけど」

「え？」

「あれ、母です。私の」

「母？……え？　お母さん⁉」

「はい」と頷く知美を和平は呆然と見つめる。

「それを言いにきたわけではないんです」知美はそう言うと、「はい、これ」と自分が写ったお見合い写真を和平に手渡す。「これは私です」

「いや、それはわかるけど……」

「私もお見合いに立候補することにします。なので、お見合いは三人で。つまり、二対一でさせていただきます。よろしくお願いします」

「ちょっと……意味がわからないんだけど」

「では、日曜日に」と知美は頭を下げ、出ていってしまった。

知美の見合い写真を手に、和平は途方に暮れる。

二対一のお見合い?……母と娘……??


見事な手さばきで炒めものを作る真平を、うしろで千明が楽しそうに見ている。自分のために若い男が手料理を作ってくれている……なんて幸せなんだろう。

「さっきはごめんね」フライパンを動かしながら真平が言う。

「ううん。大丈夫? 万理子ちゃん」

「うん……たぶん。あいつが、心がいつも不安定なのは、子どものころからで……俺のせいなんだ」

「真平君の?」

「うん……双子って一心同体みたいなとこあってさ。あいつは、いつか俺がいなくなってしまうんじゃないかって思って、おかしくなったんだ」

「なんでいなくなるの?」

「え? あぁ、なんでだろうね。わかんない」真平は振り向き、笑ってごまかした。

「よし、もうすぐだよ」

「いい匂い……あぁん、たまらん」

千明が居間に戻り、ワインの用意をしていると、真平ができたての料理を運んできた。

「お待たせしました。さぁ、食べようか」

「あのさ、真平君」

「ん？」

「あの……こないだの、お誘いってさ……お断りしておいて、今さら言うのはなんだかあれなんだけど……あのお誘いって……まだ生きてる？」

隣に座った真平の瞳を、千明はドキドキしながら覗き込む。

第3話　大人の青春を笑うな！

「もちろんＯＫだよ」

真平はそう言うと、心をとかすような笑顔を千明に向ける。

「本当に？」

「うん。おじいさんとおばあさんになるまでは無理だけど」

「それでいい。ううん、そのほうがいい。だってほら、どう考えても私のほうが先におばあさんになっちゃうし、ハハ」

「それはどうかな」真平の笑みにふと暗い陰がよぎるが、千明は気づかない。高揚した気分でソファにちょこんと座ると、「じゃ、よろしくお願いします」と三つ指をつく。

「こちらこそ。じゃ」と真平は立ち上がった。「ベッド二階？」と階段のほうへ歩いていく。そのあとを追いながら、千明は言った。

「もし、よくなかったりとか、ガッカリとか、した場合におきましても……嫌いにならないで、良き隣人として仲よくしてください……あの、ほら、昔、私脱いだらすごいんですってっていうのあったけど、私脱いだらひどいんですっていう場合もあったりするわけで」

「わかった」と言うなり、真平はいきなり千明をお姫さま抱っこして、階段を上がっていく。真平の腕のなかで揺られながら、なんだかものすごい幸せを感じ、千明は思わず涙ぐむのだった。


翌朝、和平が万理子の部屋の前に立っている。「おい、生きてるのか？」と声をかけると、小さなノックが返ってきた。和平は戸に向かって語りかける。

「無理に聞かないけど、なんか困ったことがあるなら、ちゃんと言うんだぞ。どうしようもなくなる前にな。問題は後回しにするとろくなことないんだ。わかるだろ？　あんときだって」

突然、もうわかったよとばかりに戸が強く叩かれた。

「わかったよ……風邪ひくなよ。だいたい……」と続けて小言を言いかけたが言葉をのんだ。すると今度はやさしいノックが返ってくる。和平は苦笑し、とって返した。階段を下りたそのとき、ドアが開き、真平と千明が仲よさげに話しながら玄関から入ってきた。和平と目が合い、千明は気まずそうに顔を伏せる。真平は千明をテーブルにつかせると朝食の支度をしにキッチンへと入っていった。

「……おはようございます」

「おはようございます」

和平はやけに丁寧に挨拶すると、テーブルの上に新聞を広げた。

「しかし、こりゃまたずいぶん若いな。早すぎるだろ」

若い、早い……？　気になる単語に、千明は敏感に反応する。

「いけませんか？　私が若い男性に好意を持ったら。たしかに早い展開ですよ」

「は？　いやいや、私はこの旅館のおかみがずいぶん若いなって。おかみ連合の会長になったのは早すぎるんじゃないかと思っただけですけど」とうれしそうに新聞記事を見せる。

「そうですね。たしかに早いですね。二十三じゃね」と千明は記事を見て、苦々しく答える。

「ねぇ、二十三じゃね……まぁ、たしかにびっくりはしましたけど」

いきなり和平は千明と真平の関係に話題を切り替えてきた。

「私だって、びっくりしてますよ」

「びっくりなさってるんですか？　そのわりにはスーッと入っていらっしゃいましたよね」

「なんでいつも、そんな勝ち誇ったような顔で言うんですか」

千明が声を荒らげたとき、脇のソファでこども新聞を読んでいたえりなが、バンとテーブルを叩いた。ふたりは我に返り、バツが悪そうにうつむく。

「あ、そういえば……」と千明は階段のほうを見る。「万理子ちゃん、まだ……？」

「ええ……何も変わってませんよ、夕べから。あなたはスッキリしたかもしれませんけど」

「やめてください。いやらしい言い方は」

「いやらしいこと言いましたっけ？」

「あぁ、そうですよ、そうです。おかげさまで、とてもとても素敵な夜でした。どうもありがとうございました」

「とんでもございません……って、僕じゃないか」

と、そこに真平がコーヒーを持ってくる。「よかった」

「え？」

「素敵な夜だったんだ。よかった」

さすがに千明もどう返していいかわからない。和平は、なぜかつらそうに真平を見る。ふたりの間にどんな感情が流れているのか、千明には少し不思議だった。

真平ができたての料理を並べ、みんなが食べようとした瞬間だった。勢いよくドアが開き、広行を引っ張るようにして典子が入ってきた。

「何なんだよ、朝から」と顔をしかめる和平を無視し、典子は広行の体を真平に預ける。「ちょっと、この人、捕まえてて」

そして「万理子！」と大声を張り上げながら階段を上がっていく。

「どうしたんですか？」と和平は、真平に抱えられた広行に尋ねる。

「いやぁ、何だかさっぱりわかりません」

二階ではしばらく怒鳴り声がしていたが、やがて万理子の腕を引っ張って典子が下りてきた。万理子は、千明と広行がいるのを見て、万事休すとばかりにテーブルの前に座る。

「ちゃんと説明してもらうからね、万理子……あんたが引きこもったのに、この人関係あるね」と典子は千明のほうを目で指す。

「私？」

「……あ……はい」

「それから、これも関係あるね」と今度は広行のほうを鼻で示す。

「……はい」

「話しなさい」

「あの……多少ですね、お怒りになる要素、プラスかなりのしこりが残る場合が想定されますが……どういたしましょうか？」

「いいから！」

「はい……そうおっしゃるならば」と万理子は携帯を取り出し、ネットの画面を開いてみんなに見せた。そこに写っていたのは、千明だった。

「あ、私……」

興味深げに覗いていたえりなが千明に尋ねる。「出会い系？」

「するわけないじゃない」と否定した瞬間、あることが頭に浮かんだ。「あ……バナナ？」

「それを登録したのは私です」と万理子が答える。

広行は驚愕のあまり開いた口がふさがらない。典子の怒りの意味がはっきりとわかり、震える。

「で？」と典子が万理子にその先を促す。

「ごく簡単に言いますと、私の外見の価値にふと興味がわきまして、たまたま見つけたサイトを利用して実験をしておりました……どれくらいの人が会いにくるか。まぁ、自分に対する社会の評価というか、位置づけを確かめる作業とでもいいますか……そういうことです」

「お前、何考えてるんだよ。出会い系なんてのはいろんな事件に巻き込まれて危ないんだぞ」

「あの、それあとにしてもらっていいですか」

千明は憤怒の表情で立ち上がり、万理子に詰め寄る。「で、なんで私なの？」

「まぁ、だいたい私の場合、平均して八人から十人ほどやってくるわけです……ただ、それがほかの人と比べて多いのか少ないのか……自分だけでは判断つきませんので、それで千明さんを」

「何人来たの？」

一番聞きづらくて、一番聞きたいことを聞いたのはえりなだった。

「三人でした」

「三人……」と千明はちょっと傷つく。

「申し訳ありません」

「いいよ。面白いよ、その実験。でも三人って微妙な……」

怒らないんだ、とでも言いたげに和平が千明のほうを見ている。話が終わりそうになるのを察し、典子が「ちょっと待った」と声を上げた。「で？　万理子？」

「はい。その三人目に現れたのが……」と万理子は広行のほうを見る。

「え～～～～」

一同の驚きの叫びが室内に響いた。

「なるほど。そういうことか」

ゴキブリでも見るような嫌悪のまなざしで、典子は広行を見つめる。「どこがいいわけ？」

「え？」

「浮気とかさ、ま、わかるよ。そういうスケベな気持ちがあるのはさ、わかるよ、わかります。でもさ……なんで？　なんでこの人なの？」

「いや、なんでって」

「なんで若いお姉ちゃんとかじゃないわけ？　冗談じゃないわよ」

「いや、それは失礼じゃないですか」と千明が割って入る。

「なんで女房と同じ年の女と浮気すんのよ、ふざけないで。こんなのね、テレビ局とか派手なところで働いてるから、服とか髪とか化粧とかお金かかってるけど、たいしたことないわよ！」

「はぁ？」

「やめなよ、姉ちゃん。千明のせいじゃないだろ」

ひどいとばっちりだと真平が食ってかかる。

「何よ。何かばってんのよ。あ、何？　もうできちゃったわけ、ふたり」

「だったら、なんだよ」

「へえ……べつにいいけど。こういうね、結婚もしないで、チャラチャラ若作りしてる女、嫌いなのよ私。なんでこの女なのよ。まだキャバクラのお姉ちゃんに貢いでるほうが許せるわよ！」

「ちょっと待ってよ、私が何したっていうのよ。ええ、たしかに私は結婚もしてませんよ。子ども産んでません。お金だって自分の自由になりますよ。きれいでいようと一生懸命努力してますよ。それの何が悪いってんのよ！」

千明はイスから立ち上がり、典子と対峙した。「だったら、自分だってきれいにすりゃいいじゃない。自分が怠けてるのを、ひとのせいにしないでよ！」

「わかったわよ。するわよ、きれいに。してやろうじゃないの。ちゃんとしたらね、こんなのに負けてないんだからね」

「いきなりやると、イタいことになるから気をつけてね。それから私」と千明は広行を振り向き言った。「この人、趣味じゃありませんから」

広行は軽くショックを受ける。

「ちょっと待ちなさいよ。何それ、私だって趣味じゃないわよ！」

今度のショックはかなり強烈だ。

あまりのカオス状態に、ついに和平がキレた。「やめろ、典子。もういいかげんにしろ！　お前ら夫婦の問題だろ。ふたりでやれ、ふたりで。もう帰れ」

「なんでよ」

「なんでってな、お前」

そこで、もっとも冷静に事態を観察していたえりなが、揉め事を収めるように言った。

「あの……遅刻しません？」

出勤組の和平、千明、広行は慌てて家を飛び出す。

「なんだか妙なことになってしまいましたねえ」

自分が元凶にもかかわらず、万理子がとぼけたことを言う。すべてが白日の下にさらされ、引きこもっていたときの暗澹《あんたん》たる気持ちはウソのように消えていた。

「あのねえ、きっかけはあんたなんだからね。わかってんの？」

「はい。でも、それは考え方かなぁ……もし私がやってなかった場合、広行さんはほかの誰かを求めていた可能性もあったわけで、むしろよかったのではないかという……」

「なるほど」と真平が頷く。たしかにそれも一理あるなと典子は納得する。許せないのは万理子ではなく、あのじじぃなのだ。

「私も……私も登録してみようかな……何人来るかな」

典子のつぶやきが聞こえなかったように、真平はキッチンへと向かう。万理子も「手伝う」と席を立った。

「何よ、なんで話そらすのよ！」と典子。

キッチンに立つ真平の背中に、万理子がポツリと言った。

「ごめん……千明さん……傷つけた」

真平は振り向き、わかってると万理子の髪をくしゃくしゃになでた。


職場に着いた和平は、すぐに知美に声をかけた。「夕べのことなんだけどね、大橋さん」

「知美で結構です」

知美はそう返すと、行ってしまう。そばにいた田所がすぐに和平に寄ってくる。

「課長、今のなんですか？　知美でって……メシでもおごったんですか？」

「いやいや」と和平は首を振る。

「だっておかしいじゃないですか。いつも知美ちゃんって言ったら、すごくイヤな顔で『大橋です』って返すのに……まさか課長に惚れるわけないし……」

「そうだよなぁ」と和平も思う。

そこに知美が戻ってきた。「資料のチェックをお願いします」と書類の束を和平に差し出す。和平が受け取ると、ニコッと笑い、去っていく。

「笑った……」

田所が再び疑念の目を向けたとき、電話が鳴った。和平は助かったとばかりに受話器をとる。「はい、観光推進課でございます」

「あ、倉ちゃんかい？」

「倉ちゃんって……一条さん、どうされました？」

「至急来てくれ、大至急だ。待ってるから」

和平が理由を聞こうとすると、電話が切れた。仕方なく和平は一条家へと向かう。

駆けつけた和平を一条はうれしそうに迎え、「まぁ座って」とコタツへと招き入れる。「今日ばぁさん出かけてるから……ほれ」とコタツの上の茶碗に一升瓶を差し出す。

「いやいやいや、仕事中ですから」

「そうかい？　じゃ、失敬して」と茶碗に酒を注ぎ、うまそうに一口飲んだ。

「聞いたよ、倉ちゃん。母と娘と同時に見合いするんだって。なかなかやるねえ、あんたも。見直したよ。で、どっちが本命？」

「大至急って、このことですか？」と和平はあきれる。

「俺なら……両方だな。うん、両方と付き合っちゃうね。付き合っちゃう」

苦笑し、和平は一条に真面目な顔を向ける。

「一条さん、私もべつに聖人君子ではないですし、普通の五十男です……このままずっとひとりなのか、もう恋したりとかはないのかって思うと……寂しいなって思います。憧れますしね、それこそ、一条さんとこみたいにずっと一緒にいるご夫婦とか見るとね」

「うん」

「でも、このお話はお断りしていいでしょうか。いつも言うように、今はそういう気持ちにはならないんです。ずっとこのままなのかは、わかりません。ですけど、今は……まだ……」

一条はため息をついた。「つまらん男だねえ」

「はぁ……申し訳ありません」

「まぁ、男はたいていつまらんもんだ。面白いのは、女だ」

「……そうかもしれませんね」

「はい」と一条は一升瓶を注ごうとする。「あ、どうも」と和平は思わず受けそうになり、「いやいやいや、仕事中ですから」とあわてて引っ込める。

「つまらんねえ」

「……じゃ、一口だけですよ。これ、内緒ですからね。絶対言わないでくださいよ」

茶碗になみなみと注がれる酒に、和平の苦笑いが映っている。

江ノ電の車内では、和平や広行と一緒でかなり気まずい思いをしたが、転んでもただでは起きないのがドラマプロデューサー・吉野千明である。局に着くや、さっそく今回の出会い系事件をネタにしたプロットを書き上げ、スタッフに回す。

「どうなの？　飯田」と一番ツボにハマってる様子の女性ＡＰに尋ねる。

「面白いです。三人しか来ないってのがいいですよね。ビミョーで、かえって情けないっていうか」

「え？……あぁ、そうだね。ビミョーだよね」

「ひとりも来ないほうがわかりやすいんじゃないですか？」

何げなく言った武田には、「ひとりも来ないわけないでしょ、失礼な」と思わず食い気味に返してしまった。怪訝な顔の武田に、慌てて言い訳する。

「あ、いや、ドラマのヒロインなんだからさ、ひとりも来ないっていうのは、ないでしょ」

「なるほど。ないですね。ないない」

「飯田、ハルカ先生には？」

「メールしました」

「お気に召していただけるといいけどねぇ」

デスクに戻ると携帯にメールの着信履歴がある。万理子からだった。『せめてものお詫びに……どうぞ』という文章に写真が添付してある。開くと、Wピースで笑顔満開の真平がいた。自然に千明の頬がゆるむ。そんな千明の様子を、三井がいぶかるように見ている。

そこに、「千明さん、歌詞あがってきましたけど」と武田がやってきた。千明は携帯を閉じ、差し出されたプリントを受け取る。

「どうですかね、これ。なんか恋恋って、ちょっと言いすぎなんじゃないかって」

「……いいんじゃないの、恋。武田はどうなの？　彼女とうまくいってんの？」

「いや、いないっすよ、僕」

「なんなのよ、それ。彼女くらいつくりなさいよ、若いんだから」

そう言って、千明はコーヒーメーカーのほうに歩いていく。

妙なテンションの千明を武田は不審そうに見送る。と、千明が左手で携帯を開き、作業デスクの上にさりげなく置いた。武田は隣にいた飯田と顔を見合わせる。

「これって、ツッコめってこと？」

「多分、そうじゃないですか？」

三井がデスク越しに「武田、行け」と促す。

「いや、ダメダメダメ。お前行けよ」と飯田のほうを向く。

「私？　ムリムリ」

若いふたりが千明の携帯を押しつけ合う姿を、三井は切なく眺める。

「あ！」

作業デスクのほうで飯田の声がする。千明が振り向いた。「どうした？」

「メール来ました、ハルカ先生から」

そっちかよ……。

「なんだって？」とコーヒーを手に千明が戻る。

「面白いですぅ！　千明さんって天才！」

「若干イラッとくるけど、まぁお気に召していただけて本望ですわ」

「あ、それから……もうほとんどできてたんですけどぉ、そのネタ入れて書き直すので、しばらく時間をくださいね♡」

「……これってさ、全然書いてなかったってことだよね、三井さん」

「そうでしょうね」

「なんか、結局負けてる気がする……まぁ、いっか」

苦笑しながらデスクに戻った千明は、わざとらしく声を上げた。「あれ？　私、携帯どこやったっけ？　みんな知らない？　茶色の……」

武田が飯田に携帯を押しつける。飯田はなんでいつも私なんだとジロッと武田をにらみつけ、仕方ないなと携帯を受け取った。

「ありました、これ！」と飯田は携帯をかざし、千明のもとへと歩み寄る。

「すいません、見ちゃいました。彼氏ですか？」

すかさず武田も寄っていく。

「あ……ハハ……まあねえ、へへ……こんな感じ？」

「カッコいいじゃないですか」

武田もうんうんと強く頷く。

「そ、そう？……そうかなぁ」

うれしいと思う一方、どこか情けなくもあり、千明は三井の様子をうかがう。あきらかに見抜いているその表情に、千明は大きく落ち込むのだった。


親友ふたりに真平のことから出会い系事件までを一気に語った千明は、白ワインをまるでビールのように飲み干し、「ふぅ」と息をつく。

「なんか激しいねぇ、短い間に」と祥子は感心する。「で、そのネタ、ドラマで使うわけ？」

「もちろん。自分の恥ずかしいことは、すべて使うわけですよ、この仕事は。それにさ、なかなかあんなむちゃな話は思いつかないしね……実際、ハハ」

「でも一番大切なのは、あれよ。そのボランティアの天使君と……しちゃったわけね」

念を押す啓子に、「へへ」と千明は照れる。「おかげさまで」

「で、どうだった？」

「どうって、そんな……すいません、ワインください」

「素敵だったんだ？」

「え……へへ」

幸せそうに頬を染める千明に、啓子と祥子は顔を見合わせた。

「なんかあれだね。よかったねって話はあんまり盛り上がらないね」

「そうだね、つまんない。あ、そうそう、大丈夫だった？　千明さ、エッチしたあと眠ってるとき、すごいいびきかくって言ってたじゃん」

「そうなの？　私、知らない」と啓子は千明を見る。千明は疑惑のまなざしを祥子に向けた。

「私も知らない……っていうか、そうなの？　私」

「あ……え？」

「ていうか、そうだとして、なんで知ってるの？」

「……あれ？　なんでだろ？」

「……誰？」

「いや、なんかウワサ話……かな？」

「そうじゃないでしょ。私が付き合った男の……誰と祥子はしたわけ？　そうじゃないと、そんな話しないでしょ」

「そうだね。しないね」と啓子も同意する。

「誰って……あ……やめようよ、そこ掘るのは……ね、昔の話だし」

「……そうだね、やめとこう。昔の男より今の男よ」

「でもさ、そのボランティアの真平君？」と啓子が今の男に話を戻す。「そうやってボランティアしてくれるってことはさ……誰にでもそうなわけ？」

「私や啓子とかがさ、お願いしたら、してくれるわけ？」と祥子もがっつり食いつく。

「え？」

「いやいや、実際はしないけど、たとえばよ」

「そうだよね。ボランティアだもんね。そういうことになるよね」

「まぁ……そう……か……も……ね」

あらためて自分と真平の関係の不自然さを思い知らされ、千明は少しヘコんでしまう。

「そうかぁ……」

「そうなんだ……」

なんだか周りの空気まで重くなってくる。

「ま、いいじゃん。私がそれでいいって思ってるんだから」

「そっか」

「あ、でもさ、千明って一回しちゃうと独占欲強くなるんでしょ？　大丈夫？」

「うん……そうなんだよねぇ……って、だから、誰に聞いたのよ、それ！」

「え？……あ、ワインもう一本頼もうか」

「もう……」

笑い合いながらも、千明の心にはうっすらとだが不安が忍び寄ってくる。

私は真平君のボランティアに、耐えられるんだろうか……。

キッチンで和平と典子が並んで皿を洗っている。不機嫌さを隠さず、ガチャガチャと音をたてて乱暴に洗う典子に、和平が顔をしかめる。「帰らないのかよ、お前」

「帰らない。誰があんなヘンタイのいる家になんか」

「ヘンタイかどうかは知りませんが」と皿を布巾でふきながら万理子が返す。

「ヘンタイじじぃよ」

「そうですか」

「あのなぁ、あんだけ大騒ぎして結婚したんだからさ、うまくやれよ」

「はぁ？」和平の言葉に怪訝な顔をする典子。

「かなり大雑把な意見ですね、それ」

「……なんだかわかんないけど、お前が悪いんじゃないのか？」

「なんでわかんないのに、私が悪いなんて言えるのよ。適当なこと言わないでよね」

「ごもっとも……」

自分のことは棚に上げてツッコんでくる万理子を、「いいかげんにしろよ」と和平は一喝する。

「すみません」と万理子は素直だ。

「とにかく、帰らないからね、私は」と典子。

万理子は和平が洗った皿を受け取ると言った。「千明さん、怒りませんでしたね」

和平は無言で頷く。

「何？　あの人、いい人なんて思ってんの？　冗談じゃないわよ」と典子が千明の悪口をまくしたてはじめる。和平はうんざりした表情でため息をついた。


終電が去っていくと、駅舎の電気が消えていく。改札を抜けて最後に出てきた客は千明である。千鳥足で階段を下りていくと、「お帰り」と声をかけられた。見ると、真平がベンチに座り、微笑んでいる。「……え？　待っててくれたの？」

「必要かな、なんて思って」

「そうなんだ」冷静に返そうとしても、どうしようもなく顔がほころんでしまう。

真平は立ち上がり、足どりのおぼつかない千明を支える。

「もったいないから極力使わないようにしてるんだけどな……」

「ん？」

「なんでもない。うれしい。ありがとう」

ふたりは並んで歩きだす。暗い道の先に、街灯の小さな光がぼんやりと浮かびあがる。

「でも、せっかくだしね」とつぶやくと、千明が言った。

「あのさ……手が冷たいな」

真平は千明の手をその大きな手で包むと、「はぁ」と息を吹きかけた。そして、そのまま右手をとり、自分のポケットへと入れる。

「あったかい？」

「うん……なんか高校生みたいだね、へへ」

「今どき、高校生もしないいんじゃない」

「しないの？　高校生」

「しないしない。千明はしてたの？」

「え……してた……よ」

手のぬくもりが、千明をどんどん幸せな気分にしていく。

長倉家と吉野家の間の小路に立ち、千明を待っていた和平は、仲よさげに肩を寄せ合い帰ってきたふたりを見て、しまったと思う。千明のことが心配で来てみたが、よく考えたら真平がフォローしないわけないのだ。

「どうも」と、ぎこちない挨拶を交わし、「お邪魔でしたね」と余計なことまで言ってしまう。

「そうですね」と千明は皮肉な笑みを浮かべ、「じゃあ、おやすみなさい」と隣家へと消える。

真平と一緒に家に入った和平は、ふと尋ねた。

「なあ……ひょっとしてお前、本当に惚れたんじゃないのか、あの人に」

「……何言ってんの。俺は、誰かひとりをそういうふうに思ったりしないよ。知ってんだろ」

「そう自分で決めてるだけの話だろ？　いいんじゃないのか、そんなルール破っても……ひとりの人を、ちゃんと好きになって、結婚したり子どもつくったり……そうしたくなったら、すればいいじゃないか……俺は、そんなふうになってもらいたいな、お前に。そんなお前が見てみたい……無理してるお前じゃなくてさ」

「無理なんかしてないよ。大丈夫……兄ちゃんこそさ、もういいんじゃない？　義姉さんだってそう思ってるよ……いいかげん自分のこと責めるのやめてさ、恋愛とかすりゃいいじゃん」

「関係ないし、全然違う話だろ、それは」

「そっか」

寂しそうに微笑むと、真平は自室へと戻った。


長倉という客が会いにきたという連絡が受付から入り、千明はいそいそとロビーに下りていく。職場に来るなんて、と思いつつ、顔がついにやけてしまう。

が、待っていたのは真平ではなく、その兄のほうだった。

「あ……どうしたんですか？」

和平は千明に向かって深々と頭を下げる。「先日は、本当に本当に申し訳ありませんでした。妹たちが本当に、あ、妹の亭主まで……本当に失礼いたしました。あ、これ、鎌倉の朝日屋の源氏最中です。スタッフの皆さんで召し上がってください」

菓子折りを受け取りながら、「そんな」と千明は恐縮してしまう。「東京へはお仕事で？」

「きちんとお詫びしたかったものですから……」

「すみません、なんだか……じゃあ、いただきます。スタッフも喜びます。あっという間になくなると思います。もうちょっと味わって食べろって感じなんですけど」

「じゃあ、お仕事中失礼いたしました」と去ろうとする和平を、千明は引きとめた。

「ちょっとお茶でも飲みませんか?」

ロビーの一角にあるカフェで向かい合うと何だか妙な感じだ。『ながくら』のテーブルで言い合ってるのとは勝手が違う。

「あの……万理子ちゃんは?」

「すみません。ケロッとしてます。すみません、本当に」

「あ……典子さんは……」

「あれ以来、ウチに居すわってるんですけど、ホント困ったもんです。申し訳ありません。バカで失礼な妹たちが」

「あ、もういいです。大丈夫ですから、私は。もうこの年になると、傷つくのなんて慣れてますから……いつまでもヘコんでたら、一生ヘコんで過ごすことになっちゃいますから。あ、それにもう元とりましたから」

「え?」

「実は、一連のネタを全部、今度のドラマで使わせていただいてます。ヒロインがボロボロに傷つくネタとして、まんま使わせていただきました」

「あ、そうですか」

「ですから、もう全然気にしてません。そう万理子さんに伝えてください」

「ありがとうございます」と和平は安堵の表情を浮かべた。

「今日は、なんか性格まっすぐなんですね」

「は？　いや、いつもまっすぐですけどね、私は」

「そんなことないでしょ」

「あれはあなたが突っかかってくるから」

「すいません。ちょっとジャブ打ってみました」

和平は苦笑しながら言った。

「月並みな言葉で申し訳ないですが……強いんですね」

「私ですか？　そんなことないですよ」

「いやいや、切り替えが早いっていうか。いや、悪い意味じゃないですよ。うらやましいなって。男はダメですね。なんだかウジウジしちゃって」

「どうかしたんですか？」

「いや、実はね……あ、いや、いいです」

「ホント、なんかウジウジしてますね。言いたいんでしょう？　言っちゃいましょうよ」

「いやいやいや、そんなこと……いいですか？」

和平はお見合いの件を包み隠さず話した。聞き終えた千明は、笑いながら手をたたいた。

「面白いじゃないですか。母と娘と同時にお見合いなんて、なかなかないでしょ、そんなの」

「そりゃ、ないかもしれませんけど……」

「だったら、面白いって思ったほうがいいですよ。なんで断っちゃうかな」

「だって失礼じゃないですか。結婚する気もないのに」

「堅いですね」

「いけませんか？」

「つまらないんだよね」

「つまるとかつまらないとか、そういう問題じゃないでしょ」

「とりあえずしてみればよかったんですよ。楽しいかもしれないじゃないですか。まぁ、ひどいことになったとしても、何もないよりはいいですよ……何もないより、苦しんだり、失敗したりとか、そういうほうが面白いですよ」

「……」

「私はそう思うことにしました、真平君のこと。正直、彼のことはよくわかりません。本気で私を好いてくれてるんじゃない気もするし……これって恋っていえるのかなって思ったりもします。でも、面白いかな。だから、いいかなって。もしかしたらこの先、悲しいことが待ってるのかもしれないけど……ていうか、ハッピーエンドはないと思うし……でも、それはそれでいいかなって。何もないよりは心が動く何かがあったほうが、ずっといいかなって……そう思ってます」

「そうですね……そうかもしれませんね」

「やっぱり、今日は素直ですね」

「今日も、です」と和平は微笑む。「でも、私にはもうそういうことってないんでしょうね」

「そういうことって？」

「いや、あの……ワクワクしながら相手を待ったり、手をつなごうとドキドキしたり、ヤキモチなんか焼いちゃったり……」

「つまり、恋ってことですか？」

まっすぐな目で覗き込まれ、和平は少しドギマギする。

「えっと……いい年して何言ってんですかね。ホント笑ってください」

「笑いませんよ……あとで思い出して笑いますけど」

「そうしてください……ていうか、もう半ば笑ってるじゃないですか」

「ハハ……恋したっていいじゃないですか。二対一のお見合いなんて、相当ファンキーですよ」

「ファンキー？　ですか」

「ええ。いいネタになります」

「ネタ？」

「冗談です」と千明は笑った。


日曜日。家の前の小路で和平が自転車に空気を入れていると、「おはようございます」と声をかけられた。「おはようございます」と振り返ると知美が立っていた。

「あ……どうした？」

「今日、本当ならお見合いだったたんですよねぇ、今ごろ」

「……すまん」

「いいえ、いいんです。ちょっとうれしかったです」

「どういうこと？」

「軽い気持ちでそういうことできない人なんだって思って、和平さん」

いきなり名前を呼ばれて和平は焦る。「和平さんって……いや、あの」

知美は距離を詰め、耳元でささやく。「好きになっちゃいました、私」

「え……!?」

「それだけ言いにきました。じゃ」と知美は早足で去っていく。

和平は戸惑いながら、その背中を見送った。


午後、和平は買い物ついでに神社の境内で行われているバザーに立ち寄った。シートの上に並べられたなつかしいオモチャから顔を上げると、じっと自分を見つめている女性がいる。どこかで見たような……と和平が記憶をたぐっていると、その女性が話しかけてきた。

「あの……長倉さんですよね? 私、一条さんから写真を……」

「あ、大橋さん?」

「娘がいつもお世話になっております」と知美の母、秀子《ひでこ》が頭を下げる。

「いえ。このたびは何だか大変失礼なことを」

「いいえ、あやまらないでください。私のほうこそ、何だか娘がヘンなことを言いだして……本当に失礼いたしました」と再び深々と頭を下げる。

「いえ、そんな、それはもう全然」

「実は、私も長倉さんと一緒です。再婚する気持ちは特になくて。でも、お見合いのお話がきてちょっとうれしくなっちゃって。あぁ、私もそういう可能性があるのかな、なんて……ちょっとはしゃいでしまいました。べつに新しい夫が欲しいわけでもないし、今さら再婚して新しい生活をしたいとも特に思ってません。ただ、ちょっと恋愛っぽいことしてみたいな、とか思って」

「恋愛っぽいこと？」

「はい。待ち合わせしたり、男の人に会うためにオシャレしたり、お茶したり、ごはん食べたり、歩いたり？ ……それくらいのことです。鎌倉って、素敵なお店がどんどんできてるじゃないですか。でも、そういうところは女ひとりじゃ入りにくいし、男の方と入ってみたいなって思うんですよね。……あ、ごめんなさい。私、初対面の方にペラペラ……なんか今日はちょっとヘンなんです。こんなふうにオシャレして街を歩くなんてないんで」

お見合い用に買った服を着て出かけてみたら、偶然見合い相手当人を見かけたから、つい浮き立った気持ちのままおしゃべりしてしまったのだと秀子は苦笑する。

「すみません、長々と。では、失礼します」

立ち去ろうとする秀子に、「大橋さん」と和平は思わず声をかけていた。

「どのあたりですか？ その……素敵なお店のあるところって。もしよかったら、ご一緒していただけませんか？ ちょっと腹減っちゃって。今から行きませんか？」

「はい」と頷き、秀子はふわっと笑った。

これって、もしかして……ファンキー？

和平も笑みを返し、秀子と並んで歩きだす。


江ノ電のかすかな揺れに身を任せ、千明がゆっくりと過ぎる窓外の景色を見ている。ふと、その視線がひとつの光景に釘づけになった。

線路脇の道を、腕を組んで寄り添い歩く同年代のカップルがいる。写真に撮って『恋人たちの散歩道』とでもタイトルをつけ、壁に飾りたくなるような幸せそうなふたり――。

男は、どう見ても真平だった。

遠ざかっていくふたりを見ながら、千明はつぶやく。

「ファンキーだねぇ……」

無理につくろうとした笑みが、少しずつゆがんでいく……。

第4話　女が年取るってせつないよね

電車の扉に体を預け、ため息をついた千明に不意に声がかかる。「あれは、みどりちゃんですねぇ」驚いて隣を見ると、隅の座席に万理子が座っていた。

「真ちゃんの同級生ですね、小学校の。ということは私の同級生でもあります。双子なもので」

「はぁ……そうなんだ。同級生……」

思わせぶりな表情で万理子が見上げている。「何？」

「いえ、その先を聞きたいかどうか、様子をうかがっていました」

「え……」

「即座に否定しないということは、聞きたいような、聞きたくないような感じですかね。自分だけではないことは真ちゃんの様子からわかってはいたが、いざ相手といるところを見てしまうと、それはそれでつらいわ、みたいな？　しかし、私はそんなことは平気なのだというふうでいたい感じもあるのだが……でもなぁ、みたいな」

万理子のまだるっこしい言い方が図星をついていて、千明は腹が立ってくる。

「いかがいたしましょう？　たしかに知りたくない要素を含んではいますので、お任せします」

「私をもてあそぶの、いいかげんやめてくれる？　私はあんたのオモチャじゃないんだからね」

「それ、いいですね。なっていただきたいです、私のオモチャに」

「なるわけないでしょ。いいかげんにして」

「そうですか……そうですよね」と万理子は肩を落とす。その落ち込みがあまりにもひどいので、千明は罪悪感を抱いてしまう。そういえばこの子、すっごい面倒な子だった……。

「……あのさ」

　途端に「はい！」と万理子は元気よく顔を上げた。だまされたか……と、千明は舌打ちする。

「聞いとこうかなと思ってさ。ウジウジすんの嫌いだから、あれこれ想像して」

「ほぅ、そっちですか。なるほど」

「ま、いいや。どっか行こうか、お茶飲めるとこ」

「はい！」

秀子が和平を連れてきたのは鎌倉の海岸沿いにあるカフェだった。テラスからは湘南の海が一望でき、かすかにあたる潮風が頬をなでる。横並びのソファ席に並んで座ることになり、和平はなんだか居心地が悪かったが、秀子はとても楽しそうだ。

「素敵ですねぇ。入ってみたかったんですよ……でも、ひとりじゃなんだか入りにくくて……」

「私、知りませんでした。観光推進課なのに、ダメですね」

「アンテナだけは張ってるんですよね、昔のまま」

「私の場合、アンテナはもう全然。いや、昔からそういうアンテナは持ってなかったな」

「いいんですよ、男性はそのほうが。今の若い男性はそういうアンテナ張り巡らしすぎです。なんか媚びたホストみたいで、嫌い。ま、若い人もこんなおばさんに興味ないから、大丈夫なんですけどね、心配しなくても」

「そんなことありませんよ」

「ありますよ。男の人はいいですよね、若い女の子に好かれることもあるじゃないですか……知美もそうなのかな……なんか、すみません。困らせてしまいましたよね」

「いえいえ、彼女の場合はそういうんじゃないと思いますよ」

そう答えながらも、和平は今朝の知美の告白を思い出し、焦る。

「父親を早くに亡くしているから、ファザコンなのかなぁ、あの子」

「あぁ……なるほど」

「すみません。娘の考えてること、わかりません。でも、最近は枯れ専なんて言ってね」

「カレセン？？？」

「枯れてる男性専門で好きになるっていう意味です」

「はぁ……枯れてるのカレか……枯れてるって、なんだか干からびてくみたいでイヤだな……。あ、でも、男だっているんじゃないですか？　その年上の女性っていうか」

「ババ専？」

「ババ？　って……いや……まぁ、ええ」

困った様子の和平に秀子が微笑む。

「……なんか照れますね、この席」

「はい……それもなんかいいです」

「たしかに。なんか、みっともないことしてしまって恥ずかしいという思いはしょっちゅうしますけど……照れくさいなんて気持ちは久しぶりです」

「あぁ、そうですね。いいですね。大いに照れましょう」

「はい」と和平が秀子に笑みを返したとき、聞き覚えのある声が背中のほうから聞こえてきた。

万理子を伴い、話題のカフェに入ってきた千明は、恐る恐るという感じで振り返った和平と目が合い、「あ」と立ち止まる。

まさかの女連れ。しかも妙齢の女性……これはもしや、例の見合いの……母？

和平に向かって、千明はニンマリと笑った。

「あ、あの……このもっさいのが妹の万理子です。それと、隣に住んでらっしゃる、吉野さん」

和平は立ち上がり、秀子にふたりを紹介する。

「どうも、はじめまして」

「こちら大橋さん……あの、娘さんが」

「娘が市役所で長倉さんの下でお世話になっておりまして」と秀子がそつなく説明する。

「はじめまして。あ、私たちのことは気にしないでください。あっちの席に行きますから」とわざとらしく邪魔はしませんアピールをし、千明は万理子を入り口近くの席に引っ張っていく。

「すみません。私なんかといるところを見られてしまって……恥ずかしいですよね」

「何をおっしゃってるんですか、怒りますよ。ただ……照れくさいだけです」

お、なんかうまいこと言えたぞとドヤ顔になる和平を、秀子はかわいいと思う。

写真を見たときの直感は正しかった。この人は……やっぱり素敵な人だ……。

「あの……ときどきいいですか？」

「はい？」

「こんなふうに、ときどきいいですか？……行ってみたいお店とか、たくさんあるので」

「あ……ええ。私でよければ」

「ありがとうございます」


「で、離婚して、帰ってきたみたいですね。で、おそらく真ちゃんは言ったんでしょう。俺にできることなら何でもするよ。で、彼女はこう言った」

「わかった、もういい」と千明は万理子の話を止める。

覚悟はしていたが、実際に目の当たりにし、話を聞くと、これはかなりキツい……。

「ほかにもいるのかな、そういう人」

「う～んと、今は」と万理子は指を折って数えていく。親指、人さし指、中指、薬指……。

そんなにかっ⁉　千明の心が折れそうになったとき、万理子が指を戻しはじめた。

「戻すのかよ！」

「今はふたりだけだと思います」

「……そう」

「今は、ですけどね」

「いつから、そんな感じなの？　彼は」

「子どものころから、ずっと」とこともなげに万理子は答える。「あ、子どものころからエッチなことをしていたわけではないと思いますが」

「そんなことは聞いてません」

「そうですか。興味あるかなと思いまして」

「どうして、あんなふうなわけ？　彼は」

もっとも知りたいことを聞いたのだが、万理子は黙って笑みを浮かべるだけだ。

「そこは教えてくれないわけね」

「今までの延べ人数なら」

「そんなこと知りたいわけないでしょ」と反射的に否定したが、やっぱり知りたいかも……。好奇心に負けて、千明は尋ねた。「何人？」

万理子は千明にソッと耳打ちする。「マジで⁉」

「天使ですから、真ちゃんは」

やっぱり天使との恋愛は無理かも……千明はふにゃふにゃになり、テーブルに崩れる。運ばれてきたスイーツを食べ、どうにかこうにか自分を復活させる。

「一口食べる？」

「いえ、甘いものは苦手。というか、そもそもあまり食べることに興味が薄いというか」

「面白い子だねぇ」

千明にそう言われ、万理子は飼い主に頭をなでられた犬のように、屈託のない笑みを見せる。そのときドアが開き、新たなカップルが店に入ってきた。腕を組んで体を密着させ、かなりのラブラブモード。男の顔を見た瞬間、千明は凍りついた。

「あれ？　どうしたの？」

動揺する千明とは裏腹に、迷いのない笑顔を真平は向けてくる。

「あ……電車でばったり会って、お茶でもって」

みどりが万理子に「久しぶり」とうれしそうに話しかける。「万理子、変わらないわねぇ」

「みどりさんも相変わらず、幸薄そうな笑顔が素敵です」

「アハハハ」と笑顔のまま、みどりは千明に頭を下げる。「こんにちは」

「あ、こんにちは」

そこで、ようやく入り口付近の邂逅《かいこう》に、和平が気づいた。心配そうに千明をうかがう。

「お知り合いですか？」

「あ、弟です」

「はぁ。そんなに近所でしたっけ、ここ」

「いや……ハハ……」


夕食の準備の前に、看板をしまいに真平が外に出ると、ちょうど買い物から帰ってきた千明と出くわした。千明は少し逡巡したあと、買い物袋をかかげ、聞いた。

「クリームシチュー……好き？」

「うん」

真平は家に戻って、典子に夕食の準備を頼むと、千明の家を訪ねる。キッチンではすでに千明がクリームシチュー作りに取りかかっていた。手伝おうとすると、その手を止める。

「いいんだ。今日は私がやるんだから」

「……そうなの？」

「だから、向こうで座って、待ってて」と千明は真平を居間へと追い立てる。

「言っとくけど、おいしくないかもよ。むしろ、まずいかも……でも、何も言わないで。おいしいとかもいい。作ったもののことなんか何も言わないでいいからさ、テレビ見ながら食べてさ、いつの間にか平らげちゃった、みたいなのがいいな」

「……わかった」

「うん。ここに座って、ビールなんか飲んで待ってて」

居間のテーブルには缶ビールと軽いつまみが用意してあった。

「すげえな。なんか、お父さんみたいだ」と真平はうれしそうに缶ビールを開ける。

千明が料理に集中していると、不意に人の気配を感じた。振り返る間もなく、背後から強く抱きしめられる。

「……どうしたの？」

「ありがとう……何も言わないんだね」

「哀しいくらい、大人だからね、こちとら」苦笑する千明を真平はさらに強く抱きしめる。その腕の力に愛を感じ、千明は胸が熱くなってくる。思わず涙がこぼれそうになり、わざとはしゃぐ。

「ねえ、この状況ってちょっと新婚さんみたいだよね。だめぇ、ダーリン、ごはん作れなくなっちゃうよぉ、もう……みたいな」

真平の笑い声が耳のすぐそばで聞こえる。その息づかいに、胸がキュンとなる。

突然、真平に前を向かされた。吸い込まれそうなやさしい瞳が自分を見つめている。

「千明、ありがとう」

そう言って、真平は再び千明を抱きしめた。

「……作れなくなっちゃうよ」


翌朝、駅のホームの端に立つ千明の姿を見つけ、和平は思案の末に、ゆっくりと近づいた。

「……おはようございます」

「あ、おはようございます」

「……大丈夫……ですか？」

和平が昨日の真平との鉢合わせのことを言ってるのだと気づき、千明は「大丈夫です」と頷いた。「わかってたことなんで」

「すいません……って、僕があやまることじゃないけど」

千明は苦笑し、話題を変える。

「素敵な方じゃないですか、お見合いのお母さんのほう……ですよね？」

「あ、ええ、そうなんですけど、あれは違うっていうか、その」

「頑張ってください。私も頑張ります」

「あ……いや……はい」

と、いきなり千明は何やら思い出し笑いをする。「どうしました？」と和平が反応する。

「よく考えると、なかなかファンキーな状況でしたね、あの店。あるんですね、あんなこと」

「ええ」

「一度、行ってみたかったんですよ、あそこ」

「そうなんですか」

「ほかにも何軒かあるんですけどね、そういう店。一番行きたいのは七里ヶ浜のシーラスかな」

「あぁ、あそこですか。あそこはいいですよね」

「やっぱり、おいしいですか？」

「いや、行ったことはないですけど」

「何ですか、それ。適当だなぁ」

「いいですよねと言っただけで、行ったことがあるとは言ってません」

「行ったことないのに、なんでいいですよねとか言えるんですか」

「そんなに嚙みつくことですかね。普通の、大人の会話でしょ。『行ってみたいんです』『あぁ、あそこはいいですよね』『ですよねぇ』って、どうしてなれないんですか」

「なれませんね。行ったことないくせに、あそこはいいですね、なんて言う大人になりたくありません。行ったことないのに褒めるなんて、観光推進課の人のすることじゃないでしょ。無責任」

「わかりましたよ。じゃ行きましょうよ」

売り言葉に買い言葉で、和平はついそう言ってしまう。しかし、「ごちそうさまです。楽しみだぁ」と千明が笑顔になったのを見て、まぁ、いいかと思うのだった。

ハルカを交じえた脚本打ち合わせは、早々に行き詰まってしまった。重い空気のなか、飯田が言いにくそうに監督からのダメ出しを報告する。不服そうなハルカに武田が説明する。

「まぁリアリティの問題ですかね。三組のカップルが同時に同じ店で鉢合わせするっていうのは……ですよね、千明さん」

「あるんじゃない？」

「え？」と武田は驚いた顔で千明を見返す。三井と飯田もびっくり。ハルカだけが「ですよねえ」と頷いている。

「うん。あるでしょ。そういうことって普通に」

「ですよねえ。さすが、千明さん」

「いやいや……あれだね、監督も小さいことにこだわりすぎなんだな。それが作品自体を小さくしてんだよ」

「ですよねえ、小さいですよねえ」

「ねえ」と納得し合うふたりのうしろで、武田と飯田が三井に何やらコソコソとささやく。

「こないだ、あんだけありえないありえないって言ってたくせに」

「ですよねえ」

「それが大人」

脚本家が脚本家ならプロデューサーもプロデューサーだと、そんな人たちにいいように振り回される我が身を嘆く三人だった。

「あ、そうそう、千明さん。こないだの千明さんのお友達の話」

「え？」

「ほら、出会い系に登録されたっていう」

「あぁ、はいはい、友達友達」

「あの四十五の人、彼氏がイケメンの三十五歳って言ってたじゃないですか」

「あ、えっとっ、あぁそうだった……かな、うん」

「無理ありますよね」

その友達が千明本人だということにとっくに気づいている三人は、うしろで凍りつく。

「え？」

「いや、その関係ちょっと無理がありますよねえ……うん」

「そうかな。全然無理なんかないんじゃない？」

「いや、よっぽどお金持ちとか、よっぽどきれいとかなら、まぁ。そこそこではちょっと」

「そこそこではねえ……そうかもねえ、ハハ」

「なんか裏があったりしないんですかね」

「裏……あ……」

「あります？　いいネタ」と千明のリアクションにハルカが食いつく。

「うん……実はさ、その……私の友達の話だけど、友達のね、友達」

ハルカのうしろで三人も身を乗り出す。

「実は……その彼氏っていうのが、ちょっと変わってて」

「あ、ババ専？」

このガキ……一度絞めてやろうか……。


知美のデスクから聞こえてくるバッサバッサという音が、和平は気になって仕方がない。資料用に大判の紙を裁断しているのだが、それがいちいち荒っぽいのだ。どう考えても不機嫌アピールとしか思えない。そのとき、横に立った田所がため息をついた。和平は、これで空気を変えられるとばかりに話しかける。「何だよ、どうした？」

「いや、実は見合いの話がありましてね」

「あ、いいや、そういう話題は……。仕事しろ」

「いいじゃないですか、ちょっとくらい」

「私は特にかまいませんが」と作業を続けながら知美が言う。

「断られました」

「だろうな」

和平は早くこの話題を終わらせたくて素っ気なく答える。

「あんまりですよ。会う前に断られました。失礼しちゃいますよね。直接本人が電話してきましてね。条件的には申し分ないけど、顔がどうしても無理です。ごめんなさいって」

「え？」

「だろうな」

「え？……あ、そうなんだ。それは残念だったな。仕事しろ」

「はぁ……そういえば課長、お見合いはしたんですか？」

なんで今、その話題を振る⁉

「してないよ」

「あ、ひょっとして断られたんですか？　顔が無理とか言われて」

「そうだ。それでいいよ、もう」

そのとき、ガタンと大きな音を立てて知美が席を立った。「……出てきます」

「あ……えっと……どこ行くの？」

「苦情を」

「へえ」

「言いに」

「は？」

知美が役所を出て三十分後、和平のデスクの電話が鳴った。出ると一条の怒ったような声が響いてきた。「すぐ来てくれ、すぐだ」

和平は切れた電話につぶやく。「なんで怒ってるんだ……？」


「君……何してるんだ、ここで？」

和平は一条家の縁側にちょこんと座る知美を見て、驚きの声を発した。

「倉ちゃん、困るなぁ」

「え？」

「ふたりとのお見合いを断って、片方と抜け駆けで逢い引きは、仁義に反するよ。このスケベ」

「は？　いやいやいや一条さん、そういうことではなくですね。たまたま偶然お会いして、で、一緒にお茶を飲んだだけですよ」

「母はとっても楽しかったみたいです。ゆうべは頬が赤くなってました、ぽ～っとして」

「やっぱりお茶だけじゃないんだろう。このスケベ」

「いや、あの一条さん、ちょっと黙っててもらえませんでしょうか？　ややこしくなるので」

「話すのだけが楽しみな年寄りに向かって、黙れというのか、あんたは」

「いやいや、そういうことじゃなくて」

「なんで私じゃなくて母なんですか」

「いや、だから」

「そうだよ。こんな若い子が嫁さんにしてください、好きにしてくださいって言ってるんだぞ」

「そこまでは言ってません」と知美が一条に冷静に返す。

「なんだ、そうなのか?」

「なぁ、知美……いや、大橋さん」

「はい」

「うれしいよ、俺は。君みたいな子にさ、ウソでも冗談でも一時的にでも、そんなふうに思ってていうか、言ってもらえてさ……男としても、自信になるよ」

「うん、そのとおりだ」と一条が合いの手を入れる。

「ありがとう」

「ありがとよ」

「でも、君みたいに素敵な子の相手は俺じゃない……俺なんかじゃないよ。君はさ、しっかりしてるし、チャラチャラしたところのない女性だから、同世代の男は軽く見えてしまうんじゃないか？　物足りないっていうのかな。だから、こんな俺みたいなおじさんのことをさ、そんなふうに思うんじゃないのか？　いや、そりゃうれしいことだけどさ。あ、それに君はお父さんを早くに亡くしてるっていうのもあるのかもしれないね」

「なるほどね」

「だから、俺のことがちょっとよく見えたりするのかもしれないけど……俺はダメだ。俺なんかさ、全然ダメだよ。全然たいしたことないんだ」

「そうだ。全然たいしたことないぞ」

うっとうしい一条の合いの手を知美が制する。

「一条さん、ちょっと黙っててもらっていいですか？」

「あ……はい」

「俺の言ってること、わかってくれるかな」

やさしく微笑む和平に、知美は頷く。「ありがとうございます」

「よかった」と和平は安堵する。

「そんな和平さんが、ますます好きになりました」

「だろ……え？」

「次のデートは私でお願いします」

「いや、だからあれはたまたま偶然」

「……大丈夫、会うと思います。たまたま偶然」

「ちょっと言ってる意味がわからない」

「失礼します。一条さん、バイバイ」と笑顔で手を振り、知美は去っていく。

「バイバイ」とうれしそうに手を振り返す一条の隣で、和平は大きくため息をついた。


和平が一条家から役所に向かって歩いていると、携帯が鳴った。秀子からだ。

「突然すみません。昨日はどうもありがとうございました」

まさかそのことで娘さんに責められましたとも言えず、和平はあいまいに言葉を返す。

「で、あの……またご一緒できたらなと思いまして……すみません、オバサン図々しくて。一緒に行ってみたいお店があるものですから、どうかなと思って……七里ヶ浜のシーラスってお店なんですけど」

千明と一緒に行くと約束した店だ。うれしそうな千明の笑顔が和平の脳裏によみがえる。

「あ、あの……今度は、私が行ってみたい店に付き合っていただくっていうのはどうですか？」

「え？　あ、本当ですか？　うれしいです！　突然すみませんでした。楽しみにしてます」

携帯を切った和平は、どうにも複雑な気持ちになる。

「何やってんだ、俺は……」

自嘲気味に笑みを浮かべ、空を見上げる。

「長倉さん」

声をかけられ振り向くと、白衣にコートを羽織った男が弁当の包みを手にやってくる。

「門脇《かどわき》先生……ご無沙汰しております。今ごろお昼ですか？」

「ええ。やっとです」

「大変ですねえ。あ、いつも真平がお世話になっております。どうですか？　最近あいつ。家では全然話してくれなくて」

「え……お兄さん、知らないのかぁ」

「どういうことです？」

口ごもる門脇に、和平が詰め寄る。

家に入ると、広行と息子の翔《しょう》のはしゃいだ声と耳障りなゲームの機械音が聞こえてくる。典子がそーっとうかがうと、ふたりは宅配ピザを食べながらゲームをしている。その楽しげな様子に典子はカチンとくる。「ちょっと！」

広行はびくんと振り返る。いっぽう、翔はまったく意に介せず、広行を肩で小突く。「途中でやめんなよ。もうすぐなんだからよ」

「あ……いや、すまん」と広行はゲームに戻る。

「何なの？　不自由してるかと思って様子見にきたら……なにエンジョイしてんのよ」

「あぁ……うん……」

「ちょっと、なにゲーム続けてんのよ」と典子はゲームのプラグをコンセントから引き抜いた。

「何なんだよ、もう。キレんなよ、面倒くせえ。くそババァ！」

翔は吐き捨てると、自分の部屋へと消える。

「何よ、くそババァって……何なの、いったい。ねえ、じじぃ」

「私は、君のじじぃではない」

「は？　何よ、あだ名じゃない。ずっとそうやって呼んでたじゃない」

「ずっとイヤだったんだ」

「……何なの……」

背を向けたままの広行に、典子は言った。「ひとつ聞いていい？」

「……ああ」

「愛してないわけ、もう？　私のこと」

広行は黙ったまま、答えない。

「どうなのよ」

固まったようだった頭が、コクリと下がり「……かも」と小さな声がした。

「……へえ、あぁ、そう……ちょうどよかった。私も」

「え……」

典子は部屋の中を見回し、大きくひとつ息をつく。

「どうぞ、ずっとおふたりでエンジョイなさってください」

廊下に置いた鞄を手にとり、典子は家を出る。


静かな雰囲気のレストランの個室、ゆったりとした白い革張りのソファに啓子と祥子が並んで腰かけている。その正面に千明、隣にはギャルモデル系メイクで違和感ありまくりのハルカが興味津々に店内を見回している。

「脚本家のハルカ先生。いや、次のドラマにね、四十代の独身女性が出てくるもんだから、参考にあんたたちの話が聞きたいんだって」

「急にすみません。よろしくお願いしますぅ」

スウィートヴォイスにこめかみをひきつらせながら、啓子と祥子は「どうも」と会釈する。

「こういうところで飲んでるんですねえ。なんか、いいですねえ。いかにもって感じで」

「いかにも……四十代独身って感じがする？」と祥子がおずおずと尋ねる。

「はい。なんか、こう、切ないオーラが出てますねぇ」

天真爛漫そのものに繰り出すハルカの毒舌に、三人は言葉もない。

食事と酒が進むとハルカのテンションはさらに上がっていく。三人の話を聞きながら、もう笑いが止まらない。

「なんでそんなにイタいネタいっぱい持ってるんですか、スゴいなぁ。スゴい、スゴい」

「イタくない、イタくない」と啓子は苦笑しながら、否定する。

「そりゃどうも。でも、それって褒めてないよね」と祥子にムッとされてもハルカはまったく気にしない。「え～、褒めてますよぉ」

「あ、でもさ、ハルカちゃん。そうやって笑ってるけど、私たちだってそうだったんだよ。あんたくらいのころにはさ」

「そうだね、そうだったね……笑ってた。私たちみたいな先輩のこと」と啓子が続ける。

「あんたなんかさ、絶対その予備軍だからね」

「そうそう……いつか、思い出すわよ。そうやって笑ってた日のことを」

「大丈夫ですよぉ、私は」とハルカは自信たっぷりに返す。

「何が大丈夫なんですか」と千明が軽く笑う。

「自分は大丈夫って思ってんのよ、根拠なく。私たちもそうだったもん」

「あぁ、そうね。そうだったね」

ハルカは、バカにしたように自分を見る三人を「そうじゃなくて」と制した。

「だって、結婚してますもん、私」

「え?……ウソ」と千明は目を丸くする。啓子と祥子はショックで言葉も出ない。

「子どももいますし……、四歳です」

「そうなの?」

「知らなかったですか?」

「知らない、知らない」

啓子と祥子は非難のまなざしを千明へと向ける。あんたのせいで、余計な恥を……。

「だから、皆さんみたいな人の気持ちが全然わからないので、こうやって来てるんじゃないですか。やだなぁ、千明さん……あ、写真見ますぅ？」

ハルカは携帯を取り出し、家族写真を見せる。若くてイケメンの旦那とかわいい男の子のスリーショット……。

「あ、こんな時間だ。じゃ私、そろそろ失礼します。朝、お弁当作らなきゃならないんで」

「お弁当……」と啓子がつぶやく。

「じゃ、皆さん、頑張ってくださいね。スゴい楽しかったです。またイタい話あったら、いつでも呼んでくださいね。今日はありがとうございましたぁ」

ハルカが去り、どんよりとした空気だけが残った。

「なんだろ、この圧倒的な敗北感は」

「これは……イタいねえ」

「すみませんでした、すいやせんでした」と千明がふたりに頭を下げる。

「お弁当かぁ……私も誰かに作りたいな。嫌いじゃないんだよね、そういうの」

ポツリと漏らす啓子を、切ない顔で千明と祥子が見つめる。

沈んだ雰囲気を変えようと、祥子が言った。「でも、あれじゃん。千明はいいじゃん。エンジェル真平君がいるんだからさ」

「今、そこ掘る？　見ちゃったばかりで落ち込んでるのにさ」

「え？　何？　何があったの？」「何見ちゃったの？」とふたりはがっつり食いつく。しょうがないなぁと千明は、本当にイタい話を披露するのだった。


寒いなぁと肩を抱いて小路を入ると、我が家の窓から明かりが見える。

「まさか……エンジェル？」

千明は駆け足で家へと向かう。居間に入ると、ソファの上に典子が正座して待っていた。

「え……？」

「お帰り」と典子が頭を下げる。「お願い。しばらくここにいさせて……お願い」

いつもとは違う落ち込んだ様子の典子に、千明は頭から拒絶できない。

「いや……ちょっと待って」

「少しはあんたにも責任あるんだからね。お願い。あっち居心地悪いし、帰れ帰れって言うしさ……お願いします……お願い」と典子はメソメソと泣きはじめる。

「こっちだって泣きたいのにさぁ……わかったわよ、いていいから泣かないでよ」

「はい」と典子はすぐに泣きやむ。

ウソ泣きかよ……。

一時間後、ビールの空き缶が転がるテーブルに片ひじをつき、その手にタバコを、片方の手には焼酎のグラスという状態で、酔った典子が千明にからんでいる。

「そんなにさ、絵に描いたみたいに幸せな家族だなって思ってなかったわよ。夫婦の会話だってそんなになかったし、息子は私のこと、うるせえババァとか言うしさ。でもね、でも、そんなもんだろうって思ってた……家族なんてさ、そんなもんだろうって思ってた。そうでしょ？　そりゃ文句ばっかり言ってたかもしれないけど、家族なんてさ、そんなもんじゃない？」

「まぁ、わかんないけど……そうなんじゃない？……わかんないけど」

「うん。そんなさ、お母さんがいつでもきれいにしててニコニコしててさ、息子もさわやかでさ、お母さんの作る料理はおいしいね、なんて言って、旦那も誕生日に花を買ってくるみたいにさ、そんなのないでしょ？　実際は」

「うん。ま、ちょっと例が極端だけど。ないね、きっと」

「ないわよ、そんなの。だから、そういう不満とかも含めてさ、暮らしなわけじゃない。だからさ、そこそこ幸せなんだろうって思ってたわけ、私は。想像でさ、よそと比べたりするのやめようと思ったし。そりゃ、少し自分のことをきれいにしたりとか怠けてたかもしれないよ。でもそれだってさ、不安がないから怠けられるんじゃん。もう一生一緒に過ごす人はいるんだからって……ダメなところ全部見せたって大丈夫って思ってるからさ……だからじゃん」

実際にはよくわかってなかったが、とりあえず「なるほど」と千明は相槌を打つ。

「じじぃって呼んでたのだってさ、すごく年上っていうのもあるけどさ、親しみっていうか愛情表現じゃん。本当に年取ってるのがイヤだったら、じじぃなんて言わないでしょ？」

「……そっちはそっちで大変なんだね」

「わかってくれるの？」

「ううん」と千明は首を振った。「よくわからない自分が哀しい」

「はぁ？……」

「あんた主婦でしょ。私、外で働いてるでしょ……私とあんたは全然違うけどさ……どっちにしても、女が年取るのって大変だよね……切ないよね」

その言葉に、典子の涙のダムが決壊した。号泣する典子につられ、思わず千明も泣いてしまう。四十五女の泣き声が、夜の鎌倉に響いていく。

「ただいまぁ……あぁ、寒い寒い」

帰宅した真平は、和平の表情がいつもと違うので、「ん？」と足を止めた。万理子とえりなも暗い顔をしている。和平は真平を座らせると、おもむろに口を開いた。

「真平、お前、検査に行かなかったんだってな。門脇先生から聞いたよ」

「……大丈夫だよ」

「何が大丈夫なんだよ。ちゃんと説明しろ」

「だから、大丈夫だって。心配してくれなくたって」と真平は話を振り切るように立ち上がる。その腕を和平がつかむ。「ちょっと待て、真平！」

「ほっといてくれ」

「待て！　心配しなくていいってどういうことだ。心配しないわけにはいかないんだ！」

「離せよ！」

揉み合った拍子にふたりの体が棚にぶつかり、桜貝の瓶が床に落ちた……。

第5話　人生最後の恋って何だろう

瓶を拾おうとかがんだ和平の背中に、真平が言う。「ごめん」

「あやまらないでいい」

瓶を棚に戻すと、和平は振り向いた。「なんで逃げんだよ」

「逃げてないよ、俺は。逃げられやしないんだからさ、運命みたいなやつからは……。だから、逃げてるわけじゃないよ」

真平はテーブルへ戻って言った。「やめようと思ってさ……せっかく自分で、いつどうなってもいいように覚悟して生きてるのにさ、検査の日が近づくたびにドキドキして、悪い結果を知らされるんじゃないかって弱気になってさ。で、涙が出るほどホッとして……次の検査を待つんだ。そうやって自分の気持ちが後ろ向きになるのイヤなんだ。だからやめようと思って」

「逃げてるよ。俺には逃げてるようにしか見えないよ。お前がドキドキしようが、後ろ向きになろうが検査には行くべきだろ。仮によくない兆候があるなら早く見つかったほうがいいんだし」

「検査しても治るわけじゃないだろ」

「だからって行かないのは間違ってるだろ」

「頼むから正しいとか間違ってるとかやめてくれよ。いいんだよ、間違ってても。正しくなくてもいいんだよ」

「いいわけないだろ！」

「やめてくれよ、そういうの」と真平は席を立った。「兄貴には俺の気持ちはわからないよ」

そう言って、真平は自分の部屋へと去った。

「真平……」


寒風が吹きつける朝の海岸、和平とえりながしゃがんで桜貝を探している。熊手で砂を掘っていくときれいなピンク色の貝が姿を現した。えりなはそれを手にとり和平に見せる。

「お、いいの採れたな」

「……お母さんも死ぬとき、怖かったのかな」

不意にえりなが言う。ゆうべの真平の言葉を思い出したのだろう。

「事故だから、怖かったのはほんの少しだけだよね」

「……あぁ、そうだな」

「真兄ちゃん、大丈夫かな」

「大丈夫。心配すんな。……えりなは真平のこと好きだもんな」

「みんな好きだよ、真兄ちゃんのこと」

「そうだな」

「私、真兄ちゃんの気持ちわかるなって思う」

「え……」

えりなは「はい」と言って貝を渡すと、立ち上がった。「先、帰ってるね」

去っていく娘を見送り、和平はぼんやりと真平のことを考えながら、ひとり砂を掘る。


「ねえ、起きてよ、起きようよ。つまんないよぉ」

耳元で呪文のようにささやかれ、背中をつんつんと小突かれる。かなり我慢したが、もう限界だ。

「ちょっといいかげんにしてよ」と、千明はガバッと起き上がった。

「やっと起きた。おはよう」

ニッコリと微笑む典子に、千明はキレた。「おはようじゃないわよ。人に起こされるの嫌いなのよ、私は。うわっ、まぶしい」

典子がいきなりカーテンを開けたものだから、朝の日差しが千明を直撃したのだ。

「何言ってるの？　起こしてもらえるなんて幸せでしょ？　いつまで寝てるつもりなのよ」

「起きるまでよ！　自分で起きるまで寝るの！　私は」

「そんなんだから嫁に行きそびれるのよ」

「嫁に行ったからって、幸せとは限らないんじゃないの？　え？　自分はどうなのよ」

「……幸せなときだってあったわよ」

「それはようござんしたね！　あぁ、もう完全に起きちゃったじゃない」と千明は髪をかきむしる。

「でも、テレビ局のプロデューサーとかいってもさ、家で着てるのはジャージ。私と一緒だね」

「いいじゃん。誰に見られるわけでもないんだからさ」

「そうだよねえ。家の中なんてねえ」

「主婦はまずいんじゃないの？　そういう手抜きが、夫の心が離れていく原因らしいよ」

「意地悪……ま、いいや。朝ごはん食べよ、朝ごはん」

「え？　もしかして、作ってくれた？」

「なんで家出てまで朝ごはん作んなきゃいけないのよ。隣においしい朝ごはんがあるでしょ？」

「え？　隣にいられないからウチに来たんだよね」

「ずっとバレないわけないいんだからさ。ほら行くよ」

「ちょっと待ってよ、起きてすぐ行けるわけないでしょ！　四十五なんだからね」


テーブルの奥に和平、その右側にえりな、反対側に万理子と真平……いつもと同じ朝食の光景だがどこか気まずい空気が漂っている。そこに、やたら元気よく典子が入ってきた。

「おはよう！　おなかすいたぁ！　朝ごはんちょうだい！」

そのうしろを申し訳なさそうに千明がついてくる。「……おはようございます」

「おはよう、千明」と真平が立ち上がり、キッチンへと向かう。

微妙な雰囲気を察した典子が尋ねる。「どうしたの？　みんな」

「べつにどうもしないよ。ていうか、お前、何やってんだよ」

典子は悪びれず和平に答える。「千明ちゃんちにお泊まり、ね」

「ハハ……ええまぁ、そういうことになっちゃって」

「またお前、家出したのかよ。何やってんだよ、いったい」

「いいの」

「よくないよ。どこがいいんだよ。お前さ、ちゃんと話し合えよ。子どもがいるんだから、話し合ってさぁ、お互いの気持ちをだな、クリアにしろ」

「あぁ、もうわかったわかった。ホントつまんない。役人ってホント嫌だ」

「何がだよ」と和平は憮然とする。

どう考えても自分はこの場にいるべきじゃないと感じた千明は、「私、失礼したほうがいいですよね」と帰ろうとする。が、すぐに典子に止められた。

「いいのよ、いて。お世話になったんだから。一宿一飯の恩義ってものがあるんだから」

「一宿一飯の恩があるなら自分で返せ、自分で」

「もうホントうるさいなぁ。いいから、ほら座って!」と典子は千明を無理やり座らせる。そこに真平がプレートに載せた食事を運んできた。礼を言う千明に笑顔で首を振る。

「そうだ」とソファに移動していた万理子を振り返り、典子が尋ねる。「あれのやり方教えて」

「へ？　なんのですか？」

「あれよ、あれ。千明ちゃんがほら、男募集したやつ」

「は？　自分でしたわけじゃないですから」と千明は慌てて否定する。

「まさか……チャレンジするんですか？」

「そうよ」

「何考えてんだよ、典子。いい年して」

「だって、あいつだってやってるんだよ。悔しいじゃん！　冗談じゃないわよ」

「あのなぁ、典子、よく考えろ」

「もういい。なんて言うかわかってるから、言わなくていい。間違ってるのはわかってるの！　でも、やるの！　お兄ちゃんは正しいことしか言わないから、つまんない」

「正しくて何が悪いんだ」

「そう思う人、はい」と典子が手を挙げ、みんなを促す。少し首をかしげつつも万理子が背中を向けたまま手を挙げる。さらに迷った末、えりなも手を挙げる。しかし、千明は動かない。

みんなが注目するなか、千明が口を開いた。「いや、お兄さんの言ってることは、すごく真っ当だし、必要な言葉だと私は思いますけどね」

和平は意外そうに千明を見る。「あ、ありがとうございます……」

「いえ、そんなお礼言われるようなことじゃないですから。べつに味方しようとかそういうんじゃないし……ま、つまんないのは事実だし」

「は?……」

「でも……真っ当で、必要なことって……つまらないんですよ、きっと」

和平は感動の面持ちで千明を見る。

「あ……なんか私、今すごくいいことを言っちゃいましたよね。使えるな、これ、ドラマで」

そのとき、千明の携帯が鳴った。席を立ち、入り口近くでなにやら話していた千明は、電話を切ると、急用ができたと長倉家を出ていった。


西麻布の喫茶店で三井とふたりで待っていると、目の下に化粧では隠しきれないほどのクマをつくったハルカが「どうもぉ……」と入ってきた。オシャレをする余裕もないらしく、部屋着にダウンを羽織ったシンプルな格好である。

「あれま、ひどい顔……でも格好いいじゃん」と千明はやさしく迎える。「書けないんだ?」

ハルカはこくりと頷いた。「才能ないんでしょうか、私……もうダメかも。神様に見放されちゃったのかも」

「なんかホッとした。栗山ハルカでも、そんなこと思うんだね」

イタズラっぽく笑う千明を、うらめしそうにハルカがにらむ。

「寝てないんでしょ？　大変だよね。家のこともあるだろうし、子どもはまだ小さいしね」

「そうなんです」とハルカが強く頷く。

「……なんて同情はしないんだよ、私は。あなたが幸せな結婚しててさ、子育てもちゃんとしてさ、仕事も第一線で活躍してさ……そんなこと全然知らなかったから、びっくりして、ちょっと落ち込んじゃったもん。スゴイなって思った。尊敬もした……だからさ、お願いだから家のことか理由にしないでね。そんなの聞きたくない。格好悪い」

千明の言葉に、ハルカは唇を嚙む。頭の片隅には、少しは同情してもらえるかも、という甘い考えがあったのだ。

「それにさ、あなたが書かないと何も始まらないんだ。みんな、何もできないんだよ。それくらいの仕事なのよ、あなたの仕事は。スタッフ、キャストすべての人の人生、その家族の人生をあなたが背負ってるの。私はね、意見や文句言ったりはできるけど……自分では書けない……書けないの。先生にお願いするしかないんだ……だから、お願いします……よろしくお願いします」

深々と頭を下げる千明に、ハルカは目がうるんでしまう。

「千明さん……頑張ります……私、頑張ります」

「ありがとう……ありがとう」

顔を上げ、千明は笑ってみせる。「協力できることは何でもするから。あ、よかったら三井さん置いてこうか？　意外と使えるんだよ、この人」

「いえ、三井さんは大丈夫です」

「だよね」

笑い合う三人の間になごやかな空気が流れる。もしかしたら、ハルカとの間にも同志としての絆を生むことができるかもしれない——千明は、そんな手応えを感じていた。

それがすぐに裏切られるとも知らずに……。


「原稿が来ました！」

メールの着信に喜びの声を上げた飯田は、添付ファイルを開き、首をかしげた。

「第四話……？」

「四話じゃないでしょ。まだ三話でしょ。ひょっとして四話まで勢いでできちゃったとか？」

「え〜、すごい。スタッフ喜びますよ」

三井と抱き合って喜ぶ千明に、飯田が冷や水を浴びせる。

「あの……これ、ウチの台本じゃありません」

「は？」

武田がパソコンの画面を凝視し、「うわっ」と驚きの声を漏らす。「これって……同じクールに始まるテレ日のドラマですね」

「はぁぁぁ？　何それ、聞いてないわよ。あの子、掛け持ちやってんの？　しかもウチが三話がなくて困ってるのに、向こうはもう四話って……」

武田と飯田はすでに驚きよりも、千明への恐怖で固まっている。

「これは怒っていいよね、三井さん。いいよね？」

「いいと思います」と三井も憤怒の表情で頷く。

「だよね……あぁ、怖い怖い……自分が何するかわからなくて、怖い」

「あの……これ、どうしましょうか？」

恐る恐る聞いてくる飯田に、千明は言った。「プリントアウトして！」

喫煙室で食い入るように原稿に目を通している千明を、スタッフ全員が見守っている。最後のページを読み終えた千明は、がっくりとうなだれ、力なく部屋を出た。

みんなの前に来ると、ニッコリと笑う。その笑顔に、その場の全員が凍りつく。

「面白いよ、これ……面白い」

「え……」

「面白い……絶対、当たるね、これは」

千明はデスクに戻ると、イスに体を沈める。「あれだね……私との相性が悪いんだね、きっと……私がダメなんだ。仕事もちゃんとできないのか……私は」

自嘲の笑みを浮かべる千明に、誰も何も言えなくなる。


予算会議を終えた和平は、大きく深呼吸をし、課に戻った。懸命に笑顔をつくり、「いやぁ、終わった終わった」と明るい声を出す。そして、みんなの前に立つと和平は頭を下げた。

「観光推進課の提案書は、すべて見送られた。すまん!」

「またですか?」と田所はうんざりした顔になる。

「俺の力不足だ。申し訳ない」

「違いますよ。あの人たち文句言うのが仕事なんですから。毎回毎回見送っておいてですよ、来月になったら、何か新しい提案はないのか。考えてないのか、怠慢だなとか言うんですよ」

「言いますね、確実に」と知美も同調する。

「だよね」

こいつらには自分の提案がまずかったのかもという反省はないのかと和平は苦笑する。

「ていうかさ、今度の日曜日、『みんなの鎌倉遠足』君たちふたりだろ?」

「はい」と田所と知美が頷く。

「頑張れよ。どれくらい来てるんだ、申し込み」

「九人ですね。六十代の女性三人組とほかにも一組、女性の三人組がいたな。四十代だったか五十代だったかの」

「なんだ、オバチャンばっかりか……」と思わず口を滑らせ、和平はハッと知美を見る。「すみません、今のは失言です」

「いいえ。課長もオバサンより若い女の子のほうがいいんですね。ね? そうですよね」

「あ、いや、べつに……」

足どりも軽くデスクへと戻っていく知美を、和平は苦笑しながら見送った。

公園で遊ぶ息子を眺めていると何だか胸が締めつけられるようだ。あふれんばかりのいとしさと、この子を一生守っていかなければ……という不安。もし、誰かが自分の隣で、同じような気持ちを抱いてくれたら……不意に湧いてきた強い願望に少し動揺しながら、みどりは真平を見る。真平はぼんやりと息子を見ている。しかし、その心には息子も私もいないのだ……。

「あ、私じゃない人のこと、考えてる」

精いっぱい明るく、みどりは言った。

「え？　そんなことないよ」

みどりは微笑み、ブランコに腰かけた。真平も倣《なら》って、ぶらぶらと揺れる。

「俺は何やってんのかなぁと思ってさ」

「何って？」

「ね、役に立ってる？　みどりを少しでも幸せにできてる？　俺」

「もちろん、幸せにしてくれてるよ。ものすごく」

「そう？」

「幸せにしてくれてるけどさ、あんまり真平君が幸せじゃなさそう」

「……」

「それになんか寂しいよね、やっぱり。ずっといてくれるわけじゃないし、私ひとりじゃないし、なんか愛人になった気分」

「そっか……」

「うん。悪くないけどね、それも」

みどりは真平を覗き込み、思い切って聞いた。「ひとりの人とずっとはダメなの？」

真平は戸惑い目を伏せる。

「いいや、やめた。私はそのひとりじゃない気がするから、いいや。やめた」

みどりはブランコから降り、息子のほうに駆けていく。


就業時間が過ぎ、課員たちが次々と帰っていくなか、和平は書類の山と格闘していた。「お疲れさまです」と知美に声をかけられ、顔も上げずに「おう、お疲れ」と返す。

「お先に失礼させていただきます。これからある方と偶然出会わなければいけないので」

「そう、気をつけて」

「失礼します」

「……ん？」と和平が顔を上げたときには、すでに知美の姿はなかった。

仕事を終え市役所を出た和平が、周りを警戒しながら歩いていく。角から現れた女の子の姿に必要以上にビクッとなる。少し離れた物陰で待ち伏せしていた知美は、そんな姿に、「かわいい」と微笑む。やがて、和平がすぐそばを通りかかった。知美は道に飛び出す。

「うわっ」

「あら、偶然ですね」

「あのなぁ……こういうのは偶然って言わないんだよ」

そこに「課長！」と田所がドタドタと走ってくる。「すみません、課長。実はお願いがありまして」と拝むように手を合わせる。

「聞きたくないよ」

「そう言わずに。実は急な話なんですが、今度の日曜に見合いの話がありまして。相手が長崎の人でしてね、日曜日に東京に来るっていうんですよ。ぜひ会いたいって。なんか向こうが乗り気なんですね、これが」

「お前の写真見て乗り気なの？　変わった人もいるねぇ。でも、よかったじゃん」

「本当ですか？　ありがとうございます」

和平の隣で、知美が「よしっ」と小さくガッツポーズをする。

「じゃあ、遠足のほう、よろしくお願いいたします！」と田所。

「遠足って何だよ⁉」

それには答えず、「応援ありがとうございます。じゃ、すいません、失礼します」

「何も言ってねえよ。おいっ！」

田所は振り向きもせずそそくさと去っていく。知美が和平を見上げて言った。

「頑張りましょうね、遠足」

和平はあらためて、まずいことになったと気づく。

「さぁ、行きましょう」といきなり知美が腕をからめてきた。「ええ～……」

「何やってんだよ、こんなところで」と和平は慌てて、その手をはずす。

「課長、そう見えないようにしてるけど、本当はとっても落ち込んでるんですよね。だから、一緒に帰りましょう。せっかく偶然出会ったんだから、本当は食事でもしたいところですが、今日は一緒に駅まででいいです」

やさしい笑顔を向け、知美は再び腕をからめてくる。和平はちょっとだけキュンとしたが、すぐにその腕をはずすと、駆けだした。

「課長！」


駅から出ると、千明が前を歩いているのが見えた。和平は歩みを速めて横に並ぶ。

「お疲れさま。今日はずいぶん早いんですね」

「あ、お疲れさまです。なんか仕事にならなくて」

「あぁ、ありますよね、そういうとき」

「ダメでした。今日は全然」

「私もです。今日は最悪でした」

「ありますよね……でも、この年で仕事がうまくいかないのって、キツイですよね。若いときは次、頑張ろうって思えたけど、次がよくなるとは思えない……」

「次はもうないんじゃないかとか、もう変わらないんじゃないかみたいなね」

「……そうですね」

「どうするんですか？　そういうときは」

「う〜ん……忘れますね。なるべく考えないで、パーッと騒ぎます。今日もそうしようかと思ったんですけど、友達にふられちゃいました」

「それは残念だ」

「あれですか？　そちらはひとりになってウジウジいつまでも考えるのが好きなタイプ？」

「そうかもしれないけど、好きじゃないですよ……なんか、言葉にトゲありますよね」

「これが普通なんです。すみませんね」

「あ〜、なるほど。美しいバラにはトゲがあるなんて、言いますもんね」

「美しいバラって」と千明は笑う。

「今朝、味方してもらったんで、そのお返しに言ってみました」

「あぁ、言うことがつまらないって話でしたよね」

「まぁ、そうですけど……言葉にトゲありますよね、本当に」

「だからこれが普通なんですって。でもね、嫌なことがあるとハリネズミみたいに全身がトゲになりますからね。近寄らないほうがいいですよ。グサッと刺さりますから」

「もうなってますよ」

「なってません」

そんな会話をしているうちに、いつの間にか家の前に着いていた。別れ際に思い出したように千明は尋ねた。「今朝、何かあったんですか？　いつもと全然雰囲気、違いましたよね」

「あ、いや……単なる兄弟ゲンカですよ」

「へえ、真平君もケンカなんかするんだ」

そこに当の真平が帰ってきた。家の前のふたりの姿を見て、足を止める。自分が話題になっているようで、声をかけられずに物陰に隠れる。

「私の前ではいつもニコニコ笑顔の天使って感じなので、なんか、想像できないなぁ」

「そうですか」

「でも、いいですね。ケンカとか。怒ってる真平君も見てみたいな……なんちゃって」

千明の言葉に、和平はクスッと笑った。「真平のことになるとトゲが抜けますね」

「ほっといてください」

「つるんつるんですよ。ハリネズミの針が抜けたら、ただのネズミですよ」

「あなたとしゃべってるとハリネズミになれるんですけどね」

「あ、針が出てきた」

楽しげな会話を続けるふたりに、真平は行き場を失い、きびすを返した。


居間に入った千明は、その光景に啞然とした。典子に加えて万理子までちゃっかり座っているのだ。典子は、まるで我が家のようにくつろいで、テレビのお笑い番組に爆笑している。

「これは、いったい……?」

「うん、万理子がさ、私もここに来たいっていうからさ、どうぞって言った」

万理子は恐縮しながら頭を下げる。

「私は静かな暮らしを求めて鎌倉に来たのよ」と言いつつ、内心かなりうれしい。

今夜はひとりになりたくなかったのだ。

「まぁ、いいや。せっかく女三人だし、なんか遊ぼうか。トランプしない? トランプ」

「えぇ〜、もっと大人っぽいことしようよ」

「いいじゃん。ね、やろ、万理子ちゃん」と千明は何の気なしに万理子の肩に手を置く。その瞬間、万理子の中にビビッと衝撃が走った。

「は、はい、挑戦してみます」

三十分後、七並べが佳境に入っていた。千明と典子はビールを飲みながら、万理子はようやく勝手がわかってきて、楽しそうだ。

「あ、そうそう、千明ちゃんと同じだよ、三人」

「何が?」

「……こちらです」と万理子が千明に携帯を見せる。例の出会い系サイトに典子が募集をかけているのだ。

「マジでやってんの、あんたたち」とあきれつつも、千明は画面をチェックする。

「何この三人目……年齢はヒミツだって。こわ〜い」

「どうしよう。かなり年下のイケてる子が来たりして」

「ないない……おじいちゃんじゃないの?　年言えないなんてさ」

「ありえますね」

「何よそれ。あ、ねえ、洋服貸してね」

「は？」

「大丈夫。だいたい着こなせると思うから。あ、ちょっと見せてね、服」と典子はカードを放り出し、二階へと上がっていく。慌てて千明と万理子があとを追う。

勝手に千明の部屋に入り、タンスを開けて物色しはじめる。「持ってるねえ、さすが」

「あの典姉……私と一緒に離れて見るだけって言ってませんでしたっけ？　何故にオシャレを」

「何言ってんの？　いいのが来たらどうすんのよ。準備はしとかないと」

「何の準備よ」と千明がツッコむ。

「何のって……スケベ」

「は？」

「これかわいい！　私のほうが似合うんじゃない、どう？　若く見えるよね。いくつに見える？」

服を体に当て、振り返った典子に、万理子は冷静に言った。

「四十五歳に見えます」

「……何なの、それ」

典子が憮然としたとき、千明の携帯が鳴った。啓子から日曜のお誘いだった。鎌倉を散策するイベントに申し込んでいたのをすっかり忘れていたのだという。幸いなことに仕事も休みなので、千明は二つ返事で承知する。

日曜日、鎌倉駅前の集合場所で啓子と祥子に合流した千明は、参加者の点呼をとっている市のスタッフの顔を見て愕然とした。なんでここにお隣さんが……？

「どうしたの？　千明」と啓子が怪訝そうな顔を向ける。

「いや、あのさ」と千明がふたりに耳打ちする。この面白い展開に、ふたりは勇んで千明を和平のところへ引っ張っていく。「どうもぉ……」

「あ……」

目が点になる和平に、千明はバツが悪そうに苦笑を浮かべる。「どうも……」

「どうも……よろしくお願いいたします」

ふたりの態度を見た知美が和平に尋ねる。「お知り合いですか？」

和平は千明ら三人に背を向け、小声で答える。「ああ……あのパープルのダウンの人がお隣さんだ。気をつけろ、ものすごくトゲがあるからな。猛毒だぞ」

「は？」

コソコソと怪しい気配に千明が振り向く。「なんか悪口言いましたよね？　ね」

「いや、言ってませんよ。なぁ」

「え?　あ、はい」

和平と知美、ふたりの感じを見て、千明は思わずハッとする。

「ひょっとして、例のお見合いのお嬢さんの……?」

「え?　あ、いや、あの」

狼狽する和平を見て、千明は確信。興味津々で知美を見つめる。

「そう、へえ〜……ファンキーですねぇ、課長さん」

さっそく千明は啓子と祥子にも報告。その勢いで、同行のオバサンたちにも言ってしまう。

「あの課長さん、ファンキーさんってあだ名なんですって」

「あら素敵」とオバサン方も盛り上がる。

頭を抱える和平に、知美がうれしそうに言う。

「私たち、噂のカップルですね」


鎌倉の神社仏閣は美しい自然のなかに点在し、歩いて見て回るのはかなりハードである。一緒に歩いている六十代のオバサンたちに負けまいと張り切ったせいで、最初の休憩の時点で、千明たちは疲れ果てていた。お茶とお菓子で一服し、ホッとひと息つく。

「厄年一覧表」の看板を眺めていた千明が、思いついたように和平に尋ねる。

「ファンキー課長さん、厄年ってなんで女の三十代はあんなに続くんですか？　三十二、三十三、三十四、三十六、三十七、三十八って。しかも、それでおしまい。男の人は六十代まであるのに、どうしてですか？」

「は？……さぁ……？」と和平は首をひねる。

「知らないんですか？　観光推進課長なのに。まぁ年取ってるからって、何でも知ってるわけじゃないですもんね。すみません」

イヤミったらしい言い方に、和平はムッとする。

「でも、なんでだろうね」と啓子が話題を戻す。と、同席していた正面に座るオバサンが答える。

「そこで女の用が済んだってことじゃないの。多分、子どもを産んだら、女の人生、お役目は終わりってことなのよね」

「終わりって……」

三人は一気に沈んでしまう。と、祥子が知美に目を向けた。「笑ったよね？」

「え？　笑ってません！」

三人の鋭い視線に耐えきれず、知美はその場から逃げ出した。

今の話題から啓子と祥子は同時にあることを思い出し、千明にうしろを向かせる。

みんなに背を向け、啓子は小声で尋ねる。「そういえば、あれ、どうなった？」

「何が？」

「生理よ、生理」と今度は祥子が顔を寄せる。「まだこないの？」

「なんで、それを今、思い出すのよ」

「だって子ども産んだら女の役割終わりとか言うからさ」

「うるさい」と千明は一喝し、話を切り上げる。

そのとき、みんなとは離れた場所で昼食の電話確認をしていた知美が、緊急事態に顔をひきつらせていた。ただならぬ様子に気づいた和平が「どうした？」と声をかける。

「お昼に予定していた福々亭さんに電話したんですけど、田所さん予約してないみたいです」

「ウソ……どうするんだよ、食事めちゃくちゃ楽しみにしてるぞ。暴れるぞ、きっと」

「すみません」

「日曜日だしなぁ……今から九人入れる店って、むずかしいなぁ。とにかく、探すぞ」

しかし、めぼしい店はどこも満席。結局、和平は切りたくない最後の札を切ることなった……。

「いらっしゃい」とエンジェルスマイルで迎える真平に、啓子と祥子が目を輝かせる。オバサンたちも普段は入らない古民家風カフェにテンションが上がっている。

「悪いな、真平。手伝うよ」

和平と知美に頷くと、真平は千明に声をかけた。「千明、手伝って。ね、お願い」

「え……わかった」

うれしくて、自然に笑みがこぼれる。そんな千明を啓子と祥子が冷やかしながら、「いってらっしゃい」と送り出す。

キッチンで千明が真平を手伝っている間、和平はお冷やの用意をする。知美はなぜか啓子と祥子にからまれていた。特に食いついているのは啓子だった。

「わかるよ、私もお姉さんぐらいのころ、五十男に恋したりしたからさ」

「そうなんですか？」

よく通る啓子の声はいやでも聞こえてくる。和平はついつい意識を向けてしまう。

「うん。でもね、やめなさい。それは単なる気の迷いだから。落ち着いてるなとか、若い男みたいにギラギラしてなくていいなとか思ってるんだろうけどさ。今どきで言うと、枯れ専？」

「はぁ」と知美は頷く。

「枯れたら折れちゃうのよ、木は。ポキッと簡単に折れちゃうの。ポキポキッて。頼りがいがあるとか思ってるかもしれないけど、それもウソ。頼ったらポキッと折れちゃうのよ。枯れてるってことは水分ないんだから。わかる？」

「はぁ……」

聞いていた祥子が異を唱える。「私は結構いいと思うなぁ、課長さん」

「そうですか？」と知美は高まる。

「人生最後の恋には、ああいう人がいいのよ」

「え？　人生最後……？」と知美はがっくり。

「ドキドキとかキラキラとかトキメキとか、そういうのはないわけだけどね。落ち着くっていうかラクな感じはあるでしょ？」

「ラク？」

「うん、恋愛の駆け引きとかそういうの疲れたあとにはさ、いいのよ。なんていうのかな……使い古された家具みたいに。それこそあれよ、古民家みたいなもんよ。ガタはきてるし、あんまりきれいじゃないけどさ。味があるっていうか、ホッとするでしょ」

「はぁ……」

「古民家って、人をなんだと思ってんだ……」と和平が憮然としてつぶやく。

そこにおそろいのエプロンをした千明と真平が料理を運んできた。

「わ、何、このツーショット」と祥子がわざとらしく声を上げる。千明が照れると、すかさず啓子が言った。「なんかパートの主婦とアルバイト君って感じ？」

「だね」祥子がしてやったりと頷く。息の合ったコンビネーションに千明も苦笑するしかない。

「せめてカフェのオーナーとバイト君にしといてよ」

「俺はどっちみちバイトなんだ？」と真平は頭をかく。その場が笑いに包まれるなか、にぎやかで楽しい昼食が始まった。


夜の七時、横浜駅の駅前広場の片隅に隠れ、典子と万理子が待ち合わせ場所の様子をうかがっている。と、ふたりの背後に誰かが立つ。不意の咳払いにふたりが驚いて振り返る。そこには険しい表情をした広行の姿があった。

「な、何よ……あやまりたいとかそういうあれじゃないでしょうね？　冗談じゃないわよ。あやまったって許してなんかあげないんだからね」心とは逆のことを典子は広行に言った。

しかし、「みっともないマネはやめろ」とだけ言うと、広行は去っていく。

「……はぁ？……ちょっと待ちなさいよ！」

「……あ」

万理子の声に、典子は慌てて待ち合わせ場所のほうへと視線を移す。

「来た？　どう？　イケてる？　イケてて、お願い！」

典子の願いもむなしく、袋詰めのミカンをぶらさげてきたのは年齢不詳で太めのダサ男だった。さらに、もうひとりミカンを手にした男がやってきたが、こっちはとにかく地味なオジサンで、典子は地の底から響いてくるような深いため息をつく。

「どう励ましたらいいものだか……とりあえずドンマイとでも」

「ありがと……」

「あのふたりしか来ないようですし……帰りますか」

「そうだね」

去り際に何げなく待ち合わせ場所を見た万理子は、思わず「あ」と声を上げた。典子も目をやり、絶句する。ふたりは信じられないといったふうに顔を見合わせる。

和平は家に帰るなり、ぐったりとイスにもたれた。一日中、女性陣のパワーに圧倒され、身も心も疲れ果てていた。真平はそんな兄にいたわりの言葉をかけ、そして言った。

「兄貴、ごめんね」

「お前の気持ちはわからないでもない。でも、検査のことはちゃんと考えろよ」

「うん」と頷き、真平はキッチンのほうに行く。和平は真平を振り返りながら言った。「お前さ、お隣さんといると楽しそうだな。顔が明るいよ……お似合いですよ、おふたり」

「お似合いねえ」

「向こうもお前に惚れてるみたいだし」

「そう思う？」と詰め替え用のペーパーナプキンを手に戻ってきた真平が尋ねる。

「誰がどう見たって……」

「わかんないんだよね。恋愛したことないから」

「お前はどうなんだよ？」

「だから、よくわかんないんだって。でもさ、本当に仲がいいっていうのは、ああいうのとは違うんじゃないかな」

「違うって？」

真平はキチンと折ったナプキンをセットしながら話す。「わかんないけど……たとえば、兄貴と千明みたいにさ、言いたいことをポンポン言い合ってさ。ああいうのを仲いいっていうんじゃないかな」

「は？」

「ああいうの、俺にはできないもん」と真平は寂しそうに微笑む。

祥子と啓子に家の中をひととおり見せると千明は得意げに言った。「いいでしょう？」

「うん……いいね。なんか落ち着く」と祥子が答える。啓子も「うんうん」と頷いている。

「でしょう？　なんていうのかな、最新の家とかマンションとか家具とかもいいんだけどさ、こっちのほうがなんかラクっていうか、安心するっていうか、わかるでしょ？　ねえ」

「うん、わかる……結局はこういう感じなのかねえ」

「そうなんだよ。なじむのよ、昭和の体に」

啓子と千明の会話を聞きながら、ふと祥子は首をかしげる。

「なんか今日、そんなような話してなかったっけ？」

「あぁ……なんかしたね、そんな話。なんだっけ？」

啓子と祥子は思い出そうとしたが、なかなか出てこない。

「いいから、乾杯しよう」と千明は缶ビールを渡す。プルトップを引き、三人は缶を合わせた。

「古民家に！」

「カンパーイ!!」

第6話　今迄のどんな恋にも似てない

　ハルカの番組掛け持ちについて、彼女を起用した上司に抗議しにいった千明だったが、「あれ、言ってなかったっけ?」のひと言ですまされてしまった。たぎらせたマグマを三井相手に大噴火させ、ようやく怒りを収めると、その日はスタッフを仕事から解放した。どうせ脚本がなければ何もできないのだ。

　夕食には早い時間に鎌倉に着いたので、千明はスーパーへと足を運ぶ。

「……なんか全部量が多いんだよね」と十五個入りギョーザのパックを手につぶやいていると、「鎌倉は単身者が少ないですからね」と背後から声をかけられた。

「なるほど」と振り返ると、和平が笑っている。

「なんか怖かったですよ。ギョーザを見ながらブツブツ言ってるの」

「ブツブツなんて言ってませんよ」

「言ってましたよ。だからこうやって会話が成立したんじゃないですか、ねえ」

　たしかにそのとおりなので、悔しいが仕方ない。千明はふと、あることを思い出した。「あ、そうそうそう」とギョーザを棚に戻し、和平を引っ張ってスーパーを出た。

三十分後、ふたりは七里ヶ浜のレストラン『シーラス』にいた。

「なんかすみません。ありがとうございます」

わざとらしい笑顔を千明に向けられ、和平は「いえ」とビールを口に運ぶ。

「やっぱり素敵なお店ですよね。来たかったんですよ。約束思い出していただけました？」

「約束って、あれ約束じゃないじゃないですか。行ったことないのに、あそこはいいですねっていいかげんなことがどうして言えるんですか、サイテーって」

「そんなこと言いましたっけ？」

「言いましたよ、忘れたんですか？　あぁ、もう物忘れが始まってるんですね」

「あの、言っときますけど、今日はケンカはしませんよ。何言われても怒りません。せっかく、こんな素敵なお店にいるんですから」

「本当ですか？　何言っても？」

「もちろん限度はありますし、地雷もたくさん埋まってますけどね」

「全然何言ってもじゃないじゃないですか。しかも地雷って、どこにあるかわからないでしょ」

「そうですよ。いきなり、ドカン！と来ますから」と千明が脅す。和平は苦笑しながらメニューを開く。が、文字がぼやけて読めない。仕方なくメニューを目から離して見ていると、千明も同じようにメニューを遠ざけている。

「お互い、老眼ですね」

和平に言われ、千明は慌ててメニューを顔に近づけた。

「よく見えないいんじゃないすか、それじゃ」

「全然見えます。一緒にしないでください」

しかし、実際よく見えないので、千明は無理やり目を見開き、ひどい顔になる。

見かねた和平が千明に言った。「じゃ任せてもらってもいいですか？　私に」

「イヤです」

「は？」

「自分が食べたいものを食べたいので、人に任せるなんて絶対にイヤです。自分で決めます。だいたい、知らないでしょ？　私が何が好きとか今日どんなものが食べたいかとか。任せるとか意味わからないっていうか、意味がない」

「そりゃそうかもしれませんよ。でもね、私は紳士的な意味で言ってるんじゃないですか。あなたが老眼なくせに、無理してるから、ちゃんと読めないいんじゃないかと思って」

「老眼老眼って何ですか？　そんなこと女性に言う人のどこが紳士なんですか？　よくありますよね、映画やドラマでもね。〝任せてもらってもいいかな？〟〝ええ〟

みたいな。実際イヤですから女は。たいていの場合、なんか違うんだよなって思ってますから。本当はあれが食べたかったのに、なんで入ってないんだよって」

「そんな人ばかりじゃないでしょ。あなたがでしょ？　女はそうは思わないとか、女は実はこう思ってるとか、どうしてそんなことが言えるんですか？　あなたは女性の代表ですか？　すべての女性がみんな、あなたと同じなんですか？　違うでしょう？　おかしいでしょ、それって」

「男だって言うじゃないですか、男ってのはいつまでたっても少年なんだよ、みたいな。ふざけんなよ、とっとと大人になれよって話ですよ」

「かわいいもんじゃないですか。少なくとも相手に対する敵意はないでしょ、その言葉に」

「単なる甘えでしょ？　それ」

「敵意があるよりは、甘えのほうがいいでしょ」

「はぁ？　本当に女心がわかってないですね」

「出た、女心。そんなもんわかるわけないじゃないですか、男なんですから。じゃあ、うかがいますけどね、あなたはどのくらい男心がわかってるんですか？　それにね、自分勝手なわがままみたいなのをね、女心みたいな言葉にすり替えないでいただきたいですね。ズルいですよ、それは。そう言えば男は黙るとでも思ってるんですか。冗談じゃない。いいかげんにしてほしいな」

「はぁ？　何ムキになってるんですか？　だいたいね」

「あの」と不意に声をかけられ、ふたりは振り返る。ウエイターが困り顔で立っていた。「もう少しお静かにお願いできませんでしょうか」

「すいません」ふたりは同時にあやまり、妙な沈黙が訪れる。

「……決まりました？」

千明が頷くと、和平はウエイターを呼んだ。「僕は……前菜は平目のカルパッチョ、お魚はオマール海老、お肉は和牛ロース肉のステーキ……で、お願いします」

和平のオーダーを、千明が驚いたような顔で聞いている。自分の食べたかったものとまったく同じだったのだ。「どうぞ」と和平に促され、千明は少しためらい、悔しそうに言った。

「……同じです」

「え？」


サングラスを頭にのせ、いかにも大人のできる女風のファッションに身を包んだ典子が、カフェで誰かを待っている。典子の隣の席には万理子が、背中合わせに座っている。「ひとりじゃ怖いから」と無理やり典子に付き合わされたのだ。

「何が怖いんですか？　何の心配もないのでは？　現れたのは二十二歳の男の子。いわゆるイケメン。でも、単に年上の女性と話がしたかっただけだったんですよね」

「バカだね。本当なわけないでしょ、そんなの。その先を期待してるに決まってるでしょ」

「そうでしょうか？　まったくそのようには見えませんでしたが」

「わかってないね、本当に。だから、ふたりでいると……なっちゃうのよ、そういうことに」

「なったらいいじゃないですか。なりたかったんですよね」

「なりたいわよ。でもダメなの。溺れちゃうでしょ？」

「誰がですか？」

「……やだもう……どっちもよ」

典子の答えに、万理子は首をかしげる。そのとき、待ち合わせた相手、村上文也《むらかみふみや》が店に入ってきた。繊細な顔だちにメガネが似合う、なかなかの美青年である。

「そりゃ、好きなことだけやって生きていくのが大変だってのはわかってるんですけどね。でも絵描くのもあきらめたくないし」

文也の話は真面目な人生相談で、まったく興味のない万理子は退屈で仕方がない。

「そっかぁ、わかるよ、気持ちは」と典子は何度も頷く。

「うれしいな。ちょっとうんざりしてたんですよ、親に反対されて。全然俺の気持ちとか聞いてもらえないんですよ」

「むずかしいよね、親子っていうのはさ。話してるのは、お母さん？」

「ええ。でも、あの人に話しても……わかってもらえないんですよね、全然」

「そっかぁ……ちなみにさ、お母さんっていくつなの？」

「いくつだったっけな……四十五かな」

典子が絶句するのを背中で感じ、万理子が思わず噴き出す。

「……へえ、そうなんだぁ……ハハハ」

「これは溺れますねぇ」とささやく万理子を、典子がひじで小突く。怪訝そうに見る文也を、典子は「ハハハ」と笑ってごまかした。

夜道を並んで歩きながら、千明と和平は店にいたときと同じ感じで弾んだ会話を続けている。

「へえ、ネズミにゴキブリねえ……意外と普通なんですね。女の子みたいだ。世の中に怖いものなんてないのかなって思ってましたよ」

「ありますよ。人を魔女みたいに言わないでください。そちらはどうなんですか？」

「私はべつに怖いものなんか」と和平が口を開いた瞬間、門の向こうで犬が激しく吠えはじめる。「うわっ」と和平はその場を飛びのく。

「ありますよね、怖いもの」と千明が笑う。

「今のは驚いただけです。全然怖くないですよ、犬なんか」

「まぁいいです。じゃあ、苦手なものとか、イヤなことは？」

「あぁ……」少し遠くに目をやり、和平は答える。「死ぬのがイヤですね」

「いや……それはまぁ、誰でももっていうか……でも、まだそんな深刻に考える年でもないでしょう？　どっか悪いんですか？」

「え？　あ、いや、私じゃなくて……身近な人が死ぬのがイヤです。早くに両親を亡くしてますし……家内も、ね」

「あぁ、そっか」

「あ、ごめんなさい、なんか暗い話しちゃって」

「いえ、そんな」

「……あ、そうそう、そういえばね、知ってます。こないだ思い出したんですけど……」

真平が看板をしまっていると、和平と千明の楽しげな話し声が聞こえてきた。

「ですから、バカボンですよ。バカボンのパパ。わかるでしょ。鼻毛がこうび〜っと出てる」

「あれ、ヒゲじゃないんですか？」

「鼻毛ですよ。で、あの人、いくつだと思います？」

「さぁ……いくつだろう？」

「四十一歳ですよ」

「へえ」と千明はちょっと気分が悪くなる。

「四つ下なんです。四十一歳の春なのだ～とかって言ってるわけですよ」

「それを思い出したとき、私に言ってやろうって思ったわけですか？」

あきれる千明に、「そうなんですよ」と和平は得意げに頷く。

「へえ、楽しいですか？　それって」

「楽しいです。やった！　と思いました」

じゃれ合うように戻ってきたふたりを、真平が複雑な表情で見つめている。


千明が家に入ると、ジャージ姿の典子が腹を抱えて笑っている。万理子も何だか楽しげだ。ソファの上に脱ぎ散らかされた自分の服を見て、千明は顔をしかめる。

「また私の服、勝手に着て」

すぐに万理子が立ち上がった。「すいません、私が」と服を片づけはじめる。

「べつにいいけど。で、なんか楽しいことあったの？」

「いや、思い出して笑ってたのよ。ウチのお兄ちゃんのことなんだけどね」

「え？　何？　何？」と和平をぎゃふんと言わせるネタをもらえるかもと千明は食いつく。

「いや、私のさ、結婚式のときのことなんだけどさ……一応ね、バージンロードを歩いたわけよ、私もう、バージンじゃなかったけどね。ハハハ」

「そういう余計なのいらないから。そんで？」

「親いなかったからさ、お兄ちゃんと歩いたわけ。そしたらさ、お兄ちゃんたら、もう泣いて泣いて……泣いてなんてもんじゃないわね、号泣ね」

「それフツーのいい話じゃん」

「そうなんだけどさ、その泣き方がさ、もうハンパじゃないのよ。最初はね、私もみんなもさ、なんかちょっとしんみりしてたんだけどね。もう、あまりにもスゴイ泣き方で、だんだん笑いになってきちゃってさ、会場大爆笑。そしたら、お兄ちゃんが今度は怒っちゃって。何がおかしいんですかぁ！って泣きながら怒って、その顔がまたおかしくてさらに大爆笑」

「想像できるわ」

「しんどいとき、たまに見るんだ、私たち……ね」

「はい」と万理子は頷き、「実は私、ここに映像を取り込んでおります」と携帯を出す。

「見たい見たい」

隣家の女たちの大爆笑が長倉家のキッチンまで響いてくる。

「……何なんだ、あいつら……どうなってんだ、いったい」と自分が笑われているとも知らず、和平が首をひねる。横で皿を拭いていたえりなが言う。「楽しそう。私もあっちに行こうかな」

「俺も行こうかな」と真平も同意。「兄貴も行く？」

「行くわけないだろ」

「じゃ」と出かけようとするえりなを、和平が慌てて止める。「えりな！　やめなさい。ロクな人間にならないから」

「コンビニに……」

「あ、そうなの……」

後片づけを終え、テーブルでひと息ついている和平の前にコーヒーを置きながら、「なぁ、兄貴」と真平が話しかけた。「さっきさ……俺、嫉妬したみたい」

「ん？」

「兄貴と千明のふたり見て、なんかカチンときた。ムカついた」となぜかうれしそうに言う。

「何言ってんの？　お前、全然そういうんじゃ」

「わかってる。そういうことじゃなくて、問題はね、俺が嫉妬したってことなんだ。初めてだよ、こんなの……初めてなんだ。これってさ、恋だよね。恋愛してるんだよね、俺」

「……そうかもな」

「うん……へへ……なんかさ、いいね……悪くないね、こういう気持ちも」

「はぁ、そうか」

「うん……悪くない。大好きだからさ、誰にも取られたくないから、嫉妬するわけでしょ……悪くないよ、うん。俺……ちゃんと付き合ってみようかな、千明と」

「え？」

「ひとりの人とさ、ちゃんと恋してみようかなって。ちゃんと自分のこと、千明に話してさ、千明と幸せになりたいな……なんて思ったんだ」

「……そうか……そうか……」

「フラれるかもしれないけどね、千明に」

「失恋も恋愛のうちだよ」

「なるほど……深いね」

「何言ってんだ、バカ……」

そこにまた女たちの笑い声が聞こえてきた。「うるせえなあ、ホント」と和平は苦笑する。

「いいもんだね。女の人が笑ってるのって」

「そうか？　しかし、まぁ、何がおかしくてあんなに笑えるんだろうな？」

「さぁ……あ、俺ちょっと出かけてくるわ。天使を廃業するにはやらなきゃいけないことあるし」と真平は立ち上がり、出ていく。

ひとり残された和平は、ボソッとつぶやく。「真平が恋か……」

何だか無性にうれしくなって、目の端に涙がにじんでくる。


女たちの爆笑の輪に、いつの間にかえりなが加わっていた。携帯画面に映る若き日の父が取り乱す姿を、何だかかわいいなぁと思ってしまう。

「こりゃ、えりなちゃんが嫁に行ったら大変だね」

千明に言われ、「そうかな」と苦笑する。

「もう、あれだよ。バージンロードで死んじゃうかもよ、お兄ちゃん」

「それはそれで幸せな最期かも」と万理子が冷静に返す。

「何言ってんの。結婚式がそのままお葬式になっちゃうじゃないの」

「台無し～」とえりなが楽しそうに笑う。

「あ……そういえば、どうなった、若手イケメン？」千明が典子に向き直る。

「それ、それなのよ。で、千明に相談っていうかお願いがあるんだけど……実はさ」と典子が文也と会ったときのことを話しだす。

「でね、私、バカだしさ、気の利いたこと言えないっていうか、つまんないことしか言えなくてさ。そうだねとか、わかるよ～とか。なんか年上の大人の女っぽいこと言ってあげたいのよ」

「言ってあげたいのよって言われてもね」

「千明ならさ、そういうの得意でしょ。ほらテレビドラマにもありそうじゃん。そういうとき、なんか適当にでっちあげるわけでしょ？　ね、お願い」

「いやいやいや、全然褒められてる気がしないんだけど……ていうか、母と息子の問題なら、自分が一番よくわかってるんじゃないの？」

「今、母親の気持ちになりたくないのよ。なんか適当に見つくろって、ね」

「何よ、好きになっちゃったの？　その子のこと」

「そうかも」と典子はコクンと頷く。「なんか力になってあげたいのよ」

「……へえ……」

「皆さん、恋がお好きですねえ」と万理子はひとり無関心を装う。

「えりなちゃんは、どう思う？」千明に聞かれ、えりなは答えた。「当たり前だと思う、わかり合えないなんて。たしかに、あの人は私のことちっともわかってないと思うけど……私もあの人のことちっともわかってないし、お互いさま。私は女だし、向こうは男だしね」

「うん、そうだよね」と千明は感心し、「今のでいいんじゃない？」と典子を振り返る。

「え？　今のって、なんて言えばいいの？　ちゃんとセリフにしてくれないと」典子が慌ててメモ用紙を探す。メモとペンを見つけると、「はい」と身構える。

「家族だからって、無理にわかり合おうとしなくてもいいんじゃないかな。家族だからこうでなくちゃいけないなんて思う必要ないよ。お母さんは女性だし、あなたは男性なんだしさ、感じ方とか違って当たり前なんだと思うよ。むしろわかり合えないほうが自然なんじゃないのかな」

芝居がかって話す千明の言葉を、典子が必死にメモっていく。

「今のさ、原作・えりな、脚色・千明って感じじゃない？」

「へへ」とえりなが照れたように笑う。

「……ありがとう……みんな、私のためにありがとう……頑張る」

「いや、特に応援はしてないんだけどね。ま、いいや、好きなんだもんね。頑張れ、典子」

「千明～ぃ」と典子が千明に抱きついてくる。典子に応えたその勢いのまま、千明は隣の万理子もハグ。「万理子も、頑張れ」

千明の腕に包まれ、万理子の心臓が激しく動く。体が離れると寂しく思う。そんな自分に万理子は戸惑う。懸命に冷静さを装い、言った。

「……頑張ろうにも、私はそもそも他人があまり好きではないので……してみようと努力してみたことはあるんです。何度かは。相手のお気持ちに応えようとしてみたというか。でも、最悪の結果を招いてしまいました。最初は江の島エスカー事件です」

「何それ?」と尋ねる千明に、典子が代わって答える。「この子、江の島で男の子にキスされて。ファーストキス? その瞬間、気持ち悪くなって吐いたのよね」

「うわ」

「ありえませんね、あの行為は。私には理解できません。何故に口と口をくっつけたりしなきゃいけないんでしょうか? 何が楽しいんでしょうか?」

「チュ～は、楽しいよねえ」と典子がすぐに言い返し、千明も「まぁ……ねえ」と頷く。

「楽しいよね、好きな人となら」えりなの言葉に、みんなが固まる。

「……今、なんつった?」

「あ……」

「それ絶対、お父さんに言っちゃダメだよ。あの人、驚いて死んじゃうよ」

「うん」と千明に頷き、えりなはかわいらしい小悪魔のような笑みを浮かべた。

バーの片隅で話を聞き終え、みどりは真平に尋ねた。「その人のことが好きなんだ?」

「うん。初めてなんだ、こういう気持ち」

「そんなさわやかに言われると、ちょっと複雑」とみどりは苦笑する。

「あ、ごめん。みどり……大丈夫?」

「大丈夫なわけないよ」と真平の二の腕あたりを、かなり強めにパンチする。

「イったぁ……」

「フフ……わかった……ありがとう、今まで。最後にお願い聞いてくれる?」

「何でも聞くよ」

「あのね、別れた旦那との思い出の場所があってね。でも、今は思い出したくもない。……大好きな場所だったのに。だから、そこを真平君との思い出の場所に塗り替えたいの……いい？」

それができたら、母親として生きていこう。みどりはそう決意する。

「ああ、いいよ」


早朝の海岸で和平が桜貝を拾っている。と、「はい、これ」ときれいな貝が差し出される。顔を上げると大きなリュックを背負った真平がいた。「真平……どうした？」

「俺さ、何日か出かけてくる。最後のお願いをかなえに」

「最後のお願い？」

「うん……店、休んでいい？」

「ああ、あそこはお前のあれだから……かまわないよ」

「ありがとう……じゃあ、行ってくる」

「あ、お隣さんには？」

「千明？　これから会ってくるよ」

「ちゃんと全部話すんだぞ」

「うん」

「……無理すんな」

真平は笑顔で頷き、海岸を去っていく。その足で千明の家を訪れた。

「どうしたの？　真平君」

居間から典子と万理子が、玄関の様子をうかがっている。

「どっか行くの？」

「うん……天使としての最後のお勤め」

「最後？」

「うん、最後」

その言葉にどんな意味があるのだろうと考えていると、「千明」と、やさしく名前を呼ばれた。

「何？」

「俺、千明のことが好きみたい」

「へ？」

「だから天使は廃業することにした」

「……」

「帰ってきたらさ、俺とちゃんと付き合ってくれないかな。一対一っていうか、ちゃんとした恋人になってほしいんだ」

「……私と？……私でいいの？」

「千明がいいんだ」

「……マジですか？」

「マジです」

「……あ……ありがとう……」

千明は思わず三つ指をつき、頭を下げた。

「よかった」と真平は安堵の笑みを浮かべる。と、典子がものすごい勢いで抱きついてきた。

「やったね、真平！　うれしい！　お姉ちゃん、うれしいよぉ」

「うん」

万理子はポカンとしている。真平がそんなことを考えていたなんて全然気がつかなかった。まるで感じなかった。こんなことは初めてだ……。

「あ、行かないと、俺……じゃ、行ってきます」

「あ……行ってらっしゃいませ」と千明はかわいく敬礼してみせる。

笑顔を残して真平は去っていった。

典子はまだ涙ぐみ、万理子はぼーっとしている。そんなふたりに、千明はふと首をかしげる。

海岸沿いの道路に停めた役所の車に、清掃作業を終えた知美が戻ってきた。荷台に置かれた和平の携帯がいきなり震えだした。知美は迷わず手に取り、じっと着信表示の名前を見て、大きな瞳をさらに見開く。そこに和平が戻ってきた。

「課長、電話です」と知美は携帯を差し出す。「母からです」

「⁉」

和平は携帯を受け取ると、知美に背を向け、小声で話しはじめる。何やら次の約束をしているようだ。電話を切った和平に知美は怖い顔を向ける。

「負けませんよ、私」

負けませんって……和平は大きなため息をつく。


「ここに来たかったんですか……?」

秀子は少女趣味なインテリアで飾られた店内を見回し、不思議そうに和平に尋ねる。

「いや……前をよく通るんですけどね、中が見えないもんですから気になって。入ってみたら場違いでしたかね。すいません」

「いえ、結構好きです。あ、今日はなんかすみません。私、図々しいですよね」

「いえ、そんなことは思ってないです」

「本当ですかぁ?」

「はい」

店の小物を「かわいい」と手にとる、その無邪気な様子に、和平の中に罪悪感がむくむくと頭をもたげてくる。たまらなくなり、和平は言った。

「実はですね、この間行きたいと言ってらしたお店ありますよね。実はお電話をいただいたとき、ある方とあの店に行く約束をしたばかりだったんですよ。同じ店にっていうのはちょっと、失礼かなって思ってしまって。あ、どちらにも。で、ここにしたっていうか……すみません。言わないのも何だかなぁと思って……」

「誠実な方なんですね、長倉さんは」と秀子は笑みをつくった。

「あ、いや、そんな」

「褒めてません……」

「え？」

「いらないです、そういうの」と秀子はピシャリと言った。

「誠実で、嘘がない、嘘がつけない……結婚するならそういうのいいかもしれないけど、私はそういうつもりではないので。恋愛っぽいっていうか、そういうのって、もっとドキドキするものだと思うんです。相手が何を考えてるのかわからないほうが、楽しくないですか？」

「……はぁ」

「私たちは恋愛っぽいことを楽しんでるわけですから、そういう誠実キャラはいらないんです」

「はぁ……すみません」

あやまりつつも、なぜ自分が怒られなければならないのか、どうにも解せない和平だった。


ようやくハルカから第三話の脚本が送られてきた。

大筋で問題なしと判断した千明は、撮影に向けてスタッフを動かし、細部を詰めるべくハルカとの脚本直しに入る。

「イヤです」

打ち合わせの途中、ハルカが強い口調で言う。「ここを直すのはイヤです。絶対イヤです」

千明はあらためてその部分に目を通す。

「ほかはわかりました。千明さんの言ってることも理解しました。でも、ここだけはイヤです」

とハルカは譲らない。「前に千明さんに言われたように、このシーンは命削って書いたつもりです。ですから、絶対にイヤです」

初めて見せたハルカの、この作品への強いこだわりに、千明は何だかうれしくなってくる。

「わかりました。では、このまま先生のおっしゃるとおりに……」

「ありがとうございます」

「でも、あとは今ここで直してもらうからね」

「え～、すぐですかぁ?」とハルカは会議室のテーブルに突っ伏す。

「誰のせいでこういう状況になってると思ってんの」

「私、おなかすくと全然アイデアが浮かばないんですよぉ」

すぐに三井がテーブルに大きなコンビニ袋を置いた。「お好きなのをどうぞ」

「頑張ろうねぇ。終わるまで、絶対帰さないよ……絶対」と千明は不敵な笑みを浮かべる。


比較的静かなカフェの中で、万理子が典子と文也の会話を背中越しに聞いている。

「だからさ、家族だからわかり合わなきゃいけないんだって思う必要ないと思うよ……お母さんは女だし、君は男で……育った時代も違うわけだし」

あ、アレンジを加えた……。

「わかり合えなくて当然だと思えばさ……気がラクにならない?」

「……はい」と文也は笑顔になる。「ありがとうございます」

「あ……ううん、そんな」

「典子さんに会って、よかった」

「本当?」

「これからもよろしくお願いします」

「うん……何でも言ってね」

典子の喜びが背中から伝わってきて、万理子もちょっと温かな気持ちになる。何げなく携帯に触っていると、いつかの千明の写真が出てきた。なぜか無意識のうちに指が伸び、千明の唇に触れる。ハッと我に返った万理子は立ち上がると、そのまま店を出ていく。

ガラス越しに信じられない光景を見て、広行の足がカフェにすい寄せられる。典子が息子ほどの若い男と、カフェで楽しげに話しているのだ。

頭の中をクエスチョンマークでいっぱいにして、広行は帰途につく。

朝、和平が市役所への道を歩いていると、待ち伏せしていた知美が飛び出してきた。

「課長、偶然ですね!」

「これは必然だよね。通勤してるんだから」

知美は気にせず、隣に並んで歩きはじめる。

「次は私の番ですよね。もう今晩予約してありますので、お店」

「え……？」

時計の短針がひと回りし、あたりがすっかり暗くなったころ、ふたりは七里ヶ浜のレストラン『シーラス』の前にいた。「ここです」

「……かなと思ったんだよなぁ」と和平は何とも言えない複雑な顔をする。

席についた知美は、「来てみたかったんです、私」とうれしそうに言った。まさか母親に対抗したわけではないだろう。母娘というのはアンテナ感度も似るもんだなと和平は思う。

先日もサービスしてもらったウエイターから「いつもありがとうございます」という意味深な言葉を受け流し、和平はメニューを開く。ふと千明の言葉が脳裏をよぎり、ついつい知美をうかがってしまう。

「あの、お任せしてもいいですか？」

「いや、自分の好きなものを頼んだほうがいいよ。僕、君の好き嫌いとか、今の気分とかわからないからさ。どうぞ、好きなものを頼んで」

「やさしいんですね」と知美は感激の面持ち。

「いや、そういうわけじゃ……僕はカルパッチョとオマール海老にしようかな」

「私はエゾジカと甘鯛のうろこ焼きにします」

「……シカとうろこ……」和平は理解できないとばかりに小さく首をひねる。


マッサージチェアにバスローブ姿で寝そべった千明、啓子、祥子の三人がマッサージを受けている。ときどき、「痛い！」と奇声を発しながらも、気持ちよさそうだ。

特に徹夜でハルカの脚本直しに付き合った千明は、体じゅうの疲れを揉みほぐされ、天にも昇る心地だった。そんな千明を横目に、啓子が苦笑する。

「若いころはさ、徹夜なんて全然平気だったのにね。そのまま遊びにいっちゃったりしてね」

「行った行った。今は一日無理すると二日使えなくなっちゃうからさ、燃費悪くなったよねえ。昔はガンガン走れたけどねえ」

「本当だよね」と祥子が千明を見て頷く。

「バカボンのパパって四十一歳なんだって。知ってた？　あのオジサン、四つも年下だよ」

「え～～～～」と啓子と祥子が驚く。

「ちょっと受けるでしょ」

「あ、そうだ。エンジェルとどうなった？」と祥子が何げなく尋ねる。

「あぁ……あのさ、私、ちゃんと付き合おうって言われちゃったんだ」

「ホントに⁉」と啓子が身を起こす。

「うん。天使は廃業するんだって」

「で？」と祥子がその先を促す。

「まあ……はいって返事をしましたけど……」

「お〜〜〜」

「今は天使の最後のお仕事中……旅行に行ってるらしい」

「え？　女と？」と啓子が驚く。

「……そうみたい……それ言うか、普通……私に行ってきますって言う？」

「普通は言わないよね」と祥子。

「でも、天使だからねえ」とふたりは納得するように頷く。

「うん……そうなんだよね……問題はさ、私がそんなに嫉妬とかしてないってことなんだよね。どう思ってるんだろう、私……」

千明は自分の心の動きに困惑していた。いや、むしろ心が動かないことに……。

日曜の朝、和平が散歩から戻ると、女性陣が勢ぞろいでにぎやかに朝食の用意をしていた。

「おはよう。真平いないからさ、みんなでこっちで食べようってことになったわけ。お兄ちゃん寂しいだろうからって」と典子が和平に言う。

「何を言ってんだか」

えりなに呼ばれて、典子と万理子がキッチンに行く。残った千明に挨拶し、和平が尋ねた。

「あの……真平、何か話しにきました？」

「はい……ええ、まあ」

「そうですか」と和平は安堵の表情になり、頭を下げる。「真平のこと、よろしくお願いします」

「え……あ……いや、こちらこそ」

「うれしいんです……あいつが、あなたと出会って、そんなふうに変わったことが……うれしいんです……ありがとうございます」

「いえいえ」

「たしかに、あいつは病気を抱えてますけど、あいつはあいつなりに前に進もうとして……」

「ちょっと待ってください。なんておっしゃいました？」

「あいつの病気のことなんですけど」

そこに典子と万理子が慌てて割って入る。

「お兄ちゃん、その話は」

「真ちゃん、していません」

「え？……あ……いや、あれ⁉」

千明は微笑を浮かべると、和平に言った。「もうあれですよね、全部話すしかないですよね」

和平をテーブルにつかせ、その隣に自分も座る。

「……お願いします」

第7話　恋ってどうすれば良いんだ？

「弟は……真平が十一歳のときに脳に腫瘍が見つかりました。手術をしたんですが……完全には腫瘍を切除することはできませんでした。医者からは、大人になるまでに再発する可能性はかなり高いと言われました」

意を決したように和平が千明に話しはじめる。

「再発……」

「ええ……もちろん一〇〇％ということはないですし、再発しない可能性だってある……ただ、再発したら……それは……助かる可能性は低いんだそうです」

想像して、悲しみのあまりにうつむいてしまったえりなを、典子がそっと抱きしめる。

「……中学に入るときに、私がそのことを本人に話しました……それ以来、あいつは……いつ、そうなってもいいように生きてます。たとえば、車の免許も取りませんでした。運転しているときに何かあったら自分以外の人を巻き込んでしまうからって。ほかにもいろいろありますが……あいつの生き方というか、することはすべて、そのことを前提にしてるところがあります……こんなふうに言うのはイヤですが、いつ自分がいなくなってもいいように……人に迷惑がかからないようにしよう……残された自分の時間のなかで、できるだけ多くの人を幸せにしたい……そんなふうに真平は生きてきました」

「……だから天使……」

「女性に対してもそうです。あいつ、いい男ですからモテたと思います。でも誰ともちゃんと付き合うということはしなかった。悲しい思いをさせるからって……だから自分もひとりの人を好きにはならないんだって、そう決めてるんですよ。でも……寂しそうにしてる人を見ると、ほっとけないんです……あ、いや、すみません」

「いえ、そんな」

「そんなあいつが、あなたに恋をしたと言いました。初めてです……初めてなんです。うれしかったです……本当に……本当にうれしかった……こんな話をしたあとに言われてもあれかもしれませんが……どうかあいつをよろしくお願いします」

長い話を終え、和平は千明に向かって頭を下げる。

「なんで私……なんでしょう？」と千明。

「さぁ、それは本人に聞いてください」

「……ええ」

千明は軽く息を吐くと、ふっと微笑んだ。

「もう……すぐ死んじゃったりするのかと思いましたよ」

「あ、いや……でも、いつそうなるか……」

「そんなのみんな、同じじゃないですか。いつ何があるかなんてわからないし、あなただって、明日事故で死ぬかもしれないし。いや、今日このあとすぐかもしれないし。気がつかないだけで、もう手遅れの病気になってるかもしれないし、例の二股かけてるお見合いの母娘の恨みを買って、ブスッ！みたいなことあるかもしれないし」

千明の言葉に、典子と万理子、そして、えりなも思わず「ん？」となる。

二股かけてるお見合いの母娘……？

「いやいや、ちょっと待ってください。言ってることはわかりますけど、そういうときは普通、自分だって、いつ何があるかわからないしって言うでしょ。なんで私なんですか？　なんで私が殺されなきゃいけないんですか？　おかしいでしょ」

「そうですか？　ま、それは置いとくとして……わかりました、真平君のこと」

「あ……はい……よろしくお願いいたします」

「いえ、そんなよろしくって言われても、どうしたらいいのか」

「ちょっと待って」と典子が割って入る。「何、二股かけてる母娘って……万理子知ってた？」

「おそらく親のほうだと思われる人物には一度……ですが、まさか娘と二股とは」

「えりなは？」

「何も聞いてません」

「いやいやいや」と和平が否定しても、みんなは聞く耳を持たない。

「何なのそれ。偉そうに人に説教ばっかしてたくせに、何やってんの？　ヘンタイ」

「兄に向かってヘンタイとは何だ。しかも娘の前で」

「じゃノーマルだって言えるの？　ねえ、えりな……」

「ヘンタイかどうかは知らないけど、サイテーだとは思う」

「いや、だから、そもそも二股なんていうことじゃないんだよ。いいか」

和平が説明しようとしたとき、勢いよくドアが開いて「ただいまぁ！」と真平が帰ってきた。みんなの視線を一斉に浴び、「どうしたの？」と不思議顔になる。

「お前な、帰ってくるなら、なんでもうちょっと早く帰ってこないんだよ」

「は？」

「真平」と千明が明るく声をかける。

「え？」

「お帰り」

極楽寺の駅に向かって千明と歩きながら真平は今朝の出来事を聞かされた。

「でも、よかった。兄貴が話してくれて」

「そうなの？」と千明は意外そうに真平を見る。自分の口から話したかったのではないかと少し心配していたのだ。

「うん。だって、イヤじゃん。実は俺……みたいなの」

「そっか……そうだね……でもお兄さん、ちょっと困ってたよ」

「そっか……うん、あやまっとく」

「うん」と頷き、千明は照れた顔を真平へ向ける。「あ、じゃあ、よろしくお願いします。恋人ってことで、ね」

「うん。恋人ってことで」

あらたまると何だか面《おも》はゆい気持ちになり、ふたりは笑った。

「あのさ、さっき真平君じゃなくて真平って呼んだよね」

「あ、うん。ちょっとどさくさにまぎれてそう呼んでみた。ハハ……」

「いいよね、あれ」

「ホント？　じゃあ、真平ってことで」

「うん。真平ってことで……。でさ、どうすればいいのかな？　俺、初めてだからさ、恋愛関係っていうの、よくわかんなくて」

　そう言われても……と千明は困ってしまう。正直、自分もブランクが長いのだ。いざ正面切ってそんなことを聞かれても、どう答えていいかわからない。

「……どうすんだ？……いや、ちょっと忘れちゃったっていうか、ハハハハ」

「ああ。じゃ、初めてと忘れちゃったのとで……新鮮だね、きっと」

「そうだねぇ。頑張ろう」

「うん、頑張ろう……って、何を？」

「あ、いや、頑張るってのはヘンだよね……とりあえず、時間がないから仕事に行ってくる」

「大変だね、休みなのに」

「ううん」と千明は笑顔を残して改札に向かう。

　いっぽう長倉家では和平が針のむしろに座らされていた。特に責められているわけではないのだが、家族みんなの冷たい視線がグサグサッと心に突き刺さる。

　そこにまさかの人物が現れた。「おはようございます」と入ってきたのは、なんと知美だった。

「お、お、大橋さん！　ど、どうしたの？」

「どうしたのって、急に市長がＶＩＰを連れて鎌倉を案内しなくちゃならなくなって……至急みんな集合って。ずっと携帯鳴らしてたんですけど、出ないから……来てみました」

「あ……ごめん、携帯ずっと部屋だ……今朝あんなドラマがあると思ってなかったから」

「は？」

「いやいや。あ、すぐ支度するからちょっと待ってて」

自室に戻りかけた和平は、にやにやと笑みを浮かべている典子を見て、知美に「極楽寺の駅で待っててくれ」と頼む。しかし、典子は知美を「コーヒーでも飲む？」と強引に座らせ、和平を部屋に追いたてる。

「で？　何？　あなたとお母さんと二股かけてるの？　あの男は」

「はい、そうなんです」あっけらかんと知美は答える。

「はぁ、本当にそうなんだ。お母さん、いくつ？」

「五十三です」

「はぁ……守備範囲広いな、あいつ」

「味方になってもらえませんか？　お願いします……でも、あれですよね。ひょっとしたらおふたりのお姉さんになってしまうかもしれませんね」

典子はイヤな顔をするが、万理子はとりたてて気にしない。と、えりなが知美に「あの」と話しかけた。知美は少し媚びた笑みを向ける。「あ、よろしくね、えりなちゃん」

「どうも……あの、アニメ声だって言われませんか？」

「あ、うん……言われたことあるかな。あ、アニメ好きなんだ？　モノマネとかできるよ」

「どちらかといえば、嫌いです」

「え……そうなんだ」と知美は声のトーンを少し落とす。

そこに、支度も中途半端なままの和平が息を切らして戻ってくる。ネクタイも締めていない。「お待たせ」

「なんか早くない？」

「何言ってんだ。当たり前だろ、急ぎの用事なんだ。さぁ」と振り返ると、なんだか知美はしょんぼりしている。「どうしたの？」

「あ、いえ、何でもないです」

何か言ったのかと和平は典子をにらむ。

「何よ」

「いや、何でもねえよ……行こうか」

「はい……お邪魔しました」と典子たちに頭を下げ、知美は和平と一緒に出ていった。

「はぁ……信じられないね。負けてらんないわ」

「しかし皆さん、恋がお好きですね、本当に」つぶやきながら万理子が携帯をいじっていると画面に千明の写真が現れた。「……恋……」と万理子は首をかしげる。

そこに一通のメールが届いた。これは……とすぐに典子に見せる。

「……え？　ホテル？　どうしよう？」


「え～、何が引っかかってるんですかぁ」

ボードに向かって説明するハルカの不満げな声が会議室に響く。台本打ち合わせもそろそろ佳境に入りつつあった。

「いや、ですから」と武田がプリントアウトした台本を見ながら説明する。「いつから恋人というか、そういう関係になったのかがあいまいだということなんですよ。そもそも、いつ相手のことが好きになったのかがわかりづらいと思うんですよね」

武田の言葉に千明は何度も頷く。もっとも頭の中にあるのはドラマの主人公ではなく、自分自身の恋なのだが……。

「え～～～～」とハルカはあきれたように武田を見る。「武田さん、恋……してないんですね」

「え……」

「そんなふうに、いつ好きになったとか、いつ付き合ってもいいと思ったとか、そういうもんじゃないんじゃないですか」

「すみません……」と武田がうなだれる。

「女性ならわかると思うんですけどねえ」とあたりを見回しながらハルカの足は、三井と千明をパスして飯田の前で止まる。「ね、飯田さん……」

「え？　私？」と困ったように飯田は千明と三井をうかがう。

「今、通過しました？　私たち、通過？」と三井がハルカにあえて尋ねる。

「そんなことないですけど、現役感がちょっと」と指を開いてみせるハルカ。

「ハハ……どうなの？　飯田」と千明が促す。

「そうですね……このふたりはずっと、出会ったときから好き同士だなって私は読んでました」

「そうなの？」と千明はハルカに聞く。

「千明さん、忘れちゃったんですかぁ？　恋愛」と首をかしげながら言われ、さすがにカチンときた。

「あ、あのさ、あくまでも、また雑談なんだけどね。前に話したほら、私の友達、友達」

「あぁ、はい。四十五歳で三十五歳のボランティアを受けてるという」

「うんうん、そうそう……その友達がさ、そのボランティア君にね、これからは君ひとりとちゃんと付き合いたいって言われたんだって。どう思う？」

「あぁ、ハイハイハイハイ。絶対続かないですね。捨てられます、はい」とハルカ。

「あ……そう……ハハハ」

そんなことになっていたのかと、三井は驚きの表情で千明を見る。

「ま、いいや、ハハ……さっきの話に戻るけど、単にわかりやすくすればいいってもんではないと思うけどさ、やっぱり武田みたいなのも視聴者にはいるわけだしさ、もう少し整理してみようか……せっかくの脚本がさ、伝わらないんじゃもったいないからね。ここに五人いてだよ、ひとりの人間がわからないってことはさ、世の中の二〇％の人がわからないってことだからさ、そこは無視しちゃいけないと思うんだ。たとえ武田といえどもね」

「え……」と武田は少し傷ついたようだ。

「……わかりました」とハルカは頷く。「あと、千明さん。あの、そろそろやめませんか……ネタを話すときに、私の友達がっていうのはたいてい本人のことですよね。面倒くさいからやめましょう、そういうの」

「え……あ……ハハハハ……」

笑ってごまかす自分に対するイタい人を見るようなみんなの視線がつらい千明だった。

横浜のシティホテルのレストランに千明とっておきのおでかけ服を着た典子が、万理子を引き連れてやってくる。入り口に立ち、深呼吸する典子に、うんざりしたように万理子が尋ねる。

「あの……私はやっぱり必要なアイテムでしょうか？」

「いいから、いてよ。だってホテルだよ。ホテルのレストランだよ。そのまま部屋にってことでしょ？　それって」

「だったら余計、私は必要ないんじゃないでしょうか？」

「いいの、いてよ。まだ迷ってるのよ、一割ぐらいは」

「たったそんだけの迷いですか」

あきれる万理子を「行くよ」と促し、典子はレストランへと入っていく。奥の席に文也を見つけ、あげかけた手が途中で止まる。文也の隣に年配の男性が座っているのだ。

「あ、典子さん」と文也が席を立つ。隣の男性も立ち上がり、典子に向かって頭を下げた。

「初めまして。文也の父です」

「あ……ど……どうも」

　さりげなく隣の席についた万理子がつぶやく。「例のファンキーというヤツですか……」

「息子から聞きました。あなたには大変お世話になっているということで、相談に乗っていただいているそうで……ありがとうございます」

「あ、いえ……そんな」

「あなたに相談してから、こいつ、急にきちんと親子で話す努力をしてくれるようになりましてね……それまでは、まぁ、すねてたというか、うるせえなとか、ほっといてくれとか、そんなのばっかりで。なので、感謝しております」と文也の父は再び頭を下げる。

「あ、そんな」と典子は恐縮してしまう。「でも、よかったです……ハハ、うん、よかった」

「今日はせめてものお礼にと思いまして、お食事を。あ、私、仕事でこちらに来ておりまして、ここに泊まってるものですから、お呼び立てしてすみません」

「そんな……なんか、すみません」

仕事を終えた千明は、啓子と祥子を誘い、遅めの夕食をとっていた。真平のことを話すと、何だかしんみりとしてしまう。

「でもあれだね……本当に天使だね」しみじみ言う啓子に、「そうだね」と千明が微笑む。

「絶対にさ、彼の前ではさ、辛気くさい顔したくないじゃん。だけどさ……考えるとね……考えるとさ……彼の気持ちをさ。どんな気持ちだったのかなって」

話しているうちに涙がにじんでくる。そんな千明を、両側から啓子と祥子がやさしく包む。

「……ごめんごめんごめん、ありがと。でも、なんで私なんだろうね？　それが謎です。とっても光栄なことだと思うんだけど」

「私、ちょっとわかる気がする」そう言ったのは啓子だった。

「だってさ、多分、天使君はさ、自分のことじゃなくて人のことばっかり考えて生きてきたわけでしょ……この人は何を望んでるんだろう。何をしてほしいんだろう。何がしてあげられるんだろうって。でも、千明にはさ、それがそんなにないんだよ、きっと」

「え？　ないって？」

「だって、なんだかんだ言ったってさ、ちゃんとひとりで生きていける力を持ってるもん。そういうと悲しいけどさ……だからさ、彼は千明と一緒にいて力をもらえるんじゃないのかな。与えるんじゃなくてさ」

「ほぉ、そうなんだ」と人ごとのように千明は感心する。

「でもさ、いざ恋愛をしましょうってことになったらさ、なんかよくわかんないんだよね」

「何？　忘れちゃった？　恋の仕方を」とからかう祥子に、千明は真顔で頷く。

「……恋愛ってどうするんだったっけ？」

「重症じゃん……どうなの？」と祥子は啓子に目をやる。啓子は心配そうに千明に尋ねる。

「大丈夫なの？　その恋……そんなふうに考えないよ、普通」

「大丈夫だよ。そうじゃなくてさ、なんかほら、期待してないところから、ヘンなふうに始まったわけじゃない？　私と彼……なんかこう順番として」

「あぁ。最初に、付き合うわけじゃないのに、しちゃったわけだもんね」と祥子。

「そうなのよ。だから、いざ、最初からお願いしますって言われてもさ、えっと……みたいな」

「そっか、最初にしちゃったわけだもんね」と今度は啓子。

「ええ。そんな何度も言わなくてもいいんだけど」

「でも、いいんじゃない？　いろんな恋があっていいわけだからさ。そこから始まって振り出しに戻るみたいなのも」と啓子が結論づけるように言った。

「そうだよね。頑張って積み上げて、そこで崩れ落ちるみたいな心配ないもんね」と祥子も頷く。

「……まぁ、頑張ってみっか、ね」


休日を返上して市長のお供で鎌倉中を回り、心身ともに疲れ果てた和平をバーのネオンが誘う。

「たまには一杯くらいなぁ」とひとりごち、和平は重厚な木製のドアを押した。カウンターに座り、ウイスキーのロックを注文する。

至福の時に浸ろうとしていると、「あ」と奥から声がした。振り向くと広行だ。

「やぁ、おにいさん」

「何がおにいさんだ、ったく……」と和平は背を向けるが、広行は気にせず、グラスを片手に寄ってくる。

「いいいい、来なくて来なくて、いいです！　ひとりで飲みたいんだから！」と言うのもかまわず、広行は隣のイスに腰を下ろした。和平はがっくりと額に手をやる。

「いや、わかってますよ。和平君が怒るのは当然だ……典子の兄として怒るのはね……」

すでにかなりできあがってる広行は、いきなり自らの出会い系事件について話しはじめる。「でも、同じ男としてはどうなの？　まったく理解できないわけ？　俺のこと、なぁ」

「え……」

「正しいとか間違ってるとかそういうのはやめてくれよ。間違ってるのなんてわかってるんだからさ。でもさ、あるだろ？　人間にはさ、間違ってる気持ちだって。和平君にだってあるでしょ？」

「そりゃ、まぁ……あれですけど」

胸にたまったドロドロしたものを吐き出すように広行は言った。「悪いことがさ、したいんだよ。したくてしたくてどうしようもないんだ。このまま小さな枠の中で終わりたくないんだ。男として終わりたくないんだよ……破滅してもいい。悪いことがしたいんだ。止められないんだよ、その気持ちが。無理に止めたら……頭がおかしくなりそうなんだ。わからない？　君には。なあ、わからないのか？　それでも男か」

「何ですかそれ？……いや、全然わからないとは言いませんよ。言いませんけど……」

「言いませんけど何だ？」

「絡まないでくださいよ、もう」

一日の疲れを癒そうと思って入ったバーで、なぜこんな目にあわなきゃならないんだ……。

広行の酒臭い息から顔をそむけると、和平はグラスを一気にあおる。

食事を終えた典子がコーヒーを飲みながら、文也の父の話に相槌を打っている。

と、携帯が鳴り、「すみません」と文也が席を外す。

「おきれいな方でびっくりしました」

いきなりそんなことを言われ、典子は戸惑う。「いや、そんな」

「いわゆる出会い系ですよね」

「え？」

「あいつは、そういうんじゃないんだって言ってました」

「あ……はい」

「でも、あなたは違いますよね」

「え？」

「息子は勘弁してもらえませんか？　いくらなんでも年が違いすぎる」

「いや、あの、そんな……そういう」

「それに、あいつには彼女もいます。同じ年の」

典子は思わず入り口近くに立つ文也を見る。携帯で何やら楽しげに話している。

「ただ、気持ちはわかるつもりです、あなたの」

「は？」

「私も同じような気持ちになることがあります」

この人は何が言いたいんだ……？　典子が父親の真意を探っていると、彼はテーブルの上にルームキーを置いた。「八〇二に泊まっています。よろしかったら、いかがですか？」

「な、何言ってるんですか！」

典子は立ち上がり、目を丸くしているオヤジを怒鳴りつけた。

「ふざけないで！　バカにすんな‼」

怒りの表情で店を去る典子を、「失礼しました」と言って慌てて万理子が追いかける。

「ちょっと勘弁してくださいよ、ねえ」

広行に引きずられるように、和平がキャバクラに入っていく。露出度の高いドレスを着た女の子たちが「いらっしゃいませぇ」と黄色い声で出迎える。

「みんな、この人、キャバ初心者だから愛を注いでやって」

「いやいやいや、いらないいらないいらない」と和平がなおも抵抗していると、隣のテーブルにいた年配の客が「あれ、倉ちゃんじゃないか」と声をかけてきた。

「一条さん……何やってるんですか?」

両手に可愛いキャバ嬢をはべらせた一条を、和平はポカンと見つめる。「奥さまは?」

「旅行中。へへへへへ」と一条は下卑《げび》た笑いを浮かべる。「倉ちゃんこそ、美人母娘両方と付き合ってるだけじゃ足りないのか? このスケベ」

「いやいやいや、一条さん。そうじゃなくて」

「ん? なんの話だ」と広行が血相を変えて詰め寄る。そのまま一条と広行と並んで席につくことになった和平は、お見合い話から一連の件を白状するハメになる。

「へえ、みんな、どう思う?」と広行が同席したキャバ嬢たちに尋ねる。

「なんかサイテー」「優柔不断」「……だよね、はっきりさせるべきだよね」「男らしくな～い」

散々な評価に、和平は憮然とする。

「俺はね、和平君」広行はカッと目を見開き、叫んだ。「何をビビってんだ、ふざけんな！」

「何がだよ」と和平も大きな声で言い返す。さっきから言われっぱなしで腹が立ってきたのだ。

「何をカッコつけてんだ。男かそれでも、あ？」

「男ですよ。男にだって、いろいろあるんだよ！　あんたと同じとは限らないんだよ」

「なんでだよ。なんで求めてもいないでさ、恋するチャンス棒に振るようなつまらん男に、ふたりもいてさ、なんで俺はこんな店でこんなブスで我慢しなきゃならないんだよ」

「ちょっとふざけないでよ、じじぃ」とキャバ嬢のひとりが腰を浮かせる。

「じじぃって言うな！　おう和平！　つまらん男だなあ、あんたは！　男じゃない！」

広行は和平につかみかかり、殴ろうとする。が、酔ったせいで、自分の体がコントロールできない。倒れかかってきた広行を、仕方なく和平が支える。

「頑張れよ。頑張ってさ、恋すりゃいいじゃねえか……俺の分もさ……俺の……俺の……」

腕の中で泣きはじめた広行をもて余し、和平は途方に暮れるのだった。

深夜のタクシーは、スイスイ走るが料金メーターも面白いように上がっていく。ついにホテルの宿泊料金を超えたとき、思わず千明は苦笑した。鎌倉の市街に入り、車が速度を落とす。何げなく窓の外を見ていると、見知った顔が目に入る。広行をおぶった和平がヨロヨロと歩いているのだ。

「あ、止めてください」

千明のタクシーに便乗させてもらい、どうにか広行を自宅まで送り届けることができた。和平は千明に礼を言い、深く大きな息をつく。一日の疲れがどっと襲ってくる。

「なんか、ちょっと飲み直したい気分だな……あ、でも、もう遅いですね」

「付き合いますよ。全然、大丈夫です」と千明は笑顔で返した。

朝までやっている居酒屋に入り、和平と千明はビールで乾杯する。のどをうるおすと、和平は今夜の災難を千明に語りはじめた。

笑いがようやく収まると千明が尋ねる。「キャバクラとか行かないんですか？普段は」

「行きませんね。つまらない男ですから」

「そんなこと言ってないじゃないですか。でもまぁ、たしかに言ってることもわかりますね」

「広行さんのですか？」

「いえ、キャバクラの女の子たちの。優柔不断ですよね。たしかに、男らしくない……うん」

「ちょっといいですか？　何ですか、男らしくないって。だいたいね、私は男らしいという言葉には大きな疑問があるんですよ。男らしいと女らしいという言葉にはかなりの不公平さがあるんです。男のほうがね、重いものを背負わされてるんだ、生まれたときからずっと」

「はぁぁぁぁぁ？？？？」

「あなたがですよ、女らしくないと言われたら、否定されたようなイヤな気持ちになるでしょう、おそらく。ただ、どこかでこうも思うんじゃないですか。何が悪いわけ？　女らしくなくて……」

それはたしかに……と千明はとりあえず納得する。

「女らしくなくたって素敵な女性はいっぱいいる。ところがですよ、男らしいという言葉はそうはいかない。男らしくないというのは、これはもうカンペキな否定です。男らしくないけど素敵な男っていますか？　いないでしょう？」

何となくわかるが、あまりわかったとは言いたくないと千明は思う。

「母親がですよ、ウチの娘はホント女らしくなくて困っちゃうんですよ……なんて会話ありますよね。いいじゃないですか、元気でとか、今はもうそんな時代じゃないですよ、なんて続くわけですよ。でも、ウチの息子はホントに男らしくなくて困っちゃうんです、なんて言います？　言いませんよね。言われたほうだって、いいじゃないですか男らしくなくたって、なんて言わないでしょ」

そう言って和平はジョッキを飲み干す。

「……スッキリしました？」と千明。

「え？　あ……ええ、なんとなく」

「ならよかったです」とにっこりと大人の笑みを向けられて、和平は敗北感に襲われる。こんな小さなことにムキになった自分が恥ずかしくなって、なんだか笑ってしまう。

「頑張ってみればいいじゃないですか、せっかく向こうが好意をもってくれてるんだから」

「頑張るのもなんですかね。恋愛って、頑張ってするものなんですかね」

「本当にイヤなら頑張る必要はないと思いますけど……。しかも私たち、恋愛抜きの暮らしを長くしてきてしまったわけじゃないですか。そこに恋愛を持ち込むって、結構頑張らないとダメなんじゃないですかね？」

「なるほど……頑張ってるんですか？　あなたも」

「頑張ろうと思います。頑張るっていうとなんか無理してるみたいに聞こえるかもしれませんけど……そうだな、奮い立たせるって感じ」

「奮い立たせる……」

「だって自分をですよ、こんな自分を思ってくれる人がいるって、スゴイことじゃないですか」

「ええ、それは」と和平は頷く。

だったら、善は急げとばかりに千明は和平から携帯を奪い、知美に連絡しようとする。さすがにこの時間はと躊躇する和平に、千明は言った。「本当にウチのお隣さんは、男らしくなくて困るな」

「わかりました。自分でしますよ」と和平は携帯を奪い返す。

「お〜、男らしい」

が、電話帳から知美を呼び出してはみたものの、発信ボタンを押す勇気がない。見かねた千明が、横から携帯を奪いピッと押した。「もしもし……」と知美の声が聞こえてくる。

千明が帰ると、どんよりとした空気が居間を覆っていた。それを生み出しているのは、ソファの上で膝を抱えている典子だ。横には、ちょこんと体育座りをする万理子。典子は吐くたびに空気清浄機が反応しそうなほど、湿った重いため息を繰り返す。

「何なの？　その亡霊みたいな顔？」

「聞いてくれる？」

「イヤだって言ったら？」

「泣く」

「わかったわよ、聞くわよ」

自分ではうまく話せないからと、典子は万理子に振る。「私ですか……？」

聞き終えた千明は、「……あら、まぁ……」としか言葉が出ない。

「悔しいよ、情けないよ。悔しいよ、情けないよ」涙ぐみながら、典子は繰り返す。

「わかった、わかった。わかったから泣くな」

なぐさめる千明の顔から笑みがこぼれる。

「ちょっと、何がおかしいのよ」

「笑うんだよ、こういうときは。笑うの……笑い話にするの」

「え？……」

「そうしないと、心に傷が残るでしょ」と千明は典子にやさしく微笑む。千明の、まるで聖母のような微笑みに、万理子は感動すら覚える。

「ね、ほら……よく考えてみ……。相当笑えるよ」

「……たしかに」と典子は微笑む。

「ほら、万理子ちゃんも」

「笑ってるんです、これ」

「そんなんじゃなくてさ」と千明は万理子をくすぐりはじめた。「いやいやいやいやいや」と身をよじりながら、万理子はドキドキが止まらない。


「また笑ってるよ……何なんだ?」

隣から聞こえてくる女たちの笑い声に、和平は首をひねる。と、真平が二階から下りてきた。

「遅かったね」

「おう……まだ起きてたのか?」

「うん。礼をさ、言おうと思ってさ」

「よせよ」

「いや、ありがとう……でもって、ごめんね」

「本当だよ」と和平は苦笑し、言った。「なぁ、真平。俺は五十だ」

「あぁ、ん？」

「しんどいぞ、五十は、いろいろと。それを味わえ、お前も……そのしんどさを味わわないなんて、俺は絶対に認めないぞ。そりゃ、ずるい」

「あぁ……わかった」と真平は微笑む。「なんかさ、生きる気がしたよ、俺、もっと長く」

「そうか」

「あぁ、恋したからかな」

照れたように言う真平に、「そうか」と和平がやさしく微笑む。

女たちの楽しそうな笑い声が、また響いてくる。

第8話　大人のキスは切なくて笑える

次の日曜日、和平は知美と一緒に江の島に来ていた。千明にそそのかされ、酔った勢いで電話した結果ではあるが、知美のうれしそうな笑顔に、まぁいいかと思ってしまう。

「あれおいしそう」と知美が坂道に立ち並ぶ店のひとつを指さす。「何これ？」と和平は驚く。

「知りません？　湘南ドッグですよ。食べてみません？」

和平は頷き、店主に注文した。店主はちくわ入りのドッグをくるむと、ふたりに渡す。

「はい、お嬢さん。こっちはお父さんね」

和平は思わず笑ってしまう。「うまいね、これ」と湘南ドッグを屈託なく食べる。

次に知美が和平を引っ張っていったのは、ヤングカジュアルを中心とした輸入ものブティックだった。店内は若い男女であふれ、和平にとって居心地悪いことこの上ない。が、知美は気にせず、楽しそうに和平の服を選んでいる。

「これがいいと思います」と体に当ててきたのは、ここ十年着たことがない派手な色みのシャツだった。デザインは悪くないのだが、この色はどうなんだ……？

しかし、知美は和平の憂慮など無視するように、「うん、似合う」とひとり納得すると、「すみませ～ん、試着していいですか」と店員を呼んだ。

「楽しみ」と無邪気に喜んでいる知美を見るとイヤとも言えず、和平は試着室へと入る。

「素敵なお父さまですね」と店員に言われ、知美はムッとして返す。

「彼氏ですけど」

「あ、ごめんなさい」

「いえ……あ、お願いがあるんですけど」

鏡に映る自分を見て、和平は首をひねる。と、「いいですか？」と外から知美の声。

「え？　あ、いや着たけど……これはちょっと」

カーテンが開き、知美と店員が試着中の和平をチェックする。

「あ、やっぱり似合う……ねえ」

「いいですね。バッチリですね。似合ってますよ、彼氏さん」

「彼氏さん？……あ、そう？　ま、着こなせないことはないと思うんだけど……でも……」

和平に最後まで言わせず、「うん、これにしましょう。これ、着ていきます」と知美は勝手に決め、「こっちを袋に入れてください」と和平が着ていたシャツを店員に渡す。

新しいシャツを着た和平と知美が、カフェのテラス席に座っている。若々しくなった和平を見て、「なんかうれしいな」と知美はご機嫌だ。

「あのさ、変な気を回すな。店の人に頼んだんだろ？」

「……だって……」

「父親に見られたくらいで、ヘコんだりしないよ」

「……ごめんなさい」

「あとさ、俺くらいの世代の人間はね、若いころ、今の君たちと同じようなものを着たりしてるんだよ。オジサンだからこういうの知らないって世代じゃないんだ。わかる？」

「……はぁ」

「それから、年を取ったから、若い人が着てる服が似合わなくなって、我慢してるわけでもない。べつに若い人の文化っていうか、それが必ずしもうらやましいわけじゃないんだ。今はアンチエイジングとかいって、世の中全体がさ、若く見えるほうが素晴らしい、みたいなところがあるだろ。あれ、あまり好きじゃないんだ、俺。

五十には五十の、六十には六十の格好よさがあってさ、なんでそんなにみんな、無理して若く見せようってするのかって思うよ。だから余計さ、若い人が大人になりたくないって思うんじゃないかなって……わかんないよな、こんなこと言われても」

「あの……ごめんなさい……私……あの……それ返してきます」

「あ、いやいや、そうじゃないんだ。これは……結構気に入ってる」

「本当に？」と知美は目を輝かせる。

「あぁ、実は本当……」

「うれしい……写メ撮っていいですか？」

そう言うと、知美は携帯を出して、素早く隣へと移動する。携帯をふたりの前にかかげ、シャッターを押す瞬間、和平の頬にチュッと唇を当てた。

「おい！」

「送ろう」と知美がつぶやく。

「ちょっと待て。送ろうって、どこに？」

「母です」と言いながら知美は携帯を操作する。「送りました」

「……いや……あのさ……俺、今、世の中でもっとも謎なのが、君たち母娘なんだけど」

「そうですか？……あ、メール来ました……ほら」と知美が携帯の画面を見せる。

『いいなぁ！　ずる〜い!!』

　その文面に、和平は首をかしげる。「わかんない、本当に……」


　いっぽう、千明は若宮大路で真平と待ち合わせしていた。こっちは真平に合わせてジーンズをはいた、多少無理めの若づくりカジュアルで、真平がどう思うか内心はドキドキである。

「イタい？　やっぱ無理がある？　着替えてこようかな、やっぱり」

「似合うよ、最高」と真平は人目もはばからず千明を抱きしめる。

「ちょっと、恥ずかしいって」

　戸惑う千明を、真平はさらに強く抱く。千明も覚悟を決めたように真平を抱きしめた。

「へえ、素敵な店だねぇ」

　古い木造建築の味わいが絶妙な雰囲気を醸し出しているカフェの店内を見回しながら、千明は無意識に煙草を取り出す。すぐに真平が、「千明、ここ禁煙」と注意する。

「あ！　だよねだよねだよね。ごめんごめんごめん」と慌てて千明は煙草をしまった。

「ううん、うれしいな。恋人同士なんだよね、俺たち。人生初の恋人が千明で、うれしいよ」

「初か……え？　なんでうれしいの？」

「格好いいじゃん、千明。きれいだし、一緒に歩いてて自慢」

「え〜？　あ、今さ、ちょっと天使に戻ってない？　軽くボランティア精神発揮してなかった？　こう言ったら私が喜んでくれるだろうなって思って言ったんじゃない？　違う？」

「え……」と真平は考える。「そんなことないよ。そう思ったから、言ったんだ」

「マジすか？……なんか恐縮です……でもさ、これ以上私に近づいたら離さないぞ。なんてね」

冗談めかして言う千明に、「じゃ、もう一歩近づこうかな」と返し、さらに店内に誰もいないのを確かめると、軽くキスした。衝撃と歓喜で、千明の頭はボーッとなる。

「ボランティア精神じゃないよ」

「じゃ前世、イタリア人だったんじゃない？　エンジェルあらためアントニオ真平にする？」

「何だよ、それ。でもさ、恋人同士だって、相手が喜んでくれるといいなと思って、何か言うみたいなことはさ、あるわけでしょ?」

「あぁ、それって素晴らしいことだよね。でもね、付き合っていくとさ、言葉が残るんだよ。恋人同士でも夫婦でも、多分。言葉に責任ができちゃうんだよね。その場の気持ちよさだけでは終われないんだ。あのときはあんなふうに言ってくれたのに、何も言ってくれなくなったとかさ」

「あぁ、見たことあるね」

あまりにもクールな真平の返しに、千明は苦笑する。

「だからさ、あんまり最初にテンション上げて飛ばすと、あとできつくなるよね……でもね、そうなっちゃうんだよねえ、恋ってやつはさ……前半抑えめで後半上がるって、あんまりないよねえ」

「へえ、そうなんだ? なんか寂しいね」

「そうだよ。恋って寂しいもんなんだよ……」

しみじみと言いながら、千明はごく自然にバッグから煙草を取り出す。

「千明、ここ」

「あ……そうだったそうだった。ごめんごめん」

カフェを出たふたりが海辺の遊歩道を歩いている。冬の沈んだ色の海もこうやって恋人と一緒だと、なんだかキラキラと輝いて見えるから不思議だ。

千明がそんなことを考えていると、真平が聞き捨てならないことを言った。

「初体験、看護師さんなの？」と千明は思わず聞き返す。自分の恋愛遍歴を聞かれ、ごまかしていたら、真平が自分のことを語りはじめたのだった。

「うん。高一のとき」

「マジで？　相手は？」

「いくつだったんだろ？……二十九とか三十とかかな。半年に一回、検査行っててさ。やさしい人でさ、きれいで、明るくて……その人がいるからイヤな検査もガマンできたんだよね。でも……仕事帰りのその人、見かけたんだ……なんかすごく寂しそうで、つらそうにポツンと座ってて……そしたら、なんか俺、何とかしたいって……こんないい人が、こんな顔するのイヤだなって思ってさ……そしたらさ、涙止まらなくなっちゃって……向こうは驚いてたけど……言ったんだ。なんか僕にできることないですか、何でもするからって」

「……それが天使の初仕事だ」

「うん……あ、千明は？」

「え？　私の初体験？　いやいやいやいやいや、あまりに昔の話で……なんていうか……だってあれだよ、『E.T.』観た帰りだよ」

動揺のあまり、またしても煙草に手が伸びる。

「千明、ここも」

「禁煙でした。へへ、ごめん本当に。この手が悪いの」と煙草を持つ手をピシャリと叩く。


携帯をしまった知美が、突然、真顔になって言う。

「私のお父さん、自分の会社つぶれちゃって、ちょっと借金とかもつくったまま体も壊して……で……亡くなっちゃったんです」

「……そうだったんだ」

「母は、そこからひとりで私を育ててくれたんですよ。お金も返して、働きながら栄養士の資格も取って。だから私……絶対つぶれないと思って、市役所に就職しました。友達からは地味とかいろいろ言われたんですけどね……ま、実際、地味ですけど」

「まぁな」と和平が頷き、ふたりは笑い合う。

「ずっと母とふたりで生きてきたし、仕事忙しくて、一緒の時間が少ないから、とにかく何でも話そうって約束したんです。今もそれがなんかくせになっちゃってて、母に話さないと気持ち悪いんですよね。何でも、もうありとあらゆることを全部しゃべりますよ」

「へえ」

「あ、ごめんなさい。なんかちょっと暗い話になっちゃって」

「いや、とんでもない」

「のほほ~んと生きてきた、何にも考えてない女の子だと思ってました?」

図星を突かれて、「いや、そんな」と和平はたじろぐ。そんな和平が、知美にはかわいい。

「……素敵な母娘だね」

「ありがとうございます。その素敵な母娘と三角関係なわけですよ」と知美が和平の腕をツンツンとつつく。

「そこに関しては、まったくわからない」

「私ってファザコンなんですかね?」

「いや、わかんないけどさ……べつに悪いことではないと思うけど……」

「そうかぁ。そうですよね。あ、じゃ和平さんも……ロリコンになってください」

ちょうどコーヒーを口に含んだばかりの和平は噴き出しそうになる。

濡れた砂から顔をちょっとだけのぞかせているピンク色の貝を、和平が指でつまむ。波が返ってきたので、立ち上がり、二、三歩あとずさったとき、「おはようございます」と声をかけられた。

振り返ると、コンビニ袋を手にした千明が立っていた。

「おはようございます。早いですね」

「ええ。ちょっとコンビニまでこれを」と千明は袋から禁煙パイプを取り出して、和平に見せる。

「へえ、真平のために?」

「ええ、まぁ……ハハ、あんまり好きじゃないかなと思ったりして」

かわいいところがあるんだなと和平は微笑む。

「あいつ結構、自然派みたいなとこありますからね。カフェの料理でも素材とかにこだわってて。僕はよくわかってないんですけど」

「なるほど……あ、聞いちゃいました、真平君から。奥さまが集めてたんですね、桜貝」

「あぁ……」と和平は手にしていた桜貝を見て、苦笑する。

「ロマンチックじゃないですか。そんな武士みたいな顔して……」

「……毎朝、ここで桜貝拾って、大事そうに集めてました。でもね……なんで集めてたのか、わからないんですよ……なんか理由があったみたいなんですけど、聞かないまま死んでしまって。だから、こうやって集めても仕方ないんですけどね……なんとなく」

こうやっていると、もしかしたら妻の声が聞こえてくるんじゃないかと、亡くしてすぐは思ったりもした。もちろん、そんな声は聞こえてきやしなかったが、朝の静かな波音を耳にしながら桜貝を拾っていると、自然とおだやかな気持ちになれた。

「あ、頑張ってくださいね、禁煙……続かなそうだけど」

「は？　そんなことないですよ」

「賭けてもいいですよ。せいぜい一日くらいじゃないですか？」

「一日って失礼な。いいですよ、賭けましょう。鎌倉で一番高いのってどこですか？」

「鎌倉山のてっぺんじゃないですかね。標高一〇〇メートルくらいはあるから」と和平はジョークで煙に巻く。こちとらしがない公務員、そうそう高い店でおごってばかりいられないのだ。

「はい、よろしくお願いします、千明さま」

はにかみながら、万理子は目をつぶり唇を突き出す。唇が触れた瞬間、ハッと夢から覚めた。

「……なんという夢を見てしまったのだろうか、私は」と万理子は唇に手をやる。

「……これって……世に言うところの……恋？」

そこに「万理……」といきなり戸が開き、真平が顔を出した。

「なんだまだ寝てたのか」

「ごめん、真ちゃん。ごめんなさい」

「ん？　どうした？　何あやまってんの？　悪い夢でも見たか？」

「いや、まったく悪い夢ではないわけで、それが逆に問題というか」

意味不明のつぶやきに、「大丈夫か？」と真平が心配する。

首をかしげつつも、「……と思います」と万理子は答える。

「ならいいけど……最近、あんまりわからなくない？　お互いのこと」

「あぁ、恋とかに関する気持ちはわからないのかもしれませんね」

「へぇ……え？　恋してるの？　万理」

「え？　いえ……なんか、とても複雑な双子へと変化していく新しい展開なのかもしれません」

真平は首をひねりながら、万理子の部屋を出た。

観光地としてはさほど知られていない寺への英語と韓国語の案内板の設置を終え

た和平と知美、田所の三人は、昼食を兼ねて打ち合わせのためファミレスに入った。鎌倉の世界遺産登録に向けてさまざまなキャンペーンを張る必要があり、観光推進課としての仕事は最近かなり忙しい。

しかし、和平の細々とした説明を聞く知美の顔は不機嫌この上ない。実は、仕事の途中で一条とばったり会い、キャバクラに行ったことをバラされてしまったのだ。

「あれ？　お兄ちゃん」

声に振り向くと、その年ではかなり無理のあるかわいらしい制服を着た典子がいた。

「は？　なんだよお前、何やってんだよ」

「何って見ればわかるでしょ？　コスプレじゃないよ」

「わかってるよ、そんなことは。いつからだよ」

「今日から。いつまでもブラブラしてるわけにもいかないしね。千明ちゃんにも、ずっといるつもりなら家賃払ってもらうって言われちゃったし」

「そりゃ当たり前だろう。ていうか、帰らないのかよ、お前は？」

「帰らないわよ」

そのとき、知美が「典子さん……聞いてくださ〜い」と泣きついてきた。和平が止める間もなく、典子に耳打ちする。

「サイテーとか言うんだろ。もうわかってるよ」

しかし、典子の反応は違っていた。「キャバクラくらい行くんじゃない？　普通でしょ」

「そうなんですか？」と知美。

「そうだよ。あなたもオッサンと付き合うなら、それくらいのことでガタガタ騒ぐんじゃない」

「はい……わかりました。あ、どうぞ。行ってもいいです」

「いいですって、そのまとめ方はちょっと違うだろ。そもそも、あのキャバクラはお前の……」と言いかけたところで和平は凍りつく。典子のうしろからえりながひょいと顔を出したのだ。

「えりな……何やってんだよ、お前。こんなとこで」

「今日は学校昼までです」

「あ、そうだっけ。でもお前、こんなとこ」

「じゃ」とえりなは無表情のまま、自分の席へと戻る。その席の奥に男の子が座っているのに気づき、和平は絶句する。ふたりは仲よさげに顔を近づけて話している。

「……なんだよ、おい……」と和平はすがるような目で典子を振り返る。

「彼氏らしいよ」

「え……」

　仕事を終えた和平が帰ると、家の前の小路にえりながいた。さっきの男の子と一緒で、和平の心は萎える。しかし次の瞬間、さらなる衝撃が待っていた。

「じゃあね、サンキュ」と言うや、えりながごく自然に彼氏の頬にキスをしたのだ。

「！！！！」

　和平のほうへ歩いてきた男の子は、「こんにちは」と普通に頭を下げ、去っていく。

「あ、ハハ……気をつけて帰れよ」

　一応理解ある父親を演じてみせたが、胸がキリキリと締めつけられるように痛む。家のほうを振り返ると、えりなの冷めた視線と交錯する。えりなはプイッと家の中に入っていく。

「はぁ」和平はどんよりと大きなため息をついた。

　落ち込んだ気持ちを奮い立たせて家に入った。真平や万理子と一緒にえりながテーブルについている。「えりな」と声をかけると立ち上がった。

「いいです。余計な話はいらないです」

「違うよ……ボーイフレンドのことは話したくなったら話してくれ。えりなのこと信じてるからさ、お父さん」

「……ありがとう」

「これさ、今度、お父さんたちやるんだけどさ、えりなどうだ？」と和平はカバンから小学生の絵画コンテストのパンフレットを取り出した。

「えりな、絵嫌いじゃないしさ、いつか描いた、ほら……」

「そういうの、嫌い」

「誤解すんなよ。べつにお父さん関わってるからって……こう、なんていうか、賞をとらせようとか、そういうことはお父さん好きじゃないしさ」

「そんなことすると思ってないよ。大人が選ぶ、いかにも小学生の絵って感じが嫌いなの」

「そうか……」

「うん……じゃ」とえりなは自分の部屋へと去っていく。

「……わかんねえなぁ、何考えてんのか全然。お前、今、家の前でチューしてたんだぞ」

「へえ」と真平はえりなの部屋のほうに目をやる。

「大丈夫なのかな。一対一の付き合いみたいなさ……だってお前、小学生だぞ」

「信じてるんだろ？」

「信じてるのと心配するのは、またべつだろ」

「そうなの？」

「わからないのは仕方ないのではないでしょうか」と万理子が口を挟む。「特に恋がからむと双子ですらわからなくなるわけですから」

「へえ、そうなの？」

「はい」

真平の怪訝そうな顔に、「たいした意味ではないです」と万理子が返したとき、携帯が鳴った。

「典姉です」とふたりに言って、万理子は電話に出る。隣に来いとの呼び出しだったようだが、まるで飼い主に呼ばれた犬のように猛ダッシュで飛び出していく万理子に、和平は首をかしげる。

「なんだ、あれ？」

「さぁ……なんか朝から変なんだよね」


勇んで来てはみたものの、千明はまだ帰ってはおらず、久しぶりの労働で疲れ果てた典子に延々とグチを聞かされる。と、玄関のドアが開く音がした。万理子は急にうろたえる。

「ただいま」

千明の声に今朝の夢を鮮明に思い出し、万理子は羞恥心でパニックになる。この場から逃げようとするのだが、つまずいてしまい、そこにちょうど千明が入ってきた。倒れかかる万理子を、千明が慌てて抱きとめる。「大丈夫？　万理子ちゃん」「は、はい」と答えたとき、目と目が合って、万理子はさらに動揺する。「あ、あの、お、お邪魔しました。失礼します。今朝ほどは大変失礼しました」

そう言うと、万理子は逃げるように千明の家を出た。

出ていったと思ったらすぐに帰ってきて、自分の部屋へと駆け上がっていく。明らかにおかしな万理子の様子に和平と真平は顔を見合わせる。

「万理、どうした？　なんかあったか？」

真平が万理子の部屋をノックし、声をかけた。横では和平が心配そうに様子をうかがっている。すぐに戸が開き、万理子が顔を出した。

「あ、あの、今回は、今までとは違うというか、パニクってはおりますが、不幸なことがあったわけではないので、軽いですから、大丈夫です。失礼します」

それだけ言うと、万理子は再び戸を閉めて身を隠した。

「……だって」

「わかんねえ、さっぱり」

すると、えりなの部屋から電話の話し声が聞こえてきた。「あのさ、そういうべタベタしたの嫌いなんだよね、私。チューしたくらいで俺の女みたいな言い方やめてくれるかな」

まさか小学生の娘からこんな言葉を聞かされるとは……。

ショックでしょんぼりとうなだれる和平に、真平はなんと言っていいのかわからない。

そのとき、階下から「こんばんは」という女性の声がした。続けて「お邪魔します」と、今度は若い女性の声。いずれも聞き覚えのある声だ。

「は〜い」と階段を下りる真平に、和平も慌てて続く。

笑顔で並ぶ秀子と知美を見て、やっぱりと和平は思う。「どうしたんですか？」

「夜はカフェやってないんですね」と店内を見回し、秀子が言う。

「あ、すみません」と真平が申し訳なさそうな表情をする。『ながくら』は住居と兼用のため、店じまいが普通のカフェよりも早いのだ。

「いえ。あの、ウチはふたりで食事当番制にしてるんですけど、今日どっちも勘違いして自分じゃないと思ってて、ね」

「はい。で、そういえば『ながくら』でごはん食べてみたいねってことになって、ね」

「はい。すみません、突然やってきちゃいました」

「すみません」

交互に話す秀子と知美は、まるで息の合った漫才コンビのようだ。

「もしよかったら、どうぞ。簡単なものなら作れますし」と真平が言うと、「本当ですかぁ？」とふたりの声が重なった。

「息ぴったりでしたね、今」と和平は笑いながらふたりを招き入れる。


キッチンで夕食の支度をしていた典子が、不意に携帯を取り出し、千明に見せる。

「こういうの見つけたんだけどさ、どう思う？」

「メル友募集？」

「もうあれは懲りたしさ。写真載せないし、これ」

「懲りてないじゃん、全然。同じじゃん」

「違うわよ、ほら。よく見てよ。アダルト話厳禁って書いてあるじゃん」

「あるじゃんって……よくわかんないな……メル友が欲しいわけ？　男の……」

「ていうか、いきなり会うのは懲りたわけ。どんな人かわかってからがいいなと思ってさ」

「懲りてるのかな、それ……まぁ、言ってることはわかるけど、そこまでしてさ」

「寂しいんだもん、だって……女はね、寂しくならないためには、どんなことだってするのよ」

「……て言われてもさ……ていうか、ちょっと雑じゃない？　その切り方。それでも主婦？」

典子はまったく気にせず、ざくざくとネギを切っていく。

「主婦は雑なのよ。丁寧なのは主婦じゃなくてシェフ」

「うわ、オバサンのギャグって、オヤジギャグよりタチが悪いわ。サイテー」

「そう？」

「なんかさ、作る気分じゃないね」

「そうだね」

ふたりは料理を放り出して、『ながくら』へと向かった。

「真平、お願い、ごはんまだある？　なくてもお願い」

「すみませ〜ん、なんか……」

テーブルに秀子と知美の姿を見つけ、ふたりの足が止まる。お互いに挨拶をかわし、典子が尋ねる。「え？　どうなってんの？　決着つけにきたとか？」

「そんなわけないだろ」と和平。

「ウチのごはんを食べにきてくれたんだ」と真平がふたりに説明する。

「そうなんですか。じゃあ、私たちと一緒ですね」

真平に手伝いを頼まれ、典子がキッチンへと消える。と、秀子が千明に尋ねた。

「あれですよね、和平さんと『シーラス』行かれたんですよね。どうでした？　素敵でした？」

「ええ。素敵でしたよぉ」

「『シーラス』……？」と知美が怪訝そうな顔を和平に向ける。「私と行ったときには、そんなこと言ってませんでしたね」

「え？」と和平。

「そうなの？　そうなんですか？　そういうことなんですか？　おふたり」と秀子が和平と千明を交互に見る。その目は嫉妬などではなく、純然たる好奇心で輝いている。

「いやいやいや、ちょっと待ってください。誤解もいいところっていうか、勘弁してください」

「は？　勘弁ってどういう意味ですか？」と千明が和平に食ってかかる。

「いやいや、それはまぁいいとして」

「よくないですよ。それはこっちのセリフですよ。誰が、こんな口から先に生まれてきたみたいな五十のオッサンと。冗談じゃないですよ」

「ちょっと待ってください。またそこいきますか？　五十と四十五について、またいきますか」

「いきますか？　五十のオッサンは圏外だって話ですよね」

聞き捨てならないと知美が割って入る。「それはちょっと言いすぎだと思います。私はどうなるんですか？」

「どうなるんですかって、べつに。それは人それぞれだから。私はダメだって言ってるだけだからね。私は五十はありえないって言ってるだけで」

「あのぉ……私、五十三なんですけど……べつにいいですね」と今度は秀子が割って入る。

「ごめんなさい」とあやまりつつ、「なんか結構あれな方なんですね。お似合いっていうか」と千明が和平にささやく。しかし、それも秀子に拾われた。

「あれって何ですか？　面倒くさいとかですかぁ？」

「いやいや、あの」

「母がお似合いって、じゃ私はどうなんですか？」と知美も詰め寄ってくる。

「いや、だから、あぁもう、面倒くさい状況だな。あなたがはっきりしないで二股かけるから、こういうことになるんじゃないですか。なんなの、これ」

「けしかけたのはあなたじゃないですか」

再び言い合いを始めた千明と和平に、大橋家母娘はイヤな顔をする。

「なんかふたり、ちょっとムカつきます」

「たしかになんか、ちょっとヤな感じです」

「いや、だから、ありえないって言ってるでしょ」

そこに真平が料理を運んできた。「すみませ〜ん、千明、俺の彼女なんで、ね」

「え〜、そうなんですか」と母娘がハモる。

「なんだ、だったら早くそれを言ってくださいよ」

「すみません、なんか」

「じゃ、私が和平さんと結婚したら、妹になるかもしれませんね」と知美が言う。

「え？　あ、ハハハ。そうだねえ、ハハ、面白いね」

「私の場合は、特にそういう面白い状況は生まれませんね、五十三だから」と秀子。

もうこの母娘を相手にするのは面倒だと千明は話題を変えた。「万理子ちゃんは？」

「なんか部屋にまた……」と真平が答える。

「え？　こもったの？　え？　なんで？」

「いや、でもなんか本人によると軽いみたいで、大丈夫だって」

千明が首をかしげたとき、典子の携帯にメールが着信。それをうれしそうに千明に見せる。その姿を見とがめて和平が言った。

「おい、お前、まだやってんのか？　いいかげんにしろよ、本当に。なあ典子」

「うるさいわね。全然説得力ないわよ。自分はどうなの。自分だってキャバクラ行ったりしてるんだからさ、同じようなもんでしょ。いいよね、男は気軽に行ける場所があって、ね」

「え？　あ、うん……いや、でもさ、お兄さんのキャバクラはさ……」

千明の言葉を引き取り、和平が答える。「お前の亭主に無理やり連れてかれたんだよ」

「何よそれ、どういうこと。なんなのそれ？　ヘンタイ亭主とふたりで何やってるの？」

「何やってるってな、こっちが聞きたいよ。どうなってるんだよ、お前んちは」

「でも、無理やりっていっても、大のオトナですからね。どうしても行きたくなかったら、ねぇ……」

「そうだね。本当に行きたくなかったら断れるよねぇ」

と、またしても大橋家母娘がまぜっ返す。

「そうよねえ、ウチの亭主のせいにしないでよね」

「ちょっと待てよ、お前」

「あぁ、もう……よし！　わかった！」と千明が大きな声を上げ、みんなが一斉に振り向く。

「なんだかわかんないけど、今日は飲もう！　ね、もうパーッと飲もう。みんなで、ね」

「了解。カフェ『ながくら』のおごりです！」

真平の言葉に、和平を除くみんながわーっと盛り上がる。


飲み会は千明と和平という酒飲みふたりだけが盛り上がった。最初は渋々という感じで飲んでいた和平だったが、千明に挑発されると意地になり、がんがんと杯を空けていく。酒を飲みながらの夫婦漫才のようなふたりのトークを、秀子と知美はあきれたように見ている。

ほどよく食べ、飲んだところで大橋家の母娘は『ながくら』をあとにした。

「あぁ、なんか私も男の人とあんなふうにケンカしてみたいなぁ」

「うん。なんか楽しそうだよね。今度和平さんに挑んでみよう」

「私もぉ。あぁ寒い寒い。帰ろ帰ろ」

夜道をキャアキャアと楽しそうに、母娘が寄り添いながら帰っていく。

いっぽう『ながくら』では、まだ和平と千明が飲んでいた。真平はテーブルに突っ伏し、典子はすでに千明の家に戻っている。千明の指にはいつの間にか煙草が挟まっている。

「あれ？　あれあれあれあれ？　煙草吸ってるじゃないですか。真平のためにやめたんじゃなかったんですか？」

「え？　あ……」

「あらら、私の勝ちですねえ。ごちそうさまです。どこ行きましょうかね」

「いいですよ、どこでも。どうせバブル残ってるような女ですから、どこへでも。もう、その勝ち誇った顔がむかつくんだよねえ」

「すみませんねえ。勝ちたくて勝ったわけじゃないんですけどねえ。まいったなぁ。勝ち誇った顔って、こういう顔ですか？」と和平が上から目線で千明を見る。

「ええ、そうです。その顔です。ちょっと殴っていいですか？」


明け方、目を覚ました真平がふと見ると、和平と千明がソファに沈んでいる。両手両足を投げ出して寝ている千明とは対象的に、和平は千明の足を抱いてかわいらしく丸くなっている。

「あれま」と苦笑し、真平は外の空気を吸いにテラスへと出ていく。

そこに万理子が静かにやってくる。千明の寝顔にゆっくりと顔を近づけ、じっと見つめる。夢の中で気配を感じ、千明が無意識に万理子を抱き寄せた。そのまま思い切り、キスをする。

「!!」

衝撃と陶酔と恥じらいとうれしさで、万理子は昇天しそうになる。
そこに真平が戻ってきた。
ふたりのキスシーンに固まってしまう。
千明から離れた万理子は、呆然と立っている真平に気づき、同じように固まった……。

第9話　キスは口ほどにものを言う！

　両足が誰かに抱かれている。もうしょうがないなぁ、真平は……。覚醒しはじめた意識のなかで千明はうっすらとそう思い、頬をゆるめる。が、目を開けると、足に抱きついているのは真平ではなく、その兄である。

　千明は上体をガバッと起こした。

「ちょ、ちょ、ちょっとどうなってんの、これ」

　千明は慌てて和平から逃れようとするが、強い力でしがみつかれているので動けない。

「何を言ってるんですか、だいたいあなたはですね……」和平が寝言でまで千明に文句を言いはじめた。夢の中では、かなり有利な情勢のようで顔がにんまりとほころんでいく。

「いやいや、わかっていただければいいんですよ。いや、そんなあやまっていただかなくても」

「何それ……勝手に勝ってるし、あやまってるし、私……うれしそうだし……」と苦笑しながら和平の寝顔をながめていた千明は、ふと唇に違和感を覚え、手を当てた。

「……チューした？　私……え？」

明らかに誰かの唇の感触が残っている。しかし、それが誰のものか記憶がまったくない。千明は再び和平を見下ろし、つぶやく。「……ウソ……」

そのとき、和平がぼんやりと目を開けた。最初に視界に入ってきたのは千明の顔……。状況がつかめないまま和平は「どうも」と挨拶を交わす。と、自分が千明の足に抱きついていることに気づき、慌てて手を離した。「す、すみません！」

「いえいえ、小娘じゃないんで大丈夫ですから。これくらいでキャーとか言いません。ハハ」

「はぁ……いやぁ、飲みすぎたなぁ」

「ですね……あの、覚えてます？　記憶あります？」

和平は昨夜の記憶をたどる。が、千明とふたりきりになったあたりからの記憶がまったくない。途端に和平は不安になる。「あ、いや……何かありましたか？　何かしましたか？　私」

「記憶かすかなんですけど……チューしたみたいです、ね。結構しっかり」

和平は絶句した。「……本当ですか？」

「ええ。記憶してる感じですと、あなたがこう、私に覆い被さってきて……で、私もこう……いった、みたいな感じで」

実は、その相手は万理子なのだが、もちろん千明が知るよしもない。

「うわぁ、なんてこった」と和平は絶望的な表情になる。

「そんな顔しなくても。酒の上でのことだし……あ、イヤなわけですか？　それで、そんな……」

「いやいや、そうじゃなくて……本当にすみませんでした！　ごめんなさい。申し訳ないです。このとおりです」と和平はひざにつくくらい、深々と頭を下げる。

「やめてくださいよ。まいったなぁ。話さなきゃよかったな。笑い話にしたかったのに」

「笑い話なんてとんでもないですよ……酔って弟の彼女と……真平には言わないでくださいね」

「いや、それほどの……」

「ダメです、絶対」

そこに真平が鼻歌を歌いながら下りてきた。「おはよう」

和平はまともに真平の顔が見られず、思わず目線をはずす。そんな和平を、千明はなんだかかわいいなと思ってしまうのだった。

千明が家に帰ると、ポワ〜ンとした表情の典子が出迎える。明らかに徹夜明けという感じの典子に、「どうしたの？」と千明が尋ねる。

「なんかスゴい人と出会っちゃった」と携帯を手にした典子が興奮気味に答える。

「もうね、話し合いまくりっていうか、好きなものが同じっていうか……で、ずっとメールしてて」

「はぁ？　大丈夫なの？　そんなメールして」

典子は千明の忠告など聞く耳を持たず、「たとえばさ、ね、これ見て」とメールのやりとりを見せようとする。千明は時間ないからと自分の部屋へと逃げる。そして急いで支度をすませると家を出た。

極楽寺駅のホームの端に和平がいた。唇に手を当て、なんとも形容しがたい複雑な表情を浮かべている。

「……どうも」

「あ、ど、どうも」和平は慌てて、唇から手を離す。

「……あの、すみません。本当に失礼しました。忘れてください」

「いや、忘れてくださいって言われても……そもそも覚えてないので」

「あ、そうか。じゃ、なかったことで、ね。そんな深刻になるようなことじゃないしね」

「そんな軽いことじゃないでしょ？　なんでそんな平気でいられるんですか？」

「はぁ？　そこで挑みます？　戦います？」

「いや、やめましょう……ちょっと体調的にも」

「ですよね」

「何年ぶりだろ、いったい……ハハ」と和平はポツリと漏らす。

あ、そっか……と、千明は唇に触れていたさっきの和平の顔を思い出した。

「すみません。そんな貴重なものをっていうか……なんかすみません」

「いやいやそんな……なんで覚えてないんだろうな、俺は」と和平は首をひねる。


自分の部屋でレズビアンもののＡＶを観ていた万理子は、「うん」とひとり頷くと部屋を出た。一階に下りると真平が開店準備をしている。気まずい空気が一瞬、あたりに漂う。

「……やめましょうか、真ちゃん。双子の間で気を遣うのは」

「え？　あぁ……そうだね」

「私、恋してるみたいです。千明さんに」

万理子の真剣な目に、「……そうなんだ」としか真平は言えない。

「はい……ただ、女性へ、性的な意味で興味を持っているということではないようです。今、実験をして、確信しました」

「実験？……」

「千明さんそのものに、恋をしてるんだと思います」

「あぁ……」と真平は妙に納得した顔になる。「じゃ一緒だね……へへ」

「悲しいくらい双子ですね」

「そうだね……」

それからふたりは小学校時代の思い出話を始めた。そういえば、当時ふたりが同時に好きになったのも「千晶《ちあき》先生」だったのだ。

「あのときと……」

「同じではないですね」と万理子が答える。「同じことにはなりません。大人の好きは、違いますからね、意味が。私に勝ち目はありません。切ないですね、大人になるとか、男と女って……何なんでしょうね」

「うん……俺は勝ってるのかな、万理に……勝ってるのかな……よくわかんないね、恋愛って」

「ええ……複雑怪奇です。でも……あれですね」

「ん？」

「片思いも……恋のうち……ですね」

「そっか……」

万理子は真平にやわらかな笑みを浮かべ、携帯の千明の写真を開く。と、そこに当の千明から着信が……！　万理子はのけぞり、イスからころげ落ちそうになる。

「どうした？」

「……もしもし、万理子の携帯ですが、真ちゃんとおかけ間違いでは？……え？」

携帯で話す万理子の表情が、みるみるうちに恋する乙女のそれへと変わっていく。


壁の時計が正午を指すと同時に、田所が席を立った。頭を押さえ、青白い顔で仕事をしている和平に元気な声をかける。「課長、お昼はあそこ行きませんか？　ほら、妹さんが働いてる店」

「行かない行かない。南国の気分じゃないし、ハンバーガーとか食えない。それに、今、あいつのギャーギャーいう声、聞きたくない」

「そうですかぁ……」と田所はしょんぼりする。

「もし、あれだったら行ってやってくれ。べつに売り上げとかは関係ないと思うけどな」

「は、じゃ、行ってきます」

勢いよく出ていく田所を見送ると、背後から声がかかった。「今日はツルッとおろしそばなんかどうですか?」

「あぁ、いいねえ。今日はまさにそういう気分」と答えながら声の主は知美だと気づき、和平はしまったと思う。

「ですよねえ。鎌倉はおいしいとこたくさんありますもんね。どこにしましょうかねえ」

「……ねぇ」

結局、断りきれず、市役所近くの老舗そば屋に入った。そばを待つ間も気がつくと指が唇に触れている。慌てて手を下ろし、和平は知美に言った。

「あ、昨日はごめんね……ちょっと酔っぱらってしまって」

が、知美は返事をせず、なぜか左右のパンチを何度も繰り出す動きをする。

「何やってんの?」

「わかりませんか? シャドーボクシングです。これからの戦いに備えて」

「……はぁ?」

「何でわかってもらえないかなぁ、あれなんじゃないですか? なんかもう五十歳にもなるとあんな飲むの無理なんじゃないですか? 若いころのイメージで行動するとロクなことになんないっすよ。子どもの運動会で父親が走るじゃないですか。そんときに前のめりに三回転くらいして大ケガする人いるんですって。しかも結構スポーツマンだった人が多いんですよ。なぜかっていうと、脳のイメージは若いころのまま進むんですって。でも下半身がオッサンなのでついていけないんですよ、脳に下半身が……それと同じじゃないですかぁ？」

千明のように口ゲンカをしたい知美の挑発を、和平は呆気にとられて聞いている。

「カモン、カモン」

しかし、知美の期待は裏切られた。

「そうか……そうだよね……うん、わかる……そのとおりだね」

「……つまんない」

急にまくしたてたと思ったら、今度は仏頂面で黙り込む。知美の豹変ぶりがまったく理解できず、和平の頭痛のタネはさらに増すのだった。

千明に呼び出された万理子が、ＪＭＴテレビへとやってきた。調べものを担当していたスタッフがあまりの激務に逃げ出し、頭を抱えていた飯田から相談された千明が白羽の矢を立てたのだ。

「というわけで、今日からリサーチを担当してもらう長倉万理子さんです」

スタッフがポカンとしているのを見て千明は振り返る。東京の、しかもテレビ局というあまりにも場違いな世界にビビった万理子は、千明の背後に隠れていたのだ。

「出といで、万理子」

「はい」と万理子がおずおずと出てくる。

「というわけで、飯田、よろしくね」

「飯田さま、短い時間になるとは思われますが、よろしくお願いいたします」

「あんたをクビにはしないよ」

そう言って、千明は万理子に微笑む。「万理子ちゃんのことが好きなんだ、私」

「え……」

「それに面白いと思ってるから、来てもらったの」

「私が……ですか？」

「そういうこと。そういうカンは外れないの、私。ね、三井さん」

「そうですね」と三井が頷く。

「万理子ちゃんが自分からやめたいって言うまで、仕事はしてもらうからね」

「私から？……自分からやめたことがないので、想像ができないのですが」

ということはいつもやめさせられてるのか……と三井は途端に不安になる。いっぽう、好みのタイプなのか、武田は目をハートにして万理子に釘づけだ。

「武田、惚れてもダメだよ。万理子ちゃんは恋愛には興味ないから。ね」

「はい。確実にご期待には沿えないと思われます」

「あ……すみません……短い恋でした」

「じゃ、こっちへお願いします」と飯田が万理子をパソコンの前へと連れていく。

万理子は一瞬千明を振り返り、言った。

「これは、とても不安ではあるが、うれしいという表情です。わかりますか」

「わかんない」

「ですよね……頑張ります」


外回りの仕事を終えて市役所に戻る途中、典子の働くファミレスの前を通りかかった。急ぎの仕事はもうないしと、和平は店に入っていく。

「いらっしゃいませ」と営業スマイルを浮かべてやってきた典子は、席にいるのが和平だと気づき途端に笑みを引っ込める。「なんだ、お兄ちゃんか」

「なんだじゃないだろ、客だぞ、客」

「客なら余計なこと言わないでよ。帰れとか、どうなってるんだとか。仕事中なんだからね」

「わかってるよ。この先でついでがあったから寄っただけだ」

ドリンクバーしか注文しない和平に、「高校生かよ」と典子が毒づいていると、まさにそういう男子高校生のグループが入ってきた。その中のひとりに目を留め、典子は驚く。

「……翔……」ひとり息子だった。

翔もファミレスの制服姿の母親に目を丸くする。が、仲間に気づかれたくないのかすぐに顔をそむけ、早足で奥へと向かう。和平から死角になる席にみんなを誘導すると、トイレに行ってくると告げ、典子のほうへと戻ってきた。

「よぉ、翔、久しぶりだな」

「……どうも……」と和平にちょこんと頭を下げ、翔は典子に言った。「何やってんだよ。それ、みっともねえな。なんでいんだよ、こんなとこに」

「……ごめん」

「おい、翔。お前、母親に向かって」

「いいの、いいの。お兄ちゃん、いいの」

「よくないよ」

「いいの。お願いだから、黙ってて」と典子に懇願され、和平は仕方なく口を閉じる。

「ごめんね」とあやまる典子に、翔は言った。「絶対、声かけんなよ」

「ちょっと待て、お前」と腰を浮かせた和平を、「お兄ちゃん、いいの」と典子が止める。

「わかった。そっち行かないようにするから、ごめんね」

不機嫌な顔のまま、翔は仲間たちの席へと戻っていく。

「……何だよ、あれ」

「いいの。しょうがないの」

「何がだよ。そりゃ、家を出てるお前も悪いとは思うし、翔が怒るのも無理ないけどさ」

「違うよ。そういうことじゃないの。私を友達に見られたくないんだよ」

「何だよ、それ」

「見られたくないのよ。こんな服着た母親をさ、友達に。男の子には、そういう気持ちがあるんだよ。しょうがないよ」

「ないよ、そんなもん。俺は母さんのことそんなふうに思ったことないぞ」

「それは私たちのお母さんが素敵な人だったからだよ。自慢したくなるくらい、素敵な人だったから……私は、違うんだ。だから、仕方ないよ」

そう言って薄笑いを浮かべる典子に、和平は切ない気持ちになる。

コーヒーを飲んだらすぐに帰るつもりだったが、なかなか役所に戻る気になれず、和平はおかわりをしにドリンクバーへと向かう。翔のいるほうを何げなく見ているど、たくさんの飲み物を乗せたトレーを手に典子がもうひとりの店員とともに翔たちがいる席へと向かっていく。人手が足りなくて断れなかったのだろう。

知らん顔をする翔を、典子も極力見ないようにしながらドリンクを渡していく。が、翔を意識しすぎて手元が狂い、コップを倒してしまった。

「あ、ごめんなさい」

「なんだよ、ふざけんなよ、ババァ」とドリンクをかけられた少年がキレる。

「ごめんなさい。本当にすみません」

慌ててモップを取りに戻ろうとした典子だったが、床にこぼれたドリンクに足を滑らせ、その場で派手に転んでしまう。翔はうんざりとした表情で目をつぶる。と、乱れたスカートからのぞいた典子の脚に、仲間たちがはしゃぎだした。

「ババァとか言ったけど、結構イケてんじゃね」「あぁ、ありかも」「マジで？ 守備範囲広すぎだろ」「おこづかい付きでとかなら、な」

バカにしたような笑い声に、和平が一歩を踏み出す。しかし、「来ないで」と典子に目で訴えられ、その足が止まる。そのとき――。

「うるせえよ、お前ら」と翔が立ち上がった。「ガタガタうるせえんだよ」と叫ぶや、仲間たちにつかみかかっていく。食器の落ちる派手な音が響き、店内は騒然となる。

私のために……。

「……翔……」と典子は身を震わせて泣いてしまう。

和平が店を出ると、典子があとを追って出てきた。「お兄ちゃん……」

「わかりにくいけど……いい息子じゃないか、翔のヤツ」

「うん……ありがとう」

「いや……なぁ、典子。また、つまんないこと言うかもしれないけどさ……まぁ、旦那のことは置いておくとしてもさ、ちょっとぐらい帰ってやれよ。息子のためにもさ」

「うん……そうする。今日、ちょっと行ってくる」

「旦那への意地もあるのかもしれないけどさ、無理して、新しい男みたいなさ……そういうのはいいんじゃないのか?……俺もお前も、親だしさ……だいたいさ」

「あ、もういいや。わかった」

「そうか……いや、なんかさ、ここんとこ浮ついてるなぁと思ってさ、俺……お前もさ」

「うん」と典子は笑顔で頷いた。

他人とコミュニケーションをとる必要もなく、スマートフォンを駆使しながら自分のペースでできるリサーチの仕事は万理子に合っていた。すぐに台本の矛盾点を発見し、千明から大仰に感謝されたりして、万理子は喜びに胸をふくらませて帰途につく。

家に戻ると、ふたりの兄が心配そうに待っていた。

「お帰り、万理。どうだった？」

「テレビ局だって？　続きそうか？」

矢継ぎ早にふたりから質問され、「はぁ」と万理子はあいまいに頷く。

「はぁってお前、せっかく吉野さんが誘ってくれたんだ。クビになるようなさ……」

「私がやめると言わない限り、クビにはしないと言っていました」

「……そうなのか？……格好いいな、それ」

「さすが、千明」

「あ、吉野さんは？　一緒に帰ってきたのか？　お礼言わないと」

「なんかご予定があるらしく。女子会というやつでしょうか」

「また飲むのかよ……タフだな、本当に」と和平はあきれる。

「では」と部屋に戻ろうとした万理子だったが、足を止め、クルッとふたりのほうを向き直ると、

「そして、仕事を褒められました」

それだけ言うと、階段を駆け上がっていく。

「やったな。見たかよ、今の顔」と和平がうれしそうに言う。

「うん。かわいかったね。ヤバいかな、俺……負けちゃうかな」と真平。

「何がだよ」

「いや、なんでもない」

「あ、そう……そう言えば、典子はどうしたかな」

和平が今日のファミレスでの出来事を真平に話しているちょうどそのとき、典子は久しぶりに自宅の前に立っていた。今夜は翔の好物を作ってあげようと買い込んだ食材の袋を手に、家のドアを開ける。「ただいま！」

すると奥からバタバタと騒がしい音がする。泥棒!? と典子は慌ててリビングを抜けて、音のする翔の部屋に。が、目に飛び込んできたのは、ベッドの上でシーツにくるまっている裸の翔と派手な茶髪の女の子の姿だった。

「なんだよ、帰ってくんなよ！　出てったんじゃねえのかよ！　何見てんだよ、帰れよ！」

典子は脱力したようにヨロヨロとあとずさる。

「あ……あのさ、真平」と、和平は翌日の仕込みをしている真平に声をかけた。真平は足りない食材があることに気づき、鎌倉まで買いに行こうとイスに掛けてあったダウンを取ったところだった。「あ、何?」

「あ……いや……あの、黙ってるのもやっぱあれかなと思ってさ、あの……ゆうべな……俺、酔っぱらって……その、しちゃったみたいなんだ……吉野さんと。その」

「え?　エッチ?」

「バカじゃねえのか、お前!　するわけないだろ、そんなこと。チューだよ、チュー……覚えてはいないんだけどな。しちゃったみたいなんだ」

「ハハ、なんだ……へえ……え?」と真平は怪訝に思う。

千明とキスしてたのはたしか、万理……なんだけど……?

しかし、そこに万理子が下りてきたので、真平は何も言えなくなる。

「すまん。何だか申し訳ない」

「あ、ハハ……何やってるんだよホント……ハハ……じゃ行ってくるね」

真平は万理子から視線を外し、家を出る。

「やっちまいましたか、また」と千明の話を聞き終えた祥子が楽しそうに言う。

「やっちまいましたかって、だからチューしただけだって。あるでしょ？　酒の上ではさ」

「まぁね」

「でも、千明は多いけどね、その手の事件」と啓子が話を広げる。「ほら、あったじゃない。結婚式の二次会で……新郎とディープな」

「あぁ、やめて、それ」

「あと、彼氏の実家で彼のお父さんと」と祥子も乗っかる。

「だからやめて。それだけ取り上げると、ただの酒乱じゃん、私」

いや、そうでしょ、あんたは……という顔でふたりが同時に千明を見る。

「何よ、その目……あ、でもさ、なんかちょっと面白かったんだよねえ。和平さん……長倉兄ね……ものすごく重くっていうか、受け止めちゃってさ、チューをね。もう土下座するくらいの勢いであやまっちゃってさ……しかも、それは男の責任ですとか言っちゃって……すごいのよ。そのさ、なんて言うの、チューの受け止め方がさ」

「なんかかわいいね」と啓子が微笑む。

「ね……なんか、ちょっとそんときは笑っちゃったんだけどさ……でもさ、よく考えたらさ……ちょっといいなって、そういう感覚……なんか忘れちゃってんなぁ、スレてんなぁ私、とか思ってさ……いつからそうなっちゃったんだろうとかさ、思ってしまったわけ」

「あぁ、そうだよね……最初からそうだったわけじゃないもんね」と祥子は頷く。

「いつからだろう……」

それが思い出せなくて、四十五女の女子会は、またもどんよりとした空気になる。


買い物を終えた真平が駅へ向かって歩いていると、道路脇の公園のベンチに座る寂しそうな女性の後ろ姿が……背中を丸め、深いため息を何度もついている。真平のエンジェル魂が頭をもたげる。

いやいや、俺はもう天使は廃業したんだ。

真平は早足でその女性の背後を通りすぎる。が、十歩ほど進んだところで、足を止め、クルッと向きを変えた。

「あの……大丈夫ですか？　なんか僕にできること……」

「はぁ？」と振り返ったのは、見覚えのある顔――なんとその女性は、知美だったのだ。

知美もすぐに真平だと気づき、途端に嫌悪の表情を隠さずに向けた。

「何言ってんですか？　サイテー」

「はぁ？」

「いやらしい……そうやって女の子に声かけてるわけ？　うわ、サイテー」

「そこまで言わなくてもいいだろ」

「よくないわよ。気持ち悪い。ホストみたい。うわ、やだ」

「悪かったな。俺は、なんかつらそうだったから心配しただけだろ」

「余計なお世話です！　そういうことをする人ってあれよね、基本、自分イケてる前提よね。じゃないとできないもんね。女は基本的に自分を好きと思ってるから、そんなことできるんだよね。自信なかったらそんなことできないもん。うわ、やだ。そういうのやだ。ヒゲもやだ」

「なんだよ、いいかげんにしろよ。ガキのくせに。子ども顔！」

「ちょっと、何よそれ」

「あれだろ？　自分のこと、子どもっぽくてイヤ、もっと大人に見られたいとか思ったり、言ったりしてんだろ？　でも、そういうのに限って、意外とそういう自分が嫌いじゃないんだよな」

「なんでそんなことわかるのよ」

「わかるよ。天使活動してたんで、いろんな女の人見てきたから。本当に大人っぽくなりたかったらな、そのパッツンパッツンの前髪なんとかすれば？」

「アッタマきた。マジで頭きた」と知美はファイティングポーズをとる。

「やるか?」と真平も受けて立つ。

千明が門扉を開けようとしたとき、『ながくら』から和平が出てきた。挨拶を交わしたあと、和平が「万理子のこと、ありがとうございます」と頭を下げる。

「いえいえ、そんなふうに言われちゃうと、こっちこそ助けていただいて感謝してるんです」

「いえ、ありがとうございます。本当にうれしいんですよ、私。あいつ……あいつも何かうれしそうで、メチャクチャうれしそうで。あんな顔見るのいつ以来だろうって……なんだかもう」

「そうですか……じゃ、よかった」

そこに、あたりに怒りをまき散らしながら典子が帰ってきた。

「あれ? 典子、どうしたんだよ。家帰ったのか?」

「帰ったわよ。帰るんじゃなかった」と吐き出すと、典子は千明の家へと入っていく。

「早く! 千明」

「は? はい」と千明が続く。

「おい、何があったんだよ。またなんか揉め事かよ……おい」

「うるさいな」と典子は小言をシャットアウトするかのように、強くドアを閉める。

「おい」

「もしよかったら、どうぞ」と千明は心配そうな和平を家へと招き入れた。

居間に入ると、すでに典子は冷蔵庫の缶ビールを勝手に開けている。「飲む？」と聞かれ、和平は「いや、俺はいい」と首を横に振る。千明も飲んだばかりだからと断った。

「何よ、つまんない」と典子はビールをぐいっとあおる。

ぼーっと突っ立っている和平に、千明は言った。

「あまり見ないんですね、部屋を」

「あ、いや、女性の部屋をあんまりジロジロ見るのはあれかなって」

「あぁ……ハハ、昔の人みたいですね」

「すみません」

「どうでもいい話、しないでよ。今の主役は私でしょ」と典子が口をとがらせる。

「何ワケわかんないこと言ってんだよ、お前は。ちょっといい感じだったんじゃないのかよ」

「それが何よ」

「あの……何があったんですか、そのいい感じっていうのは……あ、いや立ち入るつもりはないんですけど……この距離感で入らないっていうのもなんだか」

「あぁ、いや、もちろんです」

「早く説明しなさいよ、お兄ちゃん」

「なんだよ、その言い方は」とムッとしながらも、まずは和平がファミレスでの出来事を説明。そして、典子が自宅での衝撃的な目撃談を語った。

聞き終わった千明は、これは笑うしかないなと乾いた笑みをつくる。

「もう帰らない。面白くない……寝る」

それだけ言うと典子は立ち上がり、不機嫌に階段を軋ませながら二階へ上がっていく。慌てて腰を浮かせた和平を、「任せてください」と制し、千明が典子のあとを追う。

ひとり残され、どうしたものかと和平が思案していると、今度は万理子が入ってきた。和平の姿を見て「おや」といぶかる。

「なんだよ、お前」

「いや、ちょっと千明さんにお話が」

「そうなの?……じゃ、一緒に待つか。今、ちょっと取り込み中だから」

「そうですか。では待たせていただきます」と万理子はソファにちょこんと座る。

千明が寝室に入ると、典子がふてくされたようにベッドに座っている。千明のほうを振り向き、言った。「千明はさ、軽蔑してる？　私のこと」

「は？　なんで？」

「千明みたいな人っていうかさ、仕事できたりして……ちゃんとしてる女はさ、私みたいなの軽蔑してるんじゃないかって思ってさ。自分で生きていく能力ないしさ、パートするくらいしか……。主婦なのに、旦那にも息子にも相手にされなくてさ……そういう女、軽蔑してるんじゃない？」

「なんで、そんなふうに思うかなぁ」と千明はため息をつく。「お互いに偏見あるよね。主婦族も私みたいなの嫌いじゃん。好き勝手やって、なんかムカつくんじゃない？　きっとさ」

典子は頷きはしなかったが、千明に会うまでそう思っていたのは事実だ。

「どっちもあるよね、そういうの。同窓会なんか行くとさ、旦那と子どもの話ししかしなくてさ、ほかにないのかよ、みたいに思うことはたしかにある。向こうもあると思う。結局、最後は寂しいぞ、そっちはみたいなさ。そういうの感じる」

「うん……」

「でもさ、思うけどさ、女だけだよね、それって……男もなくはないだろうけど、こんなにお互いに敵対心ない気がするよね。パパ族とさ、独身男と」

「……そうかもね」

「なんで女はこんなに、いがみ合わなきゃいけないんだろうって思うよ。子どものころは、そんな違いなんかなくてさ、みんな、同じように女の子だったのにね」

「うん……そうだよね」

「私、あんたのこと好きだよ。全然違うけどさ……理解もできないしね、立場違うしさ……なんでかなってずっと思ってたんだ」

どうして？……という顔の典子に、千明は微笑む。

「きっとさ、女の子だった時代にさ……たとえば、同じクラスに私たちいたらさ、絶対友達になってると思うんだよね。思わない？　ねえ」

千明の言葉に典子の涙腺は決壊寸前。「千明ぃ」と号泣体勢で胸に飛び込もうとする典子を見て、千明はしまったと思う。が、そこで典子の携帯が震える。

「あ、メール来た」と手は携帯へと移動する。

「おい！……ったく、いたいた。こういう友達たしかにいた。まったく女ってヤツはさぁ」

メールに夢中な典子を置いて、千明が居間へと下りていく。

「あ、万理子ちゃん」

「どうも」

千明は和平に、とりあえず典子は大丈夫だと話す。「何から何まですみません」と恐縮する和平に、「いえいえ」と返し、万理子に向き直った。「どうしたの？」

「唐突だということは重々承知してるんですが、千明さん、あの仕事、私好きです」

「あ、ホント？　よかった」

「なので、なんだか秘密を抱えたままお世話になるのは心苦しく思いますので、言っておこうと思います。ゆうべ……千明さんとチューをいたしましたのは私です」

「え？」

「は？　なんだよ、そうだったのかよ……」

心のもやもやが晴れ、和平は安堵の胸をなで下ろす。が、次の瞬間それは驚愕へと変わる。

「え⁉」

「そうだったんだ」と返す千明には、さほど驚いた様子はない。

「はい……そして、もうひとつ……あの……私……千明さんに恋してるみたいです……好きです」

「私に？」と自分を指さす千明の横で、和平は完全に固まっている。

「はい……あの、きっとそんなのお嫌だと思うので……イヤだったら、仕事の話はなしにしていただいて……」

「……何言ってんの?」と千明は笑った。その笑顔のまま、万理子をやさしく見つめる。

「ありがとう、万理子ちゃん。うれしいよ」

千明さま……。

「ひょっとしたら……男に告白されるより……うれしい」

じんわりと万理子の目に涙がたまっていく。それを子どものように両手でごしごしこすると、万理子は立ち上がった。

「ありがとうございました。では明日」

万理子が去っていっても、和平は銅像のように固まったまま動かない。

「大丈夫ですか?」

「え? あ……すみません。今、ちょっと意識が飛んでました。あの、お酒いただいてもいいですか? なんか飲まないと、頭が……」

「でしょうね」と千明が苦笑する。

結局、今度は千明の家にところを替え、昨晩同様の酒盛りが始まった。

「しかし、あれですね。あなたは大したもんだ……格好いいですよ。格好いい」

早々に酔っぱらった和平が、千明に言う。「言ってみたいね、お前がやめるって言わない限り俺はクビにはしない。いいね! さっきだってそうですよ。私に任せてください、いいね。それにあれだよ、万理子にあんなこと言われてさ。男に告白されるよりうれしいよ。いやいやいや、言えないよ、あれは。なかなか言えない。もうね、長倉家はみんな、あんたに夢中ですよ」

「ハハ、なんか男として褒めてるみたいなんだけど、それ……女としてなんかないの？」

「何言ってんすか？　キレイじゃないですか。いっつも思ってますよ。若いころはかわいかったんだろうなぁって」

「気をつけろ。今、地雷に足乗ってるぞ」

「おう！」と避けるフリをする和平を見て、千明が爆笑する。

「でもね、本当にあなたは素晴らしいですよ。素晴らしい、うん」

「和平。あんたもね、なかなかいいよ。なかなかいい」

「え？　そうすか？」

「うん。そのね、昭和っぽさはね、悪くない。どんなに、人につまらないとか言われてもさ、あんたはブレないんだ。それはね、格好いいよ。そのまま貫き通しなさい。わかったか？」

「はい」と和平は敬礼する。

「チューしちゃったくらいでさ、あんなにジタバタしちゃってさ。いいよ、あれも。

昭和男の純情、いい！　素晴らしいのはね、あんただよ。そのまま行け、和平」

「おう、わかった！　あんたもな」

「おう」

そう言って、ふたりは肩を組む。まるでオッサンの酔っぱらいである。

いつの間にかいい気持ちで笑い合うふたりの顔が、徐々に近づいていく。

目と目が合い、ふたりは磁石のNとSが引き合うように、ごく自然に唇を重ねた……。

第10話　大人の未来だって、輝いてる

ベッドの上で典子が寝転んでメールを読んでいる。階下からは酔っぱらいふたりの大声が響いてくる。「うるさいなぁ、もう」と典子が起き上がった。いつまで飲んでるんだと様子をうかがいに階段を下りたとき、不意に静寂があたりを包む。居間を覗き込むと、千明と和平が見つめ合っている。やがてふたりは、仲のよい恋人同士のようにやさしい口づけを交わした。

「!?」

口をついて出そうな驚きの叫びを必死で抑え、典子はふたりをまじまじと見つめる。

目を覚ました千明の視界に入ってきたのは、和平の寝顔だった。すぐにゆうべのキスを思い出し、千明は唇に手を当てる。

また、やっちゃった……。

反省と、しかし、それだけではないという気持ちもたしかにある。

唇を重ねたときの、あのしっくりとした感じとぬくもり……あれはいったい何だったのか?

と、和平がもごもご口を動かした。

「……ふゆみ……」

寝顔にやさしい笑みが浮かび、千明はなんだかホッとする。和平の奥さんになりすまし、声をかけてみる。「和平さん……もう朝ですよ、和平さん」

「ん……?」とゆっくり目を開けた和平に笑みを残して、千明は出ていく。そのうしろ姿を見ながら、和平はゆうべの出来事を思い出していた。


「どうかした? 兄貴」

思わせぶりな視線をチラチラと向けられ、真平が和平に尋ねる。「あ、いや」と和平は新聞に目を落とす。そこに千明を連れた怒り顔の典子が入ってきた。

真平や和平、万理子に朝の挨拶をしている千明をテーブルにつかせると、典子は和平をひとにらみし、なぜか真平へと向き直った。「ねえ、ちょっと真平」

「え? 俺?」と真平は戸惑う。何か典子を怒らせるようなことをしただろうか……?

「あんたさ、大丈夫なの? 千明と、どうなの? どうなってるの?」

「どうなってるって?」

「なんかさ、恋人宣言したはいいけど、ちゃんと付き合ってるの? なんかそういうふうに見えないんだけど、大丈夫なの？」

「何それ。大丈夫だよ」

「どういう意味？」と千明が典子に尋ねる。

「だから、エッチとかちゃんとしてんのかって聞いてんのよ」

ズバリと指摘され、千明と真平は思わず顔を見合わせる。さらに追及され、ふたりはしぶしぶ答えた。

「……そういえば、ない……かな……ね。ハハ」

「ハハ、そういえば、ね。ハハ」

「なんていうかね、安心しちゃったっていうか……ね」と真平。

「そうだね」と千明も頷く。「付き合ってから、なんかプラトニックになったっていうかね……ていう言い方もなんか語弊があるっていうか、あれなんだけど」

「ハハ。そうだね、ハハ」

「何言ってるのよ。老夫婦じゃないんだからさ、そんなんじゃダメなんじゃないの？」と典子に詰め寄られ、千明は首をひねる。「なんで、あんたが怒ってるわけ？」

「というか、典姉があの家にいるからだという噂もチラホラ」と万理子が割って入る。

「そうだよね」と千明と真平は頷き合う。和平にも、いつまで隣に居候する気なんだと責められ、典子の怒りの炎にさらなる油が注がれる。

「本当の恋人ならね、誰がいるとかいないとか、そんな状況なんて関係なくすることはするの」

「お前、何開き直ってんだよ。何なんだよ、さっきから。訳わかんねえよ」

「訳わかんないのはそっちでしょうが」と典子はついに伝家の宝刀を抜いた。「私が二階にいるのに、千明とチューしてた人が、なに偉そうに言ってんのよ」

和平は絶句し、その場の空気が一瞬にして固まる。

「……見てた……の？」と千明が恐る恐る尋ねる。

「見ちゃったわよ」

「あ、そうなんだ……それで朝から」

千明は典子の怒りの意味をようやく理解する。

「いや、あれはな、その」と必死に言い訳しようとする和平を、典子はひとにらみで制する。

「結構しっとりしたチューだったわよぉ」

「……そうなんだ……」と真平が沈んだ表情になる。

「あ、ごめんね、真平。本当ごめん」

「え……あ……うん……」

「ごめん。あ、でも、あれですよ。酔って勘違いしてたみたいですよ、こちらは。あの……奥さまと勘違いしてたみたい。名前呼んでましたもん、寝言で」

そうなんだと一瞬場の空気がやわらいだ。が、次のひと言でまたビミョーに変化する。

「……ふゆみって……」

長倉家の全員に同時に浮かんだ怪訝な表情を、千明は不思議そうに見る。

「誰？」と典子に問われ、「誰だろ？」と和平は首をひねる。本当に心当たりがないのだ。

「え？　違うんすか？　何それ」と千明は和平に冷たい視線を送る。

「いや、何それって言われても……ふゆみ？　本当にふゆみなんて言ったんですか？」

「言いましたよ。うわっ、ちょっとロマンチックかと思ってたのに、一気に急下……誰なんですか、いったい。この間のキャバクラの子とかそういうのですか？」

「そんなわけないじゃないですか、何言ってるんですか！」

「まったくもう。二股はかけるわ、やった女の名前は覚えてないわで、もう最悪だね」と今度は典子からの攻撃。和平はぶるんと典子に顔を向けた。

「ちょっと待て、なんだその言い方。それに二股かけてるわけじゃないって何度言ったら……」

「そう？　困った、困ったみたいな顔して、結局ずーっとキープしてんじゃん、ねえ」

「あ、それは私もちょっと思いますね」と千明が頷く。「結局、はっきり断らないのは、心のどっかでうれしいんじゃないですか？　モテるのが。いや、それが悪いって言ってるんじゃないですよ。大人だって寂しいんですから、人に思われたら、そりゃうれしいですよ。違いますか？」

「いや……それはまぁ……ちょっとは……たしかに……今のは、悔しいけど負けを認めます」

　意外に素直な和平に、千明は肩すかしをくった感じだ。と、そこで万理子が場の混乱に拍車をかける。自分は千明に恋をしていて、昨日ついに告白したのだ、と。

「はぁ……？　何なんだよ、いったい、このぶっちゃけは……アメリカの家族じゃないんだからさ。ここは鎌倉だぞ、お前らそれでも日本人か」

　そんな和平の嘆きは完全に無視されたまま、カオス状態のまま会話は延々と続いていく。

ふゆみの正体はすぐに判明した。市役所の廊下でバッタリ再会したのだ。

「長倉君！」と駆け寄ってきた太めのオバサンに、和平はまったく見覚えがなかった。「え？」と不審のまなざしを向ける和平に、オバサンは言った。

「私よ、私。忘れちゃったの？　まぁ昔は太ってなかったもんね。ファーストキスの相手でしょうが、忘れないでよ」

ガハハハと大口を開けて笑うその顔に、かすかに遠い昔の可憐な少女の面影がよみがえる。

「あ……ふゆ……み……ちゃん……ええええええ」

淡く美しい初恋の思い出が無残にも壊され、和平がぐったりとして観光推進課に戻ると、田所が新たに買い替えたスマートフォン相手に悪戦苦闘している。どうやらメールがうまく打てないようだ。

「あぁ、また間違った。指が太いからダメなんですかねえ」

「そりゃそうだろうよ。よく考えろお前、スマホって何の略だ」

「スマートフォン？」

「だろ？　お前には向いてないよ」

「そうか、そういうことだったのかぁ。だからうまくいかないのかぁ……って、課長！」

ふたりの息の合った掛け合いを、知美が憂鬱な表情で眺めている。

春祭りの打ち合わせを終え境内をあとにした和平は、隣を歩く知美の顔がビジネスモードから一転し、再び不機嫌モードに戻ったことに気づいて、軽いため息をつく。

「あのさ……聞いても俺にとってあまりいいことないような気がするけど……どうしたの？」

「田所さんとだとポンポン言いたいこと言えるのに、どうして私とはできないんですか？」

「いや、田所のは全然違うだろ、あれは」

「この際、ああいうのでもいいです。田所さんよりは面白い返しをする自信はあります」

「あのさ、何かがねじれてると思うんだけど」

「だって、したいんですもん。和平さんと千明さんみたいに。ああいうのがいいの」

「いいのって言われてもさ……あのさ」と諭そうとする和平をさえぎって、知美が言った。

「今、母とケンカしてるんですよ」

最初は練習のつもりだったのだ。和平と千明のように、相手に対して思ったことをバンバン言い合ってみよう。そうすれば楽しい口ゲンカのコツがつかめるかもしれない、と。

「そしたらなんか本当にイヤな感じになっちゃって……。お互い、そんなこと思ってたのか、みたいに重い空気になっちゃって。今、顔も見たくないみたいな感じなんです。……あなたのせいです」

「え？……あ、なんかごめん」

「なんですぐあやまるんですか？　千明さんだったら、今んとこあやまらないでしよ？」

「あ、いや、ごめん……あ、すみません」

「あれですかね。私がかわいすぎて、キツイことが言えないんですかね？」

「え……あ……あぁ……そうかもね」

「だから違うでしょ」と知美は苛立つように返す。

「今のはツッコむところでしょ？」

「あ、そうか……ごめん」

知美が失望のため息をついたとき、和平の携帯が鳴った。秀子の名が表示されているのを見て、つい知美をうかがってしまう。「あ……お母さんだけど」

「出たらどうですか」

「いや、出るけどさ」と和平は知美から少し離れ、携帯の通話ボタンを押した。

　病院で久しぶりの検査を終えた真平が、診察室で門脇医師を待っている。運命を受け入れると決めた自分の覚悟など、いかにもろいものだったかを思い知らされるように、真平の心は検査結果への不安で締めつけられている。やがてドアが開き、門脇が入ってきた。その顔に広がる満面の笑みに、真平の体中から力が抜けていく。

「問題なし」

「ありがとうございます」とほっとしたように真平は微笑み、そして大きく息を吐いた。

「イヤなもんだよね」

「へへ……大丈夫です」

「なんで急に、検査受ける気になったの？」

「……恋人ができましてね」と真平は少し照れながら答える。「あ、門脇先生、独身でしょう。お先にって感じになっちゃったりするかもしれませんよぉ」

「残念でしたぁ。真平君が検査サボってる間に結婚したよん」

「え？　マジで？　そっかぁ、おめでとうございます。どんな人なんすか？」

「ずっとここにいた、看護師の」

「え？　みゆきさん？……マジで？　なんかいっつもケンカばっかりしてたじゃないすか」

「な」と門脇は苦笑する。「結婚しても同じだけどね。もう、毎日ケンカばっかり」

「へえ、そうなんだ……」と答えた真平の表情が、わずかに曇る。


会議室での脚本打ち合わせは、完全に袋小路に入り込んでいた。テーブルの隅で、見学者的に参加している万理子も、みんなの空気にひきずられ重い気分になっていく。

「殺しときますか？　この際」とハルカが少し投げやりに言った。「この二番手の彼……やっぱ泣きたいですからね、このあたりで。なんでいきます？　殺し方」

「やめようよ、そういうの。嫌いなんだよね、私」と千明が顔をしかめる。

「そうですかぁ？　盛り上がると思いますけどね……いや、私だってべつに人を殺したいわけじゃないですけど……でも、そうしないとなかなかメインの彼と結ばれないじゃないですか」

そう言って、「ねえ、三井さん」とハルカは同意を求める。

「いや、おっしゃってることはわかりますけど、千明さん、昔から、そういうのは、ね」

武田と飯田も強く頷く。

「ベタだから嫌いなんですか？　パターンだから？」とハルカが千明に尋ねる。

「そうじゃないよ。べつにベタがイヤなわけじゃないし、好きなベタもあるよ。パターンでも予定調和でもいいんだけどさ、なんていうのかな、好きじゃないんだ」

「人が死ぬのが？　でもそれは」と反論しようとするハルカをさえぎり、千明が続ける。これは自分のドラマ作りの姿勢にかかわる問題で、しっかりと話しておこうと思ったのだ。

「死ぬのがっていうかさ、重い病気とか死とか……そういうのやるとさ、ドラマが固まっちゃうんだよね。それだけになっちゃうの。重い病気はイヤだし、人が死ぬのは悲しいし……当たり前じゃん、それって。ほかに描きようがないっていうかさ……あ、もちろん、人の死は大きなテーマだし、ちゃんと描いた名作もたくさんあるよ。でも、私には扱いきれない。私はさ、人のいろんな気持ちをドラマにするのが好きなんだ。だから恋愛ドラマを作る。恋愛って、なんかおかしいじゃん。こんなこと思ったりするのに、あんなことも考えたりするみたいなさ。なんか笑っちゃうみたいなとこあるでしょ？……哀しいけど、ちょっとおかしかったりさ、おかしいけど、ちょっと哀しかったりさ。そういうのが好きなの。だからね、恋愛ドラマで人が死ぬのは嫌い。言い方、難しいけど、安易にはやりたくないんだよね。わかるかな」

たとえドラマだとしても、人の命と真摯に向き合う。そんな千明の覚悟とやさしさが心に沁みてきて、気づかぬうちに万理子の目に涙がにじんでいる。武田と飯田は「なるほど」と何度も頷いている。そんなふたりに、「今、わかったのかよ。何年一緒にやってんだよ」と千明がツッコむ。

「なるほど……わかりました」とハルカも小さく頷いた。

「ごめんね。私とやる以上、あきらめて」

ハルカに言い、ふと万理子に目をやって千明は驚いた。こっちを見つめ、泣いているのだ。

「どうした？　万理子ちゃん」

そこで初めて万理子は自分の涙に気づく。「あれ、どうしたんでしょうか」と苦笑しながら涙を拭う。何となく万理子の気持ちがわかって、千明はやさしい笑みを向ける。

ふと確認するようにハルカが尋ねた。「ベタなのが嫌いなわけじゃないんですよね？」

「うん。全然好きだよ」

「ああいうのは？　なんか男と女が、こう仲悪いわけですよ。一見相性悪いっていうか、会うとケンカばかりしてるわけですよ。でもなんか、実はいないと寂しかったりして……だんだん実は好きなんだって、気づくみたいな」

「うんうん。好き。そういうの好きぃ！」と激しく頷く千明に、「え～、あだち充かよ」とハルカは毒づく。

「私、そういうの苦手なんすよねぇ。イラッとくるんですよねぇ」

「あぁ、そうなんだ……ハハ、難しいね、ドラマってね」と千明は軽く受け流すが、万理子は「どこかで見たことあるような……」と反応する。

「でしょう？　もう百万個くらいありますよ、そういうドラマ」

「そうなんですか」と答えつつも、万理子は思う。いや、ドラマじゃなくて……。

　そのとき、万理子の携帯が鳴った。「あ、真ちゃんです。すみません、失礼します」と電話に出る。万理子は話しながら、千明に一瞬目をやり、「了解いたしました」と頷いた。

「申し訳ありません。急にお呼びだてしして」

　そう言って小さく頭を下げる秀子は、なんだかいつもと違う雰囲気だ。普段はもっと図々しいというか、独特の強引さがあるのだが、今日はちょっと殊勝な感じ。コーヒーを一口飲んだあと、探るように和平は尋ねる。

「どうかされましたか?」

思い詰めた顔で「長倉さん」と秀子は口を開いた。思わず和平は息を呑む。

「私、好きな人ができました」

「そうですか……は?」

「いや、なんていうんですかね、ずっとくすぶってたわけですよ、私。でも、長倉さんと恋愛っぽいことしてみたいなんて言って、付き合っていただいて……そうするとね、なんでしょう、オーラ? 恋愛に対する現役オーラみたいなものが体から出るみたいなんですよね。ま、ポテンシャルはもともと低くなかったと思うんですけど、なんかきれいになったとかみんなにやたら言われちゃって。で、前からね、すごく危険な香りっていうか、そういう感じの人がね。あ、年下なんですけどね、まぁなんか韓流スターに憧れるみたいな感じで、素敵だなぁって思ってた人がいたんですけど、その人から告白されちゃって。もうどうしよう!って、全然迷ってないんですけど……本当ありがとうございます。長倉さんのおかげです」

浮きたった秀子の一気のしゃべりを呆然と聞いていた和平は、ハッと我に返った。

「あ……いや、そんな……お礼を言われましても……いや、あの、よかったじゃないですか」

「ありがとうございます！　あ、その人の写真見ます？」と断る隙も与えず、秀子は写真を取り出す。どうリアクションすればいいんだと思う間もなく、「そうなんです。素敵でしょ？」と秀子の独演が続く。

「いや、何も言ってないですけど」

「本当にお世話になりました。なんか、長倉さんのこと、踏み台にしてしまったみたいで、すみません」

「……踏み台って……はぁ、でも、お役に立ててよかったです。私もホッとしました」

「ホッとした？」

「あ、いえいえ、ハハハ。おめでとうございます」

「ありがとうございます。あの、知美のことは引き続きよろしくお願いいたします。ね、ひょっとしたら、私の息子になっちゃったりして、ね」

秀子は和平の肩をドンと叩くと、楽しそうにケラケラと笑う。和平はひきつった顔で応えるしかない。

まぁ、母娘を二股にかけるようなモテ男ではないと自覚はしていたが、こうも簡単に乗り換えられるとちょっと落ち込んでしまう。

和平の災難は家に帰ってからも続く。ゆっくりと休んで心の傷を癒そうと思ったのに、待ち構えていた典子に、外へ連れ出されてしまったのだ。典子は広行に呼び出されていたのだが、ふたりきりでは会いたくない。千明は帰ってこないし、この際、お兄ちゃんでいいから一緒に来てくれというのだった。

そのころ、千明はイタリアンレストランで祥子と啓子の三人で食事をしていた。今日のメインの話題を提供したのは祥子だった。父親が手術することになって、故郷の小豆島に帰省するというのだ。母親は、あんたは忙しいんだから無理して帰ってこなくていいからと言うが、そんなことを言われたら逆に帰らないわけにいかないじゃないと祥子は嘆息する。

「帰ったら帰ったでさ、寂しいって感じの演出をするわけよ。年寄りだけでも大丈夫だからって言いつつ、でも寂しそうみたいな。危うく、わかったよ、私が一緒にいてあげるよとか言いそうになっちゃうんだもん。危ない危ないって感じだよ」

千明は大きく頷く。「地元嫌いなわけじゃないけど、危ない、することないもんね、帰っても」

「だよね」

「生命保険のさ、受取人って親?」と啓子がふたりに尋ねた。千明と祥子が「うん」と頷く。

「それもなんだかって感じだよねえ……ま、しょうがないんだけどさ」

「そうだよね。親も複雑だろうね、もらっても」

「でも、フツー親が先に死ぬしね。そしたら、どうしたらいいんだろ？」と千明が言う。そういえばそうだねと、三人はしばし黙考する。

「あ、お互いをさ、受取人にするっていうのはどう？」と千明がふたりをうかがう。

「私が死んだらふたりが受け取る。そしたらさ、なんかよくない？　私が死んだらさ、あんたたちがさ、できないことができたりとかさ……よくない？」

「あぁ、いいね。面白いね。ちょっとうれしいよね。自分が死んだりしてもさ、あんたたちがちょっとお金持ちになったりして、アホなことにパーッと使ってくれたりしたらさ」と啓子。

「スリリングだね、それ、なかなか」と祥子も乗り気になる。

「でもさ、最後に残ったひとりはどうなるの？」

啓子がさらなる問いを発したとき、不意に店内の明かりが消える。と思うと、奥からハッピーバースデーの歌声とともにキャンドルの灯が揺れながらこっちに向かってくる。

ケーキを運んできたウエイターは、千明たちの隣のテーブルで足を止めた。

「あぁ、びっくりした。一瞬私かと思ったよ」

盛り上がる隣のテーブルを見ながら、千明が言う。明日は千明の誕生日なのだ。

「しないわよ、こんなサプライズなんて。いい年して」

「そうだよ。お互いやめようって言ったじゃん。三十になったときに」

「ハハ……だよね」

ウエイターのノリに合わせ、一緒に合唱&拍手をした三人はふと遠い目になる。

「あれくらいのころは誕生日もまだ楽しいよね」

「そうだよねえ。誕生日が憂鬱になるなんて、まだ思ってないよねえ」

「思ってないねえ」

千明は寂しく息を吐く。「いつから誕生日って、そういう日になっちまったかねえ。べつに普段はさ、年取ると恥ずかしいなんて思ってないんだけどさ、誕生日になって年が増えた瞬間は、なんかちょっとねえ」

「私、去年職場でサプライズやられちゃってさぁ」と祥子が自嘲気味に言う。

「うわ、マジで？　しんどかった？」

「うん。不機嫌になるのを必死でこらえたわよ」

「私、仕事場でもサプライズとかやったら殺すって言ってあるもん」と千明は笑う。

「でもま、一日早いけど、一応、はい」

「私も、はい……三人で決めたとおりの額で選んでるからね」

啓子と祥子、ふたりからプレゼントをもらって、まんざらでもない表情の千明だった。


てっきり戻ってきてほしいといわれて頭を下げるのだと思っていたら、広行の話はその逆だった。和平はショックだったが、典子は冷静だった。

「うん、いいよ。別れよ。翔は？」と動揺のそぶりも見せない。

「翔は、自分で決めると言ってる」

「何、もう話してるわけ？　サイテー……あぁ、そうですか。わかりました。いいです」

「おい、ちょっと待てって」と、これではまずいと和平が口を挟む。

「私、今、本気で好きな人いるし」

「誰だよ……また お前、例の」

「うるさいな。お兄ちゃんはちょっと黙ってて」

「うるさいって何だよ。お前が一緒にいてくれって言ったんじゃないのかよ。ふざけんなよ」

「ちょっと黙っててもらっていいですかね」

広行にも言われ、もう絶対にしゃべるもんかと和平は完全にふてくされる。

「そうなのか？　いるんだ？　好きな人」となぜか広行は顔をほころばせる。

「いるわよ。何、うれしそうな顔してるのよ」

「そうだよ。なんですか、その顔は」と思わず和平が口を開き、ふたりの冷たい視線を浴びる。

「いや、べつに君のことが憎いわけじゃないからさ……君が幸せなら、そりゃうれしいよ」

「何よそれ、きれいごと言わないでよ。冗談じゃない。悪いけど、私はそうは思わないから、全然。別れた人の幸せなんて、これっぽっちも願いません」

話しているうちに典子の感情はだんだんエスカレートしていく。「地獄へ落ちろって感じだよ。後悔するわよぉ、その年でひとりになっちゃってさ、じじぃのくせに……ざまぁみろって感じだよ。ふん。私といたときより不幸になることを強く望みます、私は」

ところが広行も負けていない。

「この流れでちょっと言いにくいんだけど……実は俺も好きな人ができたんだ」

「なんだよ、それ！」と和平。「何それ、ふざけんな！」と典子も同時にツッコむ。

「なんだよ。自分だって今、好きな人がいるって言ってただろうが」

「自分はいいけど、相手のは許せないのよ！　それが女房っていうもんなのよ！　そんなこともわかんないのか、このバカ男！」

そう吐き捨てると典子は席を立ち、店を出ていってしまった。呆然と広行と顔を見合わせて、和平はつぶやく。「もう、わかんない、俺には……わかりません。わかりたくもない」

「そうだよね」

「……後悔しないんですか？」

「……しますよ、きっと……絶対します、後悔。楽しい思い出もありますしね。後悔します」

「だったら」

「したいんですよ、後悔……何もないより、そのほうがいいんだ」

この人も、どうしようもなく寂しいんだ……そう思うと、口元まで出かかった正論が行き場をなくし、和平は何も言えなくなるのだった。


キッチンで、翌日のための料理の下ごしらえを鼻歌まじりで真平がしている。手伝う万理子とえりなも楽しそうだ。そこに和平が帰ってきた。

「お帰り。どうだった？　典姉」

「わかんね」と和平は肩をすくめる。「ま、解決のほうには向かってないな。最悪かもしれん」

「あら」と真平。

「最悪かと見せかけて、実はフェイクという見せ方もあるので要注意です。まんまと引っかかっているのかもしれません」と万理子が口を挟んだ。

「は？　なんだそれ」

「すみません。ドラマについて、ここのところ勉強してるものですから」

「人生はな、テレビドラマのようにはいかないよ」

「なるほど。一見深みのある言葉」

「だろ？　あ？　一見ってなんだよ」

「失礼」と万理子がとりつくろう。

気を取り直して和平は真平に声をかける。「……さすがに気合い入ってんな」

「まぁね……あ、兄貴、ケーキ」

「大丈夫、任せろ。えりなはなんかプレゼントするのか？　千明さんの絵を描きましたとか」

「だっさ！　サムッ！」とえりなは両腕を抱えて震えてみせる。

「すみませんねぇ」

「いえいえ、特に期待もしてませんのでぇ」とおどけるえりなに、「あぁ、そうですかぁ」と和平はじゃれつきにいく。途端にキッとにらまれた。「調子に乗りすぎです」

「すみません」

えりなは微笑み、言った。「千明さん、もうウチの家族になっちゃえばいいのに」

真平と万理子も、そうだねというように笑みを返す。

楽しそうに料理をしている真平を見ながら、それもいいかなと和平も思う。まぁ、面倒事は今以上に増えそうだけれど……。


勤務を終えた知美がスーパーで夕食の買い物をしている。見たことのない野菜を手に取ってみる。と、大きな手が同じ野菜を取った。イヤな予感がして振り返ると、やはり真平だった。真平は聞いてもいないのに、その野菜の調理法なんかを話しはじめる。何となく鼻について、知美は言った。「私、結構保守的なんで」

「あぁ、珍しいのとか嫌いなんだ。食わず嫌い？　子どもだね」

「はぁ？　何それ。私が言ってる保守的っていうのは男性像についての話です。男がね、食べ物のことで味がどうとかグダグダ言うの、嫌いなの。男は黙って、出されたもの食べろっていうの。男と野菜の話なんかしたくないわけ」

「なんだそれ。人が親切に教えてやってんのにさ。文句言わないで食べれるようなもん、作れるのかよって話だよ。自信がないからそういうこと言うんじゃねえの？」

「はぁ？　食べたこともないのに、何言ってるわけ？　だいたい何なの？　むさっ苦しい。クマって呼んでいい？　クマって。もしくは木こり？　与作？　与作がいいね」

「ふざけんな。この、座敷わらし」

「はぁ？　ホント頭きた」

スーパーの野菜売り場をリングにした知美vs真平の第二ラウンドは、三分では収まらず、十数分も続いたのだった。


局から千明と一緒に帰ってきた万理子が、家へと続く小路に入ると、「ちょっと寄りませんか？　ウチに」と誘ってきた。考える隙も与えず、強引に千明の腕を取る。引っ張られるように千明は『ながくら』へと入っていく。

千明が一歩足を踏み入れた途端、「パン！　パン！」とクラッカーが鳴り、長倉家の一同から「おめでとう」の声がかかる。

「ハハ……ハハハハ……いやいや……ハハハ、ありがとう。まいったなぁ、ハハ……」

　やってほしかったわけではないサプライズパーティに、千明はどうにもこうにもリアクションに窮してしまう。

「千明、おめでとう」と真平がほっぺにチュー。

「あらら」と千明は赤面してしまう。

「四十六歳のお誕生日、おめでとうございます」と和平がにっこりと笑いかける。

「アハハハ、今、わざと具体的に言いました？　ハハ……あ、ケンカしませんよ、ハハ……でもね、言わなくてもいいですよね」

「なんでですか？」と和平は不思議そうな顔になる。

「いや、なんでってね……ハハ」

「ウチはさ、誕生日だけは盛大にやるんだ」と典子が説明する。「親、早くに死んじゃったしさ。ほかの家に負けないようにって、お兄ちゃんが……それに」

「俺のことがあるからね」と真平があとを引き取る。「一年無事に年取れたっていう意味でね」

「あぁ、そうか……なるほど……素敵ですね」

「ありがとうございます」

「ハハ……でも、なんかやっぱり四十六とかは、ちょっと恥ずかしいっていうか」

とストレートには口にできない千明。

「ケーキすごいですよ。僕の担当なんですけどね」と和平が得意げに箱から出す。姿を現した巨大なバースデーケーキには所狭しとロウソクが立てられている。

「……ロウソク、四十六本すか？」

「ええ、壮観ですねえ。ほとんどケーキが見えない」

「フッー、せめて太いの四本と細いの六本とかにしませんか？　ハハハ……本当にねえ。ごめんなさい。なんかトゲとか悪意とかあります？　私に」困惑しながら千明が言う。

「ありませんよ。なんでですか？」と心外そうな和平。

「だって……いや、ごめんなさい、本当に。お祝いしていただいて、本当にうれしいんですけど……わかりませんか？　女の気持ち。四十六とかになったときの……また年を取ってしまったときの誕生日のなんていうか……二十三とかとは違うビミョーなっていうか……わかりませんか？……だから、あんまりデリカシーないのもちょっとどうなんですかね」

「それはおかしいですよ」と和平がきっぱりと言う。「なんで恥ずかしいんですか？」

「なんでって」

「誕生日っていうのは、あなたがこの世界に誕生したこと、今、元気で生きていることを喜ぶためにある記念日ですよ。もうそんなおめでたい年じゃないからとか、誕生日がくるのがイヤだとかそんなの絶対おかしいですよ。むしろ逆です。年を取ればば取るだけ、めでたいことなんだ。素晴らしいことなんです。二十三の誕生日より四十六の誕生日のほうが、倍、素晴らしいし、おめでたいんですよ。そうでしょう？　胸張ってくださいよ。あなたらしくないですよ」

和平の熱い言葉に、千明は思いのほか感動し、なんだか泣けてきてしまう。

「このロウソクの数は、これだけあなたが頑張ってきたっていう証しなんです。十年を太いの一本なんて、大雑把なことできませんよ」

「……悔しい」

「え？」

「悔しいけど……今日は負けを認めます」

千明は涙目で和平をかわいらしくにらんだ。

「じゃ、火つけようか。これ、火つけんの大変なんだよね。みんな、いくよ」

真平の合図でえりなが部屋の照明を消し、おのおのが手にしたマッチやライターでロウソクに火をつけていく。さすが四十六本のロウソクはだてではない。もはや灯というよりも炎上である。

「うわっ、怖い怖い怖い、火の玉になってるし」

「千明、早く消して！　火事になるよ」

「え？　ムリムリ、ひとりじゃムリ。お願い、みんなで」

慌ててみんなが火を吹き消す。室内が暗くなり、「おめでとう！」の声が響く。

それに答えるように、千明は叫んだ。

「四十六だぁぁぁぁ！　どうだぁ！」


盛り上がったパーティも終わり、千明と真平がキッチンで皿を洗っている。食べた本人が後片づけをするというのも長倉家のルールなのだ。

「全部兄貴が決めたんだ」

「へえ……面白い」

「千明、あらためておめでとう」

「ありがと。近年にはない素敵な誕生日になりました。真平が言い出しっぺなんでしょ？　万理子ちゃんがさっき言ってた」

「彼氏ですから」と真平が微笑む。

「そっか」

「でもよかった……いいよね、誕生日って」

「うん……そうなんだね。ちょっと忘れてた」

「あのさ、千明……なんかさ、ごめんね」

「何が?」

「俺……なんかダメだよね、恋人として。何もできてないしさ、俺、千明に。ずっと天使やってたってこともあるのかもしれないけど……なんか、考えすぎちゃうんだよね、俺」

真平はずっと心に溜めていた思いを、千明に向かって吐露する。

「俺、兄貴と千明みたいになれたらいいなって思うんだ」

「え～?」

「堅いっていうか、ぎこちないっていうかさ……初めてだからかもしれないけど……なんかさ、ちょっとモヤモヤする。千明もさ、俺に気を使ってるとこあるでしょ? 俺を傷つけないようにしてくれてる感じがする。それはさ、やっぱり病気のことがあるから?」

「……そんなふうに考えないようにはしてるけど、まったくないとは言えないかもしれない」

「うん……それの、解消になるかどうかわかんないけどさ」と真平は千明に向かって微笑んだ。

「検査に行ったんだ。問題なし」

「え？　本当に？」

「うん。最初に千明に言おうと思ってさ、まだ誰にも言ってない」

「……ありがとう。うれしい。よかった」

そう言って、千明は真平の頭をわしゃわしゃとなでる。


翌日、知美が市役所からの帰り道を自転車で走っている。すると突然ガタゴトと大きな音がして止まってしまった。自転車から降りてしゃがみ込み途方に暮れていると、背後から誰かが覗き込む気配が……。

「あ」

声に振り向くと、真平がいた。知美は反射的に、「結構です！」と口走る。

「何も言ってないだろ」

ふたりの頭の中には、同時に第三ラウンドのゴングが鳴り響いている。

そのころ、千明と和平は江ノ電の車両にいた。千明に気づいた和平が近づき、

「どうですか四十六の気分は？　四十六の……」と挨拶代わりのジャブを放つ。

「ハハハ、そうきますか」と千明が次の一手を考えていると、和平がふっと笑った。

「なんですか？」

「いや、私たち、顔を合わせるとケンカになるじゃないですか。まぁ、主にあなたが突っかかってくるわけですが」

「は？」と思わず受けて立ちそうになるが、自重し、先を促す。「それが何ですか？」

「いや、あの、大橋さん……娘のほうですけどね……そういうケンカがしたいとか言うわけですよ。何なんですかね、あれ。単に相性悪いからケンカしてるだけなのにね」

「そうですよね。あ、真平君も同じようなこと言ってました」

「へえ、そうですか。何なんだろう？」

「あれですよね。こんな関係でずっと一緒にいたら、疲れちゃいますよね」

「そうですよ。毎日十ラウンドくらい戦う感じになりますからね」

「……なんか、あれですね、少し控えますね、私……絡むのっていうか……すみません」

「いやいや私こそ……ちょっと調子に乗ってしまって……反省します」

お互いに苦笑し、ふたりは何げなく窓の外を見た。

線路脇の道路では、自転車を挟んで真平と知美が、見たこともない形相でにらみ合っている。まるで激しい口ゲンカをしている自分たちのようだ……。

驚きに目を見開く千明と和平の視界から、やがてふたりは消えていった。

第11話　まだ恋は終わらない

千明と和平が極楽寺駅の改札から並んで出てくる。何となく話をする空気じゃなくて、無言で歩いている。すると、「兄貴！　千明！」と道の向こうから自転車をかついだ真平がやってきた。隣には知美もいる。「どうした？」と尋ねる和平に、真平が答える。

「なんか自転車壊れて、道端に座り込んでピーピー泣いてたからさ」

即座に、「泣いてないわよ。何言ってんの？」と知美が突っかかる。知美は和平に向き直って言う。「何なんですか、この弟。なんで和平さんみたいにスッとした人の弟が、こんなにゴツゴツしてるんですか？　おかしいですよ、絶対。しかも何ですか、天使とか言っちゃって。ありえないんですけど……。天使が女性に向かって、座敷わらしとか言います？」

「……座敷わらし……」と和平は知美を眺める。なかなかうまいことを言うな……とも思う。

「だって、どう見ても座敷わらしじゃん。あ、それよりあれか？　金太郎？　まさかりかついだ金太郎だ」新たな発見にウケる真平を見つめる知美の目が三角になる。

「まだ前髪パッツンのままじゃん。あ、そうか、お気に入りなんだ？　そうか、そうか」

「はぁ？　なんであんたに言われて髪型変えなきゃなんないのよ。冗談じゃない。自分だってそのヒゲ、そのままじゃん。なんか無精ヒゲが伸びちゃったふうみたいにしてるけど、実は毎日きっちり手入れしてるみたいなの、あぁ、やだ。その髪の毛、切りたい切ってしまいたい。あ、それにひょっとして日サロとか行ってんじゃないでしょうねえ。うわ、やだぁ。なんで私の嫌いな男の条件フルコースなの？」

「行ってねえよ、日サロなんて。兄貴、市役所大丈夫なの？　子どもとか雇っていいわけ？　しかも子どものわりには気が強いっていうか、かわいげないしさぁ」

「はぁ？　ちょっといい加減にしなさいよね。クマ！　熊五郎！　熊八！」

あまりにも息の合ったふたりのケンカっぷりに、千明と和平は思わず笑ってしまう。

「……できてるじゃん……ケンカ、ねえ」

「そうそう。してますよねぇ、ケンカ。ハハハ」

ふたりにそう言われ、「は？」と真平と知美は顔を見合わせる。

「あ、いいの？　自転車。中村自転車だろ？　あそこ、早く閉まっちゃうよ」

「あ、そうか。行くぞ、金太郎」と真平は再び自転車をかつぐと歩きだす。「ふざけんな」とすかさず知美が、股裏にキック。

「いってぇ、マジいてぇ、金太郎キック」

「まだ言うのかよ」

じゃれ合うように去っていくふたりを、千明と和平がポカンと見つめている。

「……帰りますか」

「……そうですね」

並んで歩きながらとりとめのない話をしていたのだが、こちらもやはりゴングが鳴ってしまう。今夜は、もうすぐ撮影が始まる新しいドラマのロケ現場の話がきっかけだった。ロケは都内が中心だと言う千明に、和平が安堵した表情でこう返したのだ。

「よかったぁ。鎌倉でロケとか言われたらもう絶対勘弁していただきたいっていうか、お断りっていうかね。あれ本当イヤなんですよ、我々としては。最悪ですね」

「は？　そこまで言わなくてもいいんじゃないですか？」

「いやいや、もう最悪ですよ、本当に。人の通行は止めるし、車は止めて渋滞は起きるし、苦情の嵐ですよ。しかも、何時までって決めてるのに絶対オーバーしますよね。あれがいちばんイヤ。鎌倉は勘弁してくださいね。お断りです」

「あの、今、明らかに突っかかってきてますよね、私に……ケンカ売ってますよね。

言いませんでしたっけ？　お互い突っかかるのは控えましょうね、いい大人なんだしって」

「突っかかりました？　私」とトボける和平になおも千明は、

「突っかかりましたねぇ、どう考えても。でも、私が大人の対応で我慢してるわけですよ」

　こうなると互いに止まらない。

「いやいや、世間話をしただけですよ。私の言ってるとおりだから反論できないだけでしょ」

「盛りますか？　さらに。言いましたよね、突っかかるのはやめようって。ポイントとかつけますか、突っかかりポイント。先にポイント十個貯まったほうが『シーラス』でフルコースおごるみたいな。ポイントカードとか作りますか？　一回ごとにシールとか貼ります？」

「いいですよ。絶対あなたがおごる羽目になりますよ」和平も引かない。

「何を言ってんすか？　すでにもう一ポイントっすよ。間違いなくそっちだろっつーの」

「あなたはどうしてそう、ときどきっていうか、怒るとヤンキー言葉になるんですか？」

思ってもみなかった指摘に千明は、「なってませんよ」と否定するが、

「なってますよ。自覚なし？　怖っ！　あなた前に、長野県出身っておっしゃってましたけど、ウソでしょ、あれ。どう考えてもウソだ。湘南のヤンキーの匂いがする。あ、昔、私のことカツアゲしませんでした？　あのときの？」

「なんすか、それ」と千明はギロッと和平をにらむ。

「あ、つけますよ、ポイント。ヤンキーポイント」

「なんだよ、ヤンキーポイントって。どうなるんですか、ポイント貯まったら。峠でも攻めますか、一緒に。それとも征服しますか？　神奈川を」

「イヤですよ、そんなの。こっちは一般市民なんだ」

不毛な会話であることに千明が我に返る。

「あぁ、もう……どうしてこうなるんですか？」

「いや、どうしてって言われても……あなたの顔がそうさせるとしか……」

「さらにポイント追加。あれですね、もう顔見ないほうがいいすね、なるべく。私も、そのお地蔵さんみたいな顔見ると、なんか言いたくなるんで」

「意味がわからない。一ポイント」

「……」

「でも、そうかもしれませんね」と和平が殊勝な言葉を吐く。

「お地蔵さん？　そうでしょ？　赤いよだれかけみたいなのをここにかけて」と拝む仕草をする千明に「やめてください」と和平が払いのける。「違いますよ。顔を突き合わせないようにするしかないかもしれませんねってことですよ」

「あぁ……ええ、そうですよね……じゃ、またそのうちってことで」

「はい……お元気で」

ふたりは別れ、それぞれの家に入っていく。


「え？　マジで？　ロケ、ダメなの？」

三井の話に、千明は目の前が真っ暗になる。第一話の重要なシーンでロケに使う予定だった神社が土壇場で断りを入れてきたというのだ。もうスケジュールは決まっており、しかも撮影まで日にちがない。神社というのがポイントなので、簡単にロケ場所の変更もきかない。スタッフみんなが頭を抱えたとき、万理子がおずおずと手をあげる。

「神社なら鎌倉にたくさんございますし、恋人たちのデートにふさわしいと思われるところもございます。おまけに、兄は市役所観光推進課の課長をしております、はい」

「それだ！　神様ありがとう！」

三井と飯田、それに武田が手に手をとって喜ぶ。そんな光景に万理子も微笑む。が、千明だけはなぜか暗い顔のまま、頭に手を当てている。

「……頭下げるのかよ……」

そのひと言に万理子は何か悪いことでも言ってしまったのかと反応し、

「私、何か余計なことを言ってしまいましたでしょうか。あぁ、申し訳ありません！　どうしよう、どうしよう！　この責任はどうやってとったら……切腹いたします」と大仰に叫ぶ。

「いやいやいやいや、何、切腹って……大丈夫大丈夫……大丈夫だから、ねえ」

「やめたくないです、この仕事。初めてなんです、こんな気持ち」

「ごめんごめん、そんなんじゃないから全然、ね。よしよし。あんたにはいてもらわなきゃ、困るんだよ。ね、わかった」

「ありがとうございます」と万理子は思わず涙ぐむ。

「うん、大丈夫……うん。みんな、私に任せて。みんなはほかの準備進めて」

千明はスタッフに声をかけると、気合いを入れて鎌倉市役所に向かった。

市役所の観光推進課に入った千明は、急な訪問に驚く和平に歩み寄ると、事情を話して深々と頭を下げた。

さあ、どんなイヤミが始まるのかと千明が頭を下げながらうかがっていると、和平はすぐに神社の目星をつけ、田所らに指示を出しはじめる。

「……あの」

「吉野さんは、私と一緒に本丸へ。神社に直接交渉です。行きましょう」

「あ、あの……じゃあ」

「協力させていただきます。観光推進課で」

「ありがとうございます」と礼を述べながらも意外そうな表情の千明に、和平は言った。

「普通なら、こんな依頼はちょっとお断りするところですけど……鎌倉市民のお願いですからね、聞かないわけにはいきません。鎌倉市民でしょう？　吉野さんは」

「はい」と千明の顔に笑みが浮かぶ。


「話、長かったですねえ……」

無事に交渉を終え、神社を出た和平は正座でしびれた足をさすりながらつぶやく。

「はい……あぁ、でもよかったぁ」と千明は安堵の言葉を漏らす。

ふたりは、しばらく無言で歩いていたが、やがて和平が口を開いた。

「……あれですね、顔を合わせないようにしようって言ったのに、すぐ会っちゃいましたね」

「本当ですね」

「……突っかからないようにしようと思うと、無口になっちゃいますね」

「ですね……どんだけファイターなんですかね」とお互いに苦笑し合う。


鎌倉ロケの日がやってきた。千明がプロデュースするドラマ『まだ恋は終わらない』のロケは、澄みきった青空が広がる素晴らしい天候の下で行われた。神社の境内は張りつめた空気に包まれている。そのなかをスタッフたちが大きな声を出しながら、キビキビと動き、和平や知美ら観光推進課のメンバーも野次馬たちの整理などを手伝っている。

「ありがとうございます」と千明が和平に声をかける。そこに真平、典子、えりなの三人がお弁当がびっしり詰まった段ボール箱を持ってやってくる。

「毎度どうも。ケータリング『ながくら』で〜す」と真平がちゃめっ気たっぷりに言う。

「ハハハ。ありがとう。ごめんね、無理言って」

「何言ってんの。典姉手伝ってくれたし……」

「パート、ズル休んじゃったわよ」と典子が舌を出す。

「えりなちゃんも楽しんでってね。あ、あのへんにいるヘンな事務所のおじさんにスカウトされても、うんって言っちゃダメだからね」

「はい」

典子が飯田らと打ち合わせをしている万理子を見つけ、「格好いいじゃん」と目を細める。和平も「な」と頷いた。「なんか業界の人みたいだよなぁ」

「万理子ぉ」と運動会に応援にきた父兄みたいに典子が手を振る。万理子はチラッと目をやると恥ずかしそうに手で制しながら、かすかに笑って親指を立ててみせる。

「お〜、何あれ」と典子はうれしそうだ。

千明が長倉家のみんなと談笑していると、困り顔の武田がやってきた。

「すみません、千明さん。役者さん、ちょっと遅れるみたいで……」

「なんだよ、もう」

「あの、時間もったいないので、カメラテストしたいんですけど……ちょっと、こちらの彼、借りていいですかね」と真平に目をやる。

「え？　俺っすか？　マジ？」と目を輝かせる真平に、武田は「テストなんで、映るわけじゃないです」と釘をさす。「なんだ」と言いつつも、真平はやる気満々。

「あと、恋人役で、年齢と見た目的には……」と武田は周囲を見回す。実の恋人である千明はひそかに期待。「私、脚には結構自信が」と典子がアピールするも、武田はあっさりとパス。その目は奥のほうにいる知美にロックオン。

「あの、すみません！」

知美に声をかける武田を横目に千明がつぶやく。「さすが、アニヲタロリコン」

本番同様にセッティングされ、大勢の人々が見守るなか、真平と知美が緊張気味に立っている。まぶしい照明に目を細めながら、知美がつぶやく。「なんで、こんなのと……」

「悪かったね。俺が言ったわけじゃねえよ」

「あぁ、やだ。テストでもやだ」と知美が小さく首を振ったとき、おなかがぐぅと鳴る。真平がそれを聞き逃すはずもなく、すぐにちゃちゃを入れる。

「しょうがないでしょ。忙しくて、朝から何も食べてないんだから」と知美。

「弁当うまいぞぉ。楽しみにしてろ」

「うまいかどうかは自分で言うことじゃないと思いますけどね。だいたい料理自慢の男ってのはなんだかもう、ほかに自慢することないのかよって感じで」

「男とか女の問題じゃなくて、一応プロなんでね。わかったかぁ？　わからない人は手あげて」

「その勝ち誇ったような顔、やめてもらっていいですか？　殴りたくなるんで。ていうか、殴っていいですか？」

「え？　どんな顔？　この顔？　殴りたければどうぞ」と挑発的に目の前に突き出

された真平の顔を、知美は迷うことなくゴンと一発。

「イッテー！　マジかよ、こいつ」

そこに飯田が割って入る。「あの、すみません。ケンカしないでもらっていいですか」

ふたりは顔を見合わせ、頭を下げる。

そんなふたりの様子を、千明と和平が複雑な表情で見ている。そこに万理子が寄ってくる。

「あの……なんでもドラマにたとえて申し訳ないのですが、この関係についての伏線はありましたでしょうか？」

「ちょっと前に、軽くね」と千明が答える。「伏線って言えるほどのもんじゃないけどね」

「あ、そうでしたか」と万理子は納得したようにふたりから離れていく。

千明と和平が視線を戻すと、真平と知美はＡＤに演技指導を受けている。恋人っぽく手をつないで歩いてみてくれと言われ、途端に知美は顔をしかめる。

「いや、ちょっとお断りします」

「いいから、ほら。面倒くさい女だな」と真平が強引に知美の手を握って歩く。

「！……面倒くさくて悪かったわね。軽いよりいいですけど。軽すぎるんだよね」

「俺は軽いよ。元天使だしね」

「はぁ？」

「こう見えて結構、体弱かったりするけどね」

「はぁ？　ゴツゴツして何言ってんの？　笑わせないでよ」

一瞬目を伏せた真平に、知美は少し不安になる。「え……本当に？」

「ウソぉ」

「サイテー！　もう一回殴りたい。殴る」

知美のパンチをスッとかわすと、真平は知美の頭を押さえつける。それでも知美は拳を振り回すが、いかんせんリーチの差はどうしようもなく真平の体には届かない。まるでマンガのように仲のよいケンカをしているふたりに、千明と和平が自嘲気味に笑う。

「なんかあれですかね」と千明が和平に顔を向けた。

「はい？」

「……モテキ終了ですかね、お互い」

「あぁ……ハハ……そうですねぇ」

微笑むふたりの視線の先には、真平と知美が申し訳なさそうにＡＤに頭を下げている。

その夜、真平は千明に、知美は和平から呼び出された。和平との話を終えた知美が海沿いの道をトボトボと歩いていると、ベンチに座る男の寂しそうな背中が目に入る。知美は無意識のうちに背中に声をかけていた。

「大丈夫ですか？　なんか寂しそうですよ。私に何かできることありますか？」

「え？」と振り向いたのは、真平だった。

お互い驚き、一瞬、時間が止まる。

「悪いけど、ケンカする気分じゃないんだ」

「……私も」

そう言って、知美は真平の隣に腰かける。

ふたりは無言で、夜の海を見つめていた。

「え？　マジで？　離婚すんの？　あんた」

勝手にタンスを開け、服を選んでいる典子から唐突に打ち明けられ、千明は驚く。

「うん。明日ね」

「はぁ……後悔しないの？　いや、あんたの人生だからいいんだけどさ、私はべつに……」

「うん、ありがと。大丈夫」

「なんでそんなにあっさりしてんのよ」

「うん？……あぁ、どれにしようかな」

体に服を当てて、どれにしようか決めかねている典子は、なぜかウキウキしているようにも見える。

「いや、あの……ていうか何？　なんでオシャレをしようとしてるわけ？　離婚の日って、そういうイベントあるの？」思わず千明が聞いてしまう。

「あるわけないじゃない。市役所行って終わり」そのあとよ」

「は？　ごめん。わかるように話せないかな。どういうことだ？　典子」

「メール来たのよ……会いませんかって」

「あぁ、例の」

「で、会うことになったと」

「いやいや。そこにさ、こう逡巡とかはないわけ？」

「難しい言葉使わないでよ」〝逡巡〟という言葉に典子がビミョーな反応を示す。

「あ、ごめん。で？」

「ちょうど離婚するしさ。気持ち的にもすっきりするから、そのあとすぐ、会うことにしたの」

「え？　ちょうどいいのか、それ」と千明は首をかしげる。「少しくらいしんみりして、喪に服す的なことはないわけ？」

「また訳わかんない。とにかく今夜、海岸沿いのオシャレなバーで会うことにしたのよ。それがさ、ふたりとも好きなカクテルがね、ピニャコラーダ。わかる？」

「わかるけど、なんか懐かしいっていうか。え？　それを注文するのが目印みたいな？」

「そうなのよ」と典子は少し頬を染める。千明は思わず寒気がした。

「わたせせいぞうか、ハートカクテルか、それ」

「いいでしょ？　なんかドラマのネタに使っていいよ」

「使えない使えない。へえ、そうなんだ」

「うん。でね……最初だしさ、お互い友達を連れていこうってことになったんだ」

「へえ」と相槌を打ちながら、千明は慌てて典子から離れようとする。

それを察した典子が「お願いね」

「いやいやいやいや、万理子ちゃんに頼めばいいじゃん」

「あの子じゃ友達に見えないもん」

「そうかもしれないけど、私、忙しいっていうかさ……明日は」

「明日は休みだって、万理子に聞いた」

「……万理子」と千明は舌打ちする。

翌日、和平は市役所の廊下を並んで歩く典子と広行の姿を見かけ、ハッとする。なぜふたりでこんなところにいるのだという疑問は、すぐに離婚かという結論に達した。しかし、上司と一緒にいるので、その場から離れられない。やがてふたりは戸籍課のほうへ去っていった。

上司から解放された和平は急いで戸籍課に向かったが、すでにふたりの姿はなかった。

「何なんだよ、あいつはもう……典子」と和平がため息をついたとき、その腕が誰かにぎゅっとつかまれる。

「ちょっとわかったから、引っ張るなっつーの」

典子に拉致されたように連れてこられた千明の声が、バーの入り口に響いてくる。

「いる？　いる？」

「いるって、わかるわけないでしょうが」

「それらしいのがってことよ」

千明はチラッと店内を覗き、答えた。「いない」

「本当？　ね、ね、友達がさ、いいのだったらさ……ね、ね」

「ね、じゃないから。マジでそういう心境ではないわけ、今のあなたにはあえて言わないけど」

そのとき、ドアが開き、新たな客が入ってきた。

「離せって！　何なんだ、あんたは。さっきから何度も言ってるけど、俺はあんたの友達じゃないから」

腕を引き離そうとする和平に、「今日だけでいいから」と広行は必死で引っぱる。

「訳わかんないよ、本当に。ちゃんと説明しろ！」と和平。

そこに「何やってんの、こんなとこで」

いきなり典子に振り向かれ、広行と和平は仰天する。隣には千明の姿も……。

「どうも」と千明と会釈を交わし、和平は典子に顔を向けた。「典子、お前さ……」

そこにバーテンダーがやってきた。入り口で騒がれちゃかなわないと四人をカウンターに座らせると、「ご注文は？」と尋ねる。

「ピニャコラーダ」

典子と広行が同時に言い、「は？」とお互い顔を見合わせる。

「え～～～～～～～～」

そんなふたりに、千明が噴き出す。

「うわ、ダッサイ展開」

爆笑する千明の隣で和平はひとり、訳がわからない。


「あぁ、おなか痛い……」

三度目の思い出し笑いが収まり、千明はカクテルを口に運ぶ。すでに典子と広行の姿はない。ふたりきりになりたいと帰ってしまったのだ。

「意外といいけんのかな、ああいう展開も。ていうか、離婚届って取り消せるんですか?」

「できませんよ、役所をなめちゃいけない……まったく、何をやってんだか、いい年して……すみません、本当に」

「いえいえ、そんな。ハハ」と笑った千明の表情が、しかし徐々に暗くなっていく。

「いい年して何やってんだかっていうのは……私、人のこと言えませんし。あ、真平君から何か聞きました?」

「いえ、何も」

「そうですか……真平君と、お別れしました。私からです」

「え……あ……」と和平は理由を尋ねようとして、その言葉をのみ込む。「……そうですか」

「はい。すみません、なんか……真平君を傷つけちゃって」

「いえ、そんな」

「正直に言いますね、いろんな気持ち。私、寂しかったんですよ、鎌倉に来たとき。いろいろ弱ってたし、不安だったたし、これからひとりで生きていくって自分で決めたくせにね。恋ももうないんだろうなと思ってたし。そんなときに天使が現れて、言葉は悪いんですけど、とってもあのときの私にとって好都合だったと思うんですよね……でも、真平君は私のこと好きだ、恋人になってくれって言ってくれて。病気のことも聞きました。人生初めての恋人だっていうじゃないですか。驚いたし、うれしかったです。私もまだ捨てたもんじゃないのかなとか思ったし……頑張ろうとも思いました。病気のことは、考えないようにしました。真平君はずっと病気と生きてきたわけだから……それを理由に物事を考えるのはやめようと思いました。真平君もそれを望んでるんじゃないかと思いましたし」

「……ええ……」

「もちろん真平のことは大好きだし……恋愛なんていろんなかたちがあっていいいんだからって思ってたけど……なんか私、卑怯だなって思ってきちゃって。潔くないなぁって……」

「どういうことですか?」

「卑怯なんです、サイテーですよ。キープしてたんです私、たぶん。真平君っていう素敵な男の子が自分の恋人でいてくれる状態を……きっと、これを逃したら、もう恋なんてないかもしれないから……本当、サイテーですよ。サイテー」と吐き出す千明に、和平はやさしいまなざしを送る。

「情けないです。寂しさは人をダメにしますよね……真平君と知美ちゃん見てて思ったんですよ。あ、ふたりがお似合いとか中学生みたいなこと言うつもりはないですよ。そんなのわかるわけないし。余計なお世話だし。でも、自分、汚ねえなぁって……なんか思っちゃったんですよ」

「真平は？」

「失恋させてくれてありがとうって言ってくれました。失恋も、恋のうちだよねって」

「……そうですか」

「天使ですね、あいつは。本物の」

「ええ……まいったな」と和平が苦笑する。

「え？　なんですか？」

「いや……真平と知美ちゃんを見て……私も同じように思いました。自分、小さいなぁって。で、知美ちゃんにお別れというか、まあ、私のほうは、そんな付き合ってるってレベルでもなかったかもしれないですけど。うれしかったんだと思います……困った困ったみたいな顔して、でも、はっきりさせられなかったのは……やっぱり、うれしかったんだと思います。彼女、かわいいじゃないですか。あんな子と付き合うなんて五十のオジサンにとっては夢みたいな状況ですよ、本当に。同年代の男みんなにうらやましがられるようなね」

「でしょうね」と千明も頷く。

「で……私、ほんのちょっとだけ彼女のこと、好きになってたのかもしれないんです」

「ほぉ」

「って言ってもあの、うまく言うの難しいんですけど、要するに好きな気持ちがゼロだったわけじゃないってことなんですよ。わかります？」

「わかりますよ」と千明が応じる。

「ええ……それになんか、ああいう子といる時間って、未知の時間っていうか世界っていうかね、そこにいる自分がちょっと面白かったし、どうなるんだろうみたいな気持ちもありました。わかっていただけますかね？」

「はい……」と千明は微笑んでみせる。ふっと和平は安堵の表情に戻った。

「ありがとうございます。だからこそ、もうこういうのやめようと思いました。彼女に失礼なんじゃないかなとも思いますしね……なので、そう言いました」

「彼女は？」

「怒られました。おかしいと思いますって。そもそも、ちゃんと好きだなんて彼女は言われてない。だから付き合ってたわけじゃない。勝手にこういうのやめようと言われても困りますって」

「なるほど」と千明。それも一理あるかもしれない。

「付き合ってるんだったら、どちらかが別れようと言ったら恋は終わりです。でも、そうじゃないのに好きでいることを断るのはおかしいと思います。自分の気持ちは自分で決めますってね」

「いいですね、知美ちゃん。うん」

「わかってないですよね、本当に」と和平は自嘲の笑いを浮かべる。「年取っても、何もわかってるわけじゃない……むしろ、どんどんわかんなくなってるような気がします……特に恋とか女性はわからない……わかったつもりでいたことが、年取ると、わからなくなってくる……でも、わかったふりはしていたい……わかったようなことは言いたい……何なんだろうな」

「そうですね……ハハ……ダメなオジサンとオバサンですね。いい年して、寂しいからって、年下に甘えて……サイテーですね、ふたりとも」

「……そうですね……サイテーです」

「あ～あ、真平君と別れちゃったから『ながくら』の朝ごはんも食べられなくなっちゃいましたね」

「え？……そんな、いらっしゃればいいじゃないですか？」

「行けませんよぉ」と千明は明るく返す。

「そうか……そうですよね……」

また、ひとりに戻るのか……そう考えると、千明は途端に寂しさが込み上げてくる。

いかん、いかん。もうダメな大人には戻らないぞ。

千明は決意を込めて、「はい」と頷いた。


「そうかぁ、終わったか、恋が」

報告を聞き終えた啓子と祥子は、力尽きゴールに倒れ込むランナーをバスタオルでくるむマラソンのコーチのように、温かな愛情というタオルで千明をくるんでやる。そんなふたりは、千明にとってはありがたい存在だ。

「で、どうしてんの？　最近は」

「うん。典子ちゃんも家に戻ったしね。仕事も忙しいし、ひとりで生きてますよ、ちゃんとね」

「でもま、ここんとこ楽しませていただきました」

「そうだよね」と啓子が祥子のほうを向いて頷く。「楽しかった楽しかった。いいラブコメだったよ」

「ラブコメって何よ。こっちは真剣だったんだよ」

「何言ってんの、ドラマのプロデューサーが……真剣なのを見て笑うのがコメディでしょうが」

「え？　いや、まぁ、そうなんだけど……じゃ、楽しんでいただけたのなら、よかったです」

「まぁ、四十五のラブコメが楽しいってのは少数派かもしれないけどね」と祥子。

「そうだね。若い子は興味ないっていうか、イタいのひと言で終わりだもんね」

「まぁね」と千明も苦笑する。「まぁ、私たちもさ、若いころっていうか、昔はさ、四十五にもなって恋愛とか勘弁してくれって思ってたよね」

「思ってた思ってた。まだあきらめてないのかよ。もう需要ないだろみたいなね」

「そうそう。頭おかしいんじゃないの、くらい思ってたよね」

「思ってた、思ってた。考えるだけで気持ち悪いんだけど、みたいにね。ハハハハハ」

このままではどんどん自虐ネタが進んでしまうと、啓子が話題を変える。

「あ、あのさ……墓なんだけどさ……お墓」

「あぁ……墓」

「墓か……うん、大事大事」と千明は身を乗り出し、四十五女たちの人生トークは今宵も果てしなく続くのだった。


ＪＭＴテレビでは、第四話の脚本打ち合わせが終わり、千明はご機嫌だ。思わずハルカに微笑んで、「いい感じだね。これで原稿がもうちょっと早いと言うことないんだけどねぇ」

「え〜、でも思うんですけど、たとえば監督がこう粘ると、ちょっと仕事できるっていうか、アーティストっぽくなるっていうか、いい感じなのに、なんで脚本家が粘ると、人としてダメみたいな感じになるんですかぁ？　不公平っていうか」

「うるさい。早く書きなさい」と三井に一喝され、ハルカは黙ってしまう。

「はい。すみません、三井さん」

「でもさ、ホントいい感じかも、このドラマ。うん」と千明。

「当たりますかね」とハルカが千明に尋ねる。

「うん。十二％くらいはとるんじゃないかなぁ……」

「……ビミョーじゃないですか、それ」

「まぁねえ、最近弱気なの」

「あ、あのですね、一話にナレーション入れたらどうかと思って……ちょっと書いてみたんですけど……どうでしょう?」

ハルカはそう言うと、鞄からプリントの束を取り出し、みんなに渡していく。ちゃんと自分の分もあって、万理子は感激の面持ち。

原稿に目を通した千明はちょっと泣きそうになってしまう。そこには普遍的なことではあるが、今の自分の琴線に触れる、リアルな言葉が書き連ねられていたのだ。

「ハルカちゃん……ときどき天才」

「ときどき?」

「いいね。素晴らしい。飯田、監督に」

「はい!」と答えて、飯田が会議室を飛び出す。


日曜日、千明が縁側に座りぼんやりと空を眺めている。ようやく春の気配を感じさせる程度のささやかな温もりが、太陽から降り注いでくる。

「ネコも来ないし……」とつぶやいたとき、塀越しに「千明」と呼ぶ声が聞こえた。

「え?」と顔を向けると、真平が「元カレ登場」と庭のほうから入ってきた。

お互いちょっと照れくさくて、「へへへ」と笑ってしまう。

「元カレだからチューとかはしないよ」

そんな軽口を叩きながら、真平は千明を外へ連れ出す。

千明が招かれたのは、長倉家恒例の早春のピクニックだった。長倉家の四人に加え、典子、広行、翔の水谷家の三人も勢ぞろいしている。

高台をゆるやかな風が吹き抜ける。眼下に広がる湘南の海に、「すごいね」と千明がつぶやく。

「毎年ね、この時期にみんなで来るのよ。義姉さんがさ、好きだったんだよね、ここ」

「へえ」と千明は楽しそうにバーベキューの準備をしている和平に目をやる。

「ねえねえ、なんで最近どうなのって聞かないの？　私のこと」不満そうに典子が尋ねる。

「え？　いや、もうそれほど興味はないかなって」

「なんでよぉ。みんな、聞いてくんないんだもん」

「いいけどさ、言いたかったら」

「もうさ、仲良くってさ、どうしようって感じで。ね、おっちゃん」と典子が広行にデレる。

「じじぃから若くなったのかよ！」

「ハハハ。すみませんねぇ、ホントに」と広行が照れる。

「一応さ、バツイチなのよ、私。憧れてたんだ」

「バカじゃないの？」と千明は笑う。

そんな大人たちを見ながら、えりながポツリ。「翔君も大変だね」

「やってらんねえよ、ホント。マジでバカじゃね？　ウチの親……えりなはすごいよなあ」

「まぁね。ダメな大人たちの中にいるとさ、大人になるかグレるか、どっちかなんだよ」

「なるほどね……金髪にすっかな」

「そっちですか……」


みんなから離れた場所で、真平と万理子が料理の下ごしらえをしている。

「結局あれだね。俺たち、ふたりとも千明にフラれたって感じ？　哀しいくらい双子っていうか」

「私はまだ可能性はゼロではありませんよ」と万理子が不敵に笑う。

「え？」

「最近感じるんですけど、真ちゃんは……死なない気がします」

「……マジで?」

「はい。恐ろしく非科学的第六感ではありますが……」

「やったね」

「これ、持っていきますね」とカットした野菜を入れたボウルを持ち、万理子がみんなのほうに戻っていく。

「ありがとう」と万理子から野菜を受け取った千明。和平に向いて、「本人言わないでしょうけど……こいつ、頑張ってますよぉ。もう、ウチの立派な戦力です」

「そうですか……すげえな、万理子、やったな」

「テヘへでございます」と照れ隠しにちゃらかし、万理子は真平のところに逃げる。

「なんかね、万理子ちゃん見てると、涙出てくるんですよ……仕事を覚えていく楽しみ、評価されることの喜び……昨日より今日が成長してる感じ」

「いいですねぇ」

「年取ると、伸びしろがだんだんなくなりますからねぇ」しみじみそう言う千明に、

「そうですねえ」と和平が頷く。「しかし、あなたは本当にすごいですね。なんていうか、男前っていうか」

「はぁ? 男前?」

またゴングを鳴らすのかと、千明の顔色が変わる。

「いやいや、そんな怒らないでくださいよ。なんていうか……やっぱり男前」

それ以外の言葉が思い浮かばず、和平は焦る。「いやね、人間は、ほら、本来は男も女もなかったのに……なんか神様が二つに分けたみたいなの、あるじゃないですか」

「はぁ。ええ」

「だから、本来は夫婦？　いや、夫婦じゃなくてもいいんですけど、男と女がペアになって生きていかないと……社会の中でうまくやっていけないんですよ、きっと。でも、そういうわけにはいかないこともあるわけじゃないですか……私もそうだし……あなただって……でね、そうなるとね、たとえば女性がひとりで生きていると……どんどん男の能力を自然に身につけちゃうんですよ……じゃないと生きていけないんですよ……そう思うんですよ」

「なるほど……で、どんどんオッサンぽくなってるわけですか、私は」

「そういうことですよ。だからあなたがオッサンというか、男前になるのは仕方ないんです」

「はぁ」と千明があいまいに頷いたとき、いつの間にかそばにいた万理子が口を挟む。

「ということは、お兄ちゃんはどんどんオバサンになっているということですね」

あらためて和平を見つめ、千明は噴き出す。

「オバサンっぽいわ、たしかに」

「どこがですか！」

「いやいやいや、オバサンでしょう」

「……でもま、理屈としてはそうなるのか」

ふたりは顔を見合わせて笑った。


真平を中心にしてバーベキューの準備が着々と進んでいる。

それを眺めながら、千明と和平が話している。

「……今日はありがとうございます。ご家族の特別なあれなのに」

「いえいえ、そんなたいそうなもんじゃないです。それに、いいじゃないですか。元カレの家族と普通に付き合って、一緒に食事したりしても……あなたらしいじゃないですか、ファンキーで」

「……ありがとうございます」と千明は素直だ。

「私の知ってる範囲で、そんなことができるのは、あなたくらいなもんです」

ビミョーな和平の言葉に、思わず「……トゲ……あります？　今の、突っかかってます？　もしかして」と千明。

「とんでもない」と和平は否定する。

「本当ですかぁ？」

「ポイントついちゃいましたかね」

「……今日はおまけします」

そのとき、真平のふたりを呼ぶ声がする。「お～い！　できたよ。早く早く！」

「今行く！……続きはまた」

「わかりました。また……」

駆けだす和平のあとを、千明がゆっくりとついていく。


たしかに、大人になるのって、寂しいことなのかもしれない……。

いろんなことが、遠ざかっていくし。

大人になって、できることもたしかに増えたかもしれないけど、その分できなくなってしまったこともたくさんあって。

大人の寂しさって……生まれて死んでいくことの寂しさなのかもしれない。

でも、寂しさを埋めるために恋をするのはやめよう。

恋がなくたって、寂しくない人生は絶対あるはずだ。

だから、月並みな言葉だけど……前を向こう。

ちゃんと生きてることが大事なんだ……そう思う。

人生って、自分の未来に恋をすることなんじゃないかな。

自分の未来に恋していれば、きっと楽しく生きていける。

うん……四十六歳独身、人生への……まだ恋は終わらない。

もし、これから恋をするとしたら……それは最後の恋だと思うのはやめよう。

次の恋は、最後から二番目の恋だ。

そのほうが、きっと人生は楽しい――。


ナレーションが終わり、恋のドラマが始まった。

人の心の、さまざまな揺れを描いた、おかしいけどちょっと哀しい、哀しいけどちょっとおかしい……どこにでもある、誰にでも起こる恋のドラマだ。


第一話の放送をスタッフみんなで見終えると、千明は帰途についた。

「あれ?」

改札の前で、千明がバッグの中をごそごそと探っている。と、「お疲れさまです」と和平が通りすぎていく。見られたかと舌打ちし、千明は和平のあとを追った。

「何回同じことやってるんですか？　こないだもやってましたよね。めちゃくちゃオバチャンですよ、あれ。よくいたじゃないですか。電車の切符の販売機の前で、自分の番になってから、財布開けて、小銭がないみたいなオバチャン。あれと同じじゃないですか。カードになった意味がない。どこに入れておくか、ちゃんと決めておけばいいじゃないですか」

「また細かいことをグチグチグチグチ……そうやって、細かくキチキチキチキチ理屈ばっかり言ってる男、特にオッサンに限ってね、いざっていうときに対応できなくて、使えないんですよ。全然使えないんだなぁ、これが」

「はぁ？」

「なんで、そんなに私に突っかかってくるんですか？　あれですか？　私のことが好きでとか、そういうことですか？」

「は？　何を言ってるんですか、そんなこと」

「私は、意外と嫌いじゃないですけどね」千明の口から出る意外な言葉。

「え」

「あ？」

「あ、いや、私だって嫌いじゃないっていうか、むしろ好きですけど」と和平も応じる。

「あ、好きなんだ？」

「は？」

「あ、いえ」

「ていうか……なんで？　なんでそういうこと、こんなときにサラッと言っちゃうんですか？　そういうもんじゃないでしょう？」

「何がですか？」

「そういうのは、もっとちゃんとしたときに、ちゃんと言うべきでしょう」

「なんだっていいでしょう、べつにそんなの」

「よくありませんよ。しかも、なんで、先にあなたが言っちゃうんですか？」

「あなたが言わないからでしょう」

「私だって言おうと思ってましたよ。しかるべきときに、男は自分から言いたいんですよ。どうして待てないんですか」

「じゃ、言えばいいじゃないですか、とっとと。男らしくない」

「あ、またそこいきます？　男らしくないの話いきます？」

「いきません。ひとりでいってらっしゃい」

「ひとりはイヤです」

「私だってひとりはイヤですよ」

心地いいバトルを繰り広げながら千明は思う。
どうやら最後から二番目の恋が、また始まったみたいだ……。

最後から二番目の恋　2012秋

「失礼します」とドアを閉じ、制作部へと廊下を歩く千明の胸のうちには怒りとそれ以上の激しい失意の感情が、ごうごうと音を立て荒波のように渦巻いていた。漏れ出た感情が口からこぼれ、声にならない言葉となる。

眉間にしわを寄せブツブツとひとり言をつぶやき早足で進む千明に、向こうから歩いてきた局員がビクンと弾かれたように道を空ける。

缶コーヒーでも飲もうかと自動販売機の前に立つと釣り銭切れのランプが灯っている。「なんだこの機械」と毒づいたとき、「千明さん」と小銭を差し出された。

振り返ると三井がいた。「ありがとう」と受け取り、一枚ずつ投入口へと落とす。

「なんだったんですか？　部長の話」

「まぁね、大したことないっていうか、大丈夫だよ」

笑みを交えて話し出した千明に三井が言った。「無理に笑わなくていいです」

「はい」

千明は気持ちを落ち着け、話しはじめる。

「悪かったじゃん。視聴率さ、こないだの『まだ恋は終わらない』」

「悪かったですね」

ふたりは一瞬見つめ合い、ため息をつく。

アラフォー女性の恋愛模様を、ときにコミカルにときに切なく……思い切り等身大の自分を反映させて作ったドラマだった。若手脚本家の栗山ハルカとはぶつかり合うことも多かったが、最終的には納得のいく、すごくいい仕事ができたと思う。

視聴者からの評判もそれなりによかった。特にF２（35～49歳女性）層からは圧倒的な共感の声をいただいたのだが、いかんせん視聴率がそれにともなわなかった。

「でさ、ほら私、始まる前にさ、あとがないぞとか言われてたじゃん、アホ部長に」

「言われてましたね」

「本当にあとがなかった」

「どういうことですか？」

「出してた企画は見送り。次の仕事の予定はとりあえずなし。今後どうするかは保留だってさ」

「そうですか……」

肩を落とす三井に、千明は慌てて言った。

「あ、でもね、三井さんやフリーのスタッフのことは心配しないでね。ちゃんと考えるから」

「大丈夫ですよ、それは、フリーの宿命ですから」

「そんなわけにはいかないよ。私は社員だからクビになるわけじゃないし、給料だって入ってくるけどさ、みんなは違うわけだしさ」

「大丈夫ですって。必ずまた一緒にやれるのを信じてますから」と三井は微笑む。

「三井さん……」

「それより、心配なのは千明さんですよ」

「私？」

「だって、千明さんから仕事とったら何があるんですか？」

「え？　何があるって、そんな……あるだろ、なんか。ハハハハ」

「無理に笑わなくていいですよ」

「はい……」


「戻ってきませんね、課長」

書類を渡しながら知美が田所に声をひそめて話しかける。鎌倉市役所観光推進課は古都・鎌倉の来年の世界遺産登録を目指して、俄然忙しくなっていた。

「相当へこんでると思うよ。今度の部長、かなり年下だから課長より。しかも、部下だったらしいよ、昔」

「そうなんですねぇ」

「しかもさ、内示が出た瞬間から、呼び方、それまでの長倉さんだったのが、長倉君に変わったんだって」

「うわぁ、やだ」

「まぁ俺がさ、いきなり課長の上司になったようなもんだからねえ」

「それは納得できないですよね、絶対」

「だろ……ん？」

「また、そういうとき、やたら明るくするのがかえってイタいですよねえ」

「イタいイタい。飲みにでも誘ってみるか、みんなでさ」

「来ませんよ、そういうときは絶対。ひとりになって、うじうじしたいタイプなんですから」

「面倒くさいねえ、あの世代は。発散できないんだよな」

「面倒くさいですねえ」

　ふたりの予想どおり、和平はいつもの五割増しくらいの明るい顔で観光推進課へと戻ってきた。

「どうでした？　会議」と田所が尋ねる。

「ん？　あぁ、いやべつに特に大したことはないな。ま、いつもの会議だよ」

「と言いますと？」

「ん？　ま、要するに、世界遺産登録に向けてだ。観光推進課にもぜひ、力を貸していただきたいと、そういうわけだ」

煮え切らない和平に、田所がズバリ尋ねる。「何を押しつけられたんですか？」

「田所、それは違うよ。仕事というものは、押しつけられてと考えるか、任せてもらってると考えるかで、全然違うんだ。わかるか」

なるほど……こういう人が部下にいると上司は楽だろうなと思いつつ知美が口をはさむ。

「で、具体的には何を背負わされたんですか？」

「『めざせ世界遺産親善大使』を小説家の向坂《さきさか》緑子《みどりこ》先生に絶対引き受けてもらうようにってさ」

「え？　だって、何度お願いしても断られてるんですよね？」

「らしいね。でもね、駄目でしたという返事は絶対に聞きたくないと部長様のお言葉だ」

「どうするんですか？」

「さぁねえ。ま、頑張ろうぜ、な。ハハハ」

和平の空虚な笑い声が観光推進課に響いていく。

ああでもないこうでもないとうんうん唸りながら向坂先生への依頼メールを打っている和平をひとり残し、知美は役所を出た。向かう先は新しくオープンしたばかりの海沿いのカフェ。今夜は真平とデートなのだ。

「そっか、兄貴も大変なんだな」

知美から話を聞き終え、真平は言った。

「うん。お気楽なのはあんただけ」

「悪かったね。いいのか？　子どもが酒とか飲んで」

「はぁ？　ムカつく、本当に」

知美のリアクションに余裕の笑みを返した真平は、ふと窓際の席に目をやった。若い女性がひとりポツンと座って、ぼんやりと海を眺めている。その目からふいに涙がこぼれた。

「！……」

どれくらい時間が経ったのだろう。彼女に引きつけられていた視線を知美のほうへと戻すと、目に飛び込んできたのは鬼気せまるような怒り顔。

「なんだよ」

「……なんなの、一体さっきから」

「いや、どうしたのかなと思ってさ……ちょっと天使の血が騒ぐっていうか」

「はぁ？　何が天使よ。冗談じゃない。付き合ってる女の子からしたらね、あんたみたいなのはね、天使じゃなくて悪魔よ。悪魔。デビル真平って名前にしなさいよ」

「何だよ、それ。……え？」

「何よ」

「ていうか、付き合ってるの？　俺たち」

「！……悪魔！」

怒りに加え、自分のひとり相撲に恥ずかしくなった知美は、思い切り真平の腹をグーパンチ。

「いってえ！」


ざわつく制作部を帰り支度で出ていこうとする千明に、忙しく立ち働いている局員たちが「お疲れさま」と声をかける。返事をしながら、千明は落ち込む。

私、何も仕事してないし、疲れてないんだけどなぁ……。

啓子と祥子に誘いのメールを送ってみたのだが、ふたりとも仕事が忙しいようですぐに「ごめんね」と断りの電話が入った。

携帯をしまい、千明はため息をつく。

「……忙しいねぇ、みんな……」

人込みのなかを駅へと向かいながら、千明は秋の夜空に白く輝く月を見上げた。

「……どうなるんだろ、私……」

寂しくない大人なんていない。

大人になればなるほど傷つくことは多くなり、傷の治りは遅くなる。

だから、痛みに鈍感にならないと生きていけないんだ。

そして、人は何か拠り所を探して生きる。

たとえば、仕事。

たとえば、恋。

たとえば、家族。

仕事を拠り所にして生きてきた私が、もし仕事を失ったとしたら……。

私はこれから先、どう生きていったらいいのだろう。


極楽寺駅の小さなホームに降り立つと、隣の車両から和平が降りるのが見えた。和平も千明に気づき、「お疲れさまです」と笑みを向ける。千明は会釈を返し、並んで歩きだす。

改札の前で千明はバッグを開くと、ごそごそと中を探しはじめた。後ろに立った和平は慣れた感じで見守っている。定期券が見つからず、千明は焦る。背後を気にして、バッグを探りながら千明は言った。

「そうやって待たれてると感じ悪いというかプレッシャーを感じるんですけど」

「待ってるんじゃないですよ。さんざん言っても毎回同じことやるんだなぁって感心しながら見てるんです」

「悪かったですね……」

おかしいなぁとバッグを覗き込む千明に、和平は言った。「ポケット」

「は？……」

上着のポケットを探ると……あった。

勝ち誇ったような和平の微笑みに、グッと唇を嚙み、千明は改札を抜けた。

「ありがとうございました」

「いえいえ、大体パターンはわかったんで」

家までの道を並んで歩きながら、恒例のバトルが幕を開ける。

「なんすか、それ」

「あれみたいですよね。ほら、おじいちゃんが大騒ぎして、おいメガネがないぞ、メガネはどこだ！　どこにやった！　とか言うと、おばあちゃんが慣れた感じで無言で指を差すわけですよ、おじいちゃんの胸あたりをね。そうすると、あ……っていう。おじいちゃんはそもそもメガネをなくさないようにヒモを通して下げていた。わかるでしょ？　あれと似てますよね」

「似てません。ひとを物忘れする老人みたいに言わないでください」

「おそらくあれですよ。あなたは乗った駅の改札を入ったときに、またどこに行ったかわからなくなるのがイヤでポケットにしまったわけですよ。でも、電車から降りるときにはすでにそのことを忘れてしまってる」

千明はハッとする。まさにそのとおりだ。

「今の顔は図星ですね。ということはメガネのおじいちゃんと一緒でしょ？　ね、そうでしょ？」

「またその勝ち誇った顔、腹立つわ。言っておきますけど、今日は私、相当機嫌悪いですから」

「あ、そうなんですか。それはすいません。シールとか貼っといてくれると助かりますよね」

「は？　なんのですか？」

「いや、だからご機嫌シールみたいな？　機嫌悪いときは、こう赤くなるとか。ピカピカ光ってるようにするとか。ウルトラマンみたいに」

「バカじゃないの。顔見てわかれよ、いいかげんって話ですよ」

「は？」

「私はなんとなくわかりましたよ。仕事でなんかプライド傷つくことがあったみたいな顔だって」

「え……あ」

動揺する和平の表情で自分の観察が間違っていなかったことを知り、千明は余裕の笑みを浮かべる。が、和平も「私だってわかりましたよ」と負けずに言い返す。

「あなたが、なんか仕事で寂しい思いでもしてるのかなって」

「なんですか、それ。なんで」

「だからこそですよ。どうかしましたとか訊くんじゃなくて、いつもどおりのほうがいいんじゃないかと思ったわけですよ。それはやさしさというかですね」

「そんなことはどうでもいいんですよ」

「どうでもいい?」

「仮に私が、どこか寂しそうな顔をしていたとしてですよ。それをどうして、仕事だって思うわけですか? 仕事とは限らないじゃないですか。なんでですか?」

「あなただって、私のこと、仕事でプライド傷つくことがあったみたいって」

「プライベートは大したことはないだろうと思ったからですよ」

「私もそうですよ」

「なんすかそれ、失礼な。ひとに仕事しかないみたいに」

「あなただって同じこと言ってるじゃないですか」

「いいでしょ。男だし、五十なんだからもう」

「じゃあうかがいますが、仕事の問題ではないわけですか？」

「……答えたくありません」

一瞬空いた間に千明の寂しさを感じ、和平は思わず言った。

「飲みにでも行きますか」

「え？」と千明が和平に顔を向ける。心が少し動いたが、千明の女の部分がブレーキをかける。

「……いえ、やめときます。今日は飲んだら荒れそうだし」

「なるほど……わかりました」

「そちらはどうなんですか？」

「やめときます。今日は飲んだら、みっともないことになりそうですから」

「なるほど」

「ええ」

沈黙のあと、千明がふっと笑った。

「なんですか？」

「なんかあれですよね。そこで行かないっていうのは、大人っぽいですよね」

「大人っぽいっていう年でもないですけどね」と和平は苦笑する。「もう十分すぎるくらい大人だし」

ていく。


「一緒にしないでくださいよ」

「一緒ですよって、またその話いきます？　四十六と五十の話いきます？」

「いきませんよ。っていうか四十六って、なんで律儀に一つ増やしてんすか」

なんてことを言い合いながら、ふたりは楽しそうに両家へと通じる路地へと入っていく。


朝刊の活字を目で追いながらも和平の頭の中は押しつけられた鎌倉親善大使問題でいっぱいだった。とりあえず会ってもらわないと話にならないのだが、どうすればアポイントが取れるのかがわからない。思わず軽いため息が漏れる。

「朝からため息？　よくないねぇ、一日の始まりに」と朝食の皿を置きながら真平が声をかける。「あ〜あ、今日もまた一日始まっちゃいましたかじゃ、いい一日にならないよ」

「俺、ため息ついた？　今」と和平が少し驚いたように尋ねる。

「自覚ないの？　ますますよくないねえ」

「よくないよな、それは。〝さぁ今日も一日が始まりましたよ！〟みたいにならないとな」

「そうそう」と真平がうなずいたとき、二階からタタタッと万理子が下りてきた。

「おはようございます。さぁ今日も一日が始まりましたね」

元気いっぱいにふたりに声をかける。部屋に引きこもっていた半年前とはまるで別人だ。千明との出会いによって、万理子の世界は色鮮やかに輝きはじめていた。考え方一つで世界はこうも違って見えるのかと驚いてしまう。

「元気だね、しかし最近のお前は」

苦笑する和平に向かって、「おかげさまで」とさわやかな笑みを返す。「部屋に引きこもっていた頃が、はるか遠い昔の出来事のような気がいたします」

「代わりに俺が引きこもりたいよ」

「よかったら私の引きこもりセット一式を進呈しましょうか？　いつそこに逆戻りしてもいいように、今も常に枕元に常備してあるわけですが」

「防災グッズかよ」

万理子が自分の席につくと、今度はえりながけだるい感じで下りてきた。

「あ！　えりな！　おはよう！」

無理やりテンションを上げた和平に、ひとり娘が冷たい視線を送る。

「やめてもらえますか？　朝から妙なテンションでこられるとかえってイヤな気分になるので」

「そういう言い方はないだろ。お父さんだって、いろいろ考えてるわけだしさ、えりなのこと」

「考えるだけにしておいてください。何も実行しなくていいです。全部裏目に出てます」

ばっさり切り捨てられ、和平は憮然とする。

そのとき、勢いよくドアが開き、「おはよう！　真平、朝ごはんお願い」と典子が入ってきた。

「なんなんだよ、お前はよ！　毎朝毎朝毎朝毎朝」

「何言ってんのよ。来たり来なかったり、いつ来るかわからないほうがね、準備するほうだって困るのよ。何もわかってないね、お兄ちゃん」

「どういう理屈だよ、それは。俺はな、朝飯くらい自分の家で食えって言ってんだよ。作ってないのかよ、旦那と息子の分を」

「ホント、いい年して何もわかってないね。たしかに私は作ってるわよ。旦那と息子の朝食をね。でもね、作ってる人間はね、一緒には食べられないのよ、気持ち的にね。みんなを送り出してから、やっと食べる気持ちになるわけ。ねえ、真平」

「そのとおり！」

「そりゃそうかもしれないけどさ……」

納得いかない和平に助太刀するように万理子が言った。「典姉の朝食が、なぜ自分の家ではなくカフェ『ながくら』なのかという問題については、まったく何の説明もつかないわけですが」

「それはあれよ」

「タダだからですよ」と典子よりも先に言ったのは、千明だった。後ろ手でドアを閉めると、みんなに「おはようございます」と笑みを向ける。

「えりなちゃん、いいじゃん、その服。オッシャレ」

「ありがとう。千明さんがお母さんになればいいのに」

えりなの返しに、千明と和平は一瞬動揺する。

「うちのお父さんと結婚するのはイヤだろうけど」

その言葉に、千明は自分を取り戻し、笑った。

「ホントに、それだけはごめんなさい」

「それだけはごめんなさいってなんですか」

内心少し傷ついた和平だった。

「ここにもひとりいるじゃん、タダで毎朝ごはん食べにきてるのが」

不満げな典子に、千明は答える。「何言ってんの。私、お金払ってるよ、年契約したんだもんね。ね、真平君」

「毎度ありがとうございます」

「図々しい主婦と一緒にしないでくれるかな。あ、みんな知ってました？　この人最近、毎朝来てるでしょ、欠かさず。なんでだか知ってます？」

「ちょっとやめなさい」

「家族でハワイに行こうとしてるんですよ。それで少しでも倹約しようとしてるんです」

「なんでよ」

すかさず和平が言った。「真平、今日から金とれ」

いつもの兄妹ゲンカが始まると、そこから避難するように千明は万理子を奥へといざなう。

「あのさ……万理子ちゃん」

「ひょっとして千明さんのテレビ局における処遇のことでしょうか？」

「あれ？　聞いてる？」

「はい。チーム千明のリーダー三井さんから連絡いただきました。違う現場へと誘っていただきました。うれしかったです」

「そっか」と千明は胸をなでおろす。「万理子ちゃんならどこ行っても」

「ですが丁重にお断りしました」

「なんでよ」

「千明さん、ひょっとして、春から夏そして秋へと季節が移り変わりお忘れになってしまったのかもしれませんが、私、千明さんに恋をしてるわけでして」

「え？　あ、そうだった、そうだったね。私、恋をされてるんだったね」

「はい。私はチーム千明復活の日に備えてドラマの勉強をしておきます」

「あ、いや……うん……」

笑顔の万理子に千明は曖昧に微笑む。戻ってきた千明に、和平が声をかけた。

「ちょっと疲れてません？　大丈夫ですか？」

「は？　失礼ですよね、本当に」

「え？　なんでですか？　心配して言ってるんじゃないですか」

「いいですか。私はね、朝起きて時間をかけて念入りにメイクして、今ここに来てるわけですよ。わかります？　それをいきなりひとの顔見て、疲れてるとはなんですか。今、この作りたての状態で疲れてたら、夜はいったいどうなるんですか？」

「見られたもんじゃないでしょうね。でも、それは私のせいじゃないでしょ」

「あ～、そうですか。じゃあ、なんのせいなんでしょうねぇ」

「なんのって……ちょっといいですか」

「イヤです」

「は？」

「何か？……ちょっといいですかって訊かれたからイヤだってお答えしたんですけどいけませんか？　訊いたのそちらですよね、いいですかって」

「子どもか！　メイクしたての子どもか。うちのえりなだってわかりますよ。ちょっといいですかっていうのは枕詞みたいなものでしょ。いきなりは失礼だから」

「それってておかしいですよ。ノックして返事も待たずにドア開けるのと同じじゃないですか」

「なんだよ、その屁理屈」

「長倉和平風に屁理屈言ってみましたぁ。イヤな感じでしょう？」

毎度毎度のことなので、みんなはもう勝手に食事を進めている。ふたりのバトルを止めたのはそれぞれの携帯の着信音だった。

「もしもし、おはようございます。吉野です。はぁ？　部長、イジメですか、それ」

「もしもし？　長倉ですが……ええ……ええ……はい、私です……え？　向坂先生ですか！」

ふたりは少し話したあと、同時に電話を切った。

「行かないと」

「万理子、行くよ！」

「はい！」

朝食を残したまま飛び出していく三人を、真平らはポカンと見送った。

千明と万理子が制作部の会議室に入ると、すでに三井、武田、飯田のチーム千明の三人が待機していた。千明からの連絡を受け、いざ鎌倉とばかりに駆けつけたのだ。千明はみんなの顔を見回し、微笑む。万理子も、こうしてまたみんなで集まれたのがうれしかった。

「というわけで、急遽スペシャルドラマをやることになりました。なんとサスペンス劇場です」

千明の言葉に万理子以外のみんなが顔を見合わせる。千明は頷き、続けた。

「ご心配のとおり、私は苦手。大の苦手。だいたいさ、人が死ぬのが嫌いなのに、死ぬところから必ず始まるわけだしさ、サスペンス劇場って。でもさ、今崖っぷちだしね。そんなこと言ってられないと思うのよね」

「はい」

「だから私、決めました……今日から殺す」

そう言って、千明はデスクを「バン！」と叩いた。「もうバンバン殺す！」

千明の決意に一同は強く頷く。

「わかりました。殺しましょう」「殺《や》っちまいましょう！」「どのように殺しましょうか?」「毒殺は?」……などなど盛り上がってると、フラッとひとりの中年男が会議室に入ってきた。首もとのゆるんだTシャツにスウェットという格好は、どう考えてもテレビ局の人間には思えない。目にも力がなく、圧倒的に覇気がない。

みんなが怪訝そうに見つめると、男は言った。

「吉野千明って……」

「え? あ、はい私ですが……」

男は「へえ」と値踏みするように千明を見つめる。「美人プロデューサーだ」

「え?……あ、いえ、そんなこと言われたこともありましたね。かつては、ハハ。最近はもうすっかり」と照れる千明に特にリアクションもせず、男は名乗った。

「灰田《はいだ》だけど」

「え? あ、脚本家の灰田先生ですか?」

千明は慌てて灰田を奥に座らせ、飯田に飲み物の用意をさせる。その隙に三井が千明を会議室の外へと連れ出そうとする。

「え? あ、ちょっと、何? 三井さん」

廊下に出ると、三井は声をひそめて言った。「千明さん、あの先生はですね、業界で一番台本が遅いと有名な人ですよ。しかも、今どき携帯電話もパソコンも持たず、すぐに連絡がとれなくなってしまうらしいです」

「マジで？」

サスペンスというだけでも頭が痛いのに、さらに厄介が加わるのかと千明の心は沈んでいく。


向坂緑子からの連絡を受け、すぐに和平はその邸宅へと赴いた。鉄扉をくぐり、丁寧に手入れされた緑豊かな庭を抜け、古い洋館の中へと入る。

静謐な空気に身が包まれ、緊張が否が応にも増してくる。案内された居間には小さな温室が備えつけられており、着物姿の緑子が優雅に水をやっていた。足音に振り向き、ふっと微笑む。

「お待ちしておりました」

「はじめまして。私、あの、鎌倉市役所観光推進課の長倉と申します。向坂先生、本日はお忙しいなかお時間を割いていただいて、本当にありがとうございます」

かしこまって頭を下げる和平にソファを勧めると、緑子は紅茶を入れながら言った。「いつもはね、こういったお話は基本的にお断りしてるんですよ」

「はい、それはもう」

「でも、なんだか長倉さんにお会いしてみたくなりまして」

そう言って和平の前に紅茶のカップを置くと、隣に腰を下ろす。品のいい匂いがふわっと香り、和平はドギマギ。距離をとろうと尻をずらし、ソファからずり落ちそうになる。

「私に……ですか？」

「ええ。メールを読んで……本当に鎌倉を愛してらっしゃるんですね」

「あ、ええ……それはもう、はい」

「ご自身のことも書いてくださって。鎌倉生まれの鎌倉育ちで、今は五十歳。奥さんに先立たれて、独身。小学校六年生の女の子がひとり」

「余計なことを書いてしまいました。なんとか先生に引き受けていただきたくて、もう必死で」

「同い年ですね」

「ええ!?」

大げさに驚く和平をおかしそうに緑子が見つめる。

「クサい芝居をしてしまいました。先生の年齢はもちろん調べています。だから驚いてはいません。今日お会いしてくださるということで、先生の情報は全部頭に叩き込んできました」

「そうですか。それはそれは」

「ただ、お会いして、同い年としては、本当におきれいだなと……」

照れて口ごもる和平に、緑子はうれしげな笑みを浮かべる。

「長倉さんて、なんだか昔の日本映画に出てくる男性みたいですね」

「古臭い……ですか」

「その言葉嫌いです」

「え？」

「古いけど、臭くありませんわ。むしろ古いい匂い」

「はぁ」

「前向きに考えさせていただこうかと思います」

「はぁ……え？　本当ですか？」

「ええ」

「ありがとうございます！」

「乾杯しましょうか？　ゆっくりお話もお聞きしたいし」

そう言って緑子は席を立ったが、途中で気が変わったように振り返った。

「それより、どこかに連れてってください。観光推進課お勧めの素敵なお店に」

和平は困惑しながらも、うなずいた。

「まぁ、じゃそんな感じでやりますか」

ヒゲをいじりながらポツリと言う灰田に、千明は慌てる。

「いやいや、そんな感じって何も話してないじゃないですか」

「だって、サスペンス嫌いなんだろ、千明は」

呼び捨てかよと心の中でつぶやき、「いや、嫌いってことは」と返す。

「できないなら任せれば？　仕上がったら連絡するわ」

立ち上がって会議室を出ていこうとする灰田を千明が押しとどめる。

「ちょっとそれは……」

「カンヅメにする予算あるの？」

「ありません」

「じゃ、どうするよ」と座り直した灰田は、何かを思いついた顔になった。

「どこに住んでんの？　千明」

「鎌倉ですけど……」

「いいね。鎌倉か……そこで書くわ」

「え？　ウチで？」

「ああ。どうせひとり暮らしだろ？　俺は平気だから」

「いやいやいや、平気って……なんでひとり暮らしってわかるわけ？」

「だいたいわかるよ」と灰田は三井に目をやり、言った。「既婚。意外と旦那と仲がいい」

「え？　やだ」と三井は照れる。

次に飯田を目で指し、「男とぐだぐだ同棲中」

「！　なんでわかるんですか？」

万理子を見た灰田の目が興味深げに輝く。「お、わかんないね、この人は」

「恐れ入ります」

当然のように武田をスルーすると、灰田は千明に微笑んだ。

「じゃ行こうか、千明」

「え？　あ」

まんまとペースを握られたまま、千明は灰田のあとを追う。


和平が緑子を連れてきたのは古い民家を改装したカフェレストランだった。鎌倉にはこの手の店は多いのだが、ここは高台にあるので景色もいいし風情もある。

開け放たれた二階の窓から緑子が中庭を見下ろすと、初老の夫婦が仲むつまじく歩いている。

「素敵ですよね、あんなご夫婦」

「ええ……先生もご主人を亡くされてらっしゃるんですよね」

「ええ……十年前に」

「……そうですか」

「それ以来……一度もしてません」

「そうですか……はい？」

きわどい発言に和平はギョッとする。が、緑子は何ごともなかったかのようにシャンパンに口をつけると、「おいしい」と顔をほころばす。和平は聞き違えたのかとホッとした。

「ええ……よかったです」

「聞き間違いじゃありませんわ」

「え」

「長倉さんは？」

「え？　あ、いや……その……あ……はい」としどろもどろになる和平に緑子は苦笑する。

「やっぱり、昔の日本映画の人みたいね」

「はぁ……古臭いんです」

「古いけど、臭くはありません」

「あ、そうか……古」

「いい匂い」

「そうでした」

緑子は意味ありげに微笑むと、和平に尋ねた。

「なぜ、私がいつもきれいにしてると思います？」

「なぜと言われましても」と和平は首をかしげる。

「しませんか？」

「え」

驚いて、反射的に目を向けると、緑子の妖しい眼差しにぶつかった。途端に和平の心臓がバクバクと暴れだす。

「それを条件にしようかしら」

「……あ、ハハハハ……冗談……ですよね」

「いいえ」と緑子はおいしそうにシャンパンを空ける。

どうしていいのかわからない和平は視線を巡らせた。空気を変えるために何か注文しようと思ったのだ。しかし、従業員の姿はなく、代わりにとんでもないものが目に飛び込んできた。奥のほうの席に広行がいて、満面の笑みでこっちを見ているのだ。広行は、そっちに行ってもいいかと口を動かす。

「駄目、駄目！」

思わず和平が口を開く。緑子ががっかりしたように言った。

「駄目ですか」

「え？　いや、駄目じゃないです。あ、駄目じゃないっていうか」

「いいんですか？」

「あ、いや」

そこに「どうもぉ」と笑顔の広行がやってきた。怪訝な顔の緑子に仕方なく和平は紹介する。「あ、あの……これ、私の妹の旦那なんです」

「はじめまして。水谷広行と申します」

「はじめまして」

「あのね、誤解しないでくださいよ。この方は」

和平をさえぎって、広行は緑子に手を差し出した。

「向坂緑子先生ですよね。大ファンです」

「あら、ありがとうございます」

ふたりが手を離すと和平はすぐに追い返そうするが、広行は抵抗する。

「よかったらどうですか？　ご一緒に、いざキャバクラへ！」

「は？　あんたバカか？　バカだろ？　バカだ」

しかし、まさか緑子が乗っかった。

「面白そう。いざキャバクラね」

「はい？　いや、あの先生、世界遺産についてのお話はキャバクラではちょっと」

楽しそうに出ていくふたりのあとを頭を抱えながら和平が追う。


灰田をともない家に戻ってきた千明は、居間に大きめのテーブルを入れ、脚本執筆の環境を整える。いまだ手書き派の灰田のため、万理子は鉛筆をひたすら削っている。そんなふたりとは対照的に、灰田は縁側でのんびり煙草をふかしている。

「鎌倉で古民家ねえ……ありがちな設定だよなぁ」

煙を吐きながらつぶやく灰田に、「……ですよねぇ」と千明が答える。

バカにするわけでもなく、呼吸をするかのように思ったことを口にする灰田を、千明はなんだか面白いヤツだなぁと思う。

「えっとさ……万理子だっけ？」

縁側から戻ると、灰田はいきなり万理子の隣に腰かけた。驚いた万理子はソファから跳ね飛び、千明にすがりつく。万理子の異常な反応にもまったく動じず、灰田は続けた。「なんか俺に、言いたいことあるんなら言えば？」

千明にうながされ、万理子は言った。

「では、一つおうかがいしてもよろしいでしょうか？　灰田先生は、なぜサスペンスドラマしか書かないのでしょうか?」

「お、いい質問だね」と千明。「なぜですか?」と灰田を見つめる。

「サスペンスってのはさぁ……必要なんだよ」

けだるげに煙草をふかしながら、灰田は話しはじめる。すかさず万理子はスマホを取り出し、その言葉をメモしていく。

「世の中、わからないことだらけなわけだよ。何が正しくて何が悪いのか、さっぱりわからない。真面目に生きてるのがバカバカしく思えるときがある。自分は世の中のルールを守って生きて、損をしてるんじゃないか。文学やら映画やらは、自分とは違う、おかしな、間違ってる人間が主人公のものがもてはやされてて、どうも納得がいかない。既成概念とか社会の当たり前のルールをぶっ壊すなんて、言葉で聞くと格好いいけど、あまり自分とは関係ない気がする。むしろ、今はその当たり前のことがわからなくなってるんだ。だから、当たり前のことが見たい」

「たしかに」と千明は腑に落ちた顔になる。「サスペンスで描かれるのは、ものすごく真っ当な世界だよね。ひとを傷つけてはいけない。ひとをだましてはいけない。ひとのものを盗ってはいけない。そういうことをすれば必ず、罰せられる。刑事や探偵という神様が見逃さない」

千明は灰田に「ありがとう」と微笑む。「なんか心が軽くなってきました」

思ったとおりの千明の反応に、「だろうね」と灰田が軽く笑う。

「あ?」と千明が灰田をにらんだとき、万理子が手をあげた。「もう一つよろしいでしょうか」

「どうぞ」

「灰田先生にとって、ドラマ作りとはなんでしょうか?」

「こりゃまた、でっかい質問だ」

「セックスに似てるな、ドラマ作りは」

灰田の答えに万理子は固まる。が、すぐにメモを再開。千明も興味深げに続きを待つ。

「つまりな、俺たちは、視聴者とセックスしてるわけさ。わかる?」

「申し訳ありません。皆目、見当がつきません」

「あの手この手を駆使して、相手を喜ばせようとしてるわけでしょ、我々は」

「あぁ」と千明がうなずく。

「でもな、人によって当然やり方は違うわけだよ。この人の作るドラマはさ、どっちかっていうとあれだな、わがままでひとりよがりなセックスだな」

「は?」

「私はこういうのが好きなの。どう? いいでしょ? って感じ。それに比べたら俺のは、自分を捨てて、ひたすらサービス。相手のためにご奉仕するって感じなわけだ。どうですか？　いかがですか？　って」

憮然とする千明とは対照的に、うなずきながら万理子は指を動かし続ける。

「万理子はどういうふうにするんだろうな」

灰田の不意打ちに、一瞬万理子の時間が止まる。次の瞬間、「失礼いたします！」と脱兎のごとく逃げだした。


巧みなキューさばきで球を突きながら楽しそうに千明の話を延々と続ける真平に知美は怒りを通り越して半ばあきれてしまう。こうも女心がわからずに、よく天使なんかやっていられたものだ。ビリヤード台からテーブルに戻り、ビールの小瓶を飲み干したとき、ようやく真平が振り返った。

「どうした？　腹でも痛いか？」

「機嫌が悪いんです」

「なんで？」

「あんたさ、さっきから千明千明ってね、私に元カノの話ばっかりしてる自覚あるの？」

「え？……あ、そうか」

「そうかじゃないわよ」

「イヤなの？」

「イヤに決まってるでしょうが。そんなこともわからないの？　短い間かもしれないけど付き合ってたんでしょ？　その……男と女の関係っていうか……あったんでしょ？」

「あったよ」

間髪入れずに肯定され、知美の心は折れそうになる。

「なんでそんなに普通に答えるのよ、悪魔！」

「だってウソつくの嫌いだし」

コイツの思考回路がわからない……知美は深く深くため息をつく。

「わかったよ。ごめん。もう千明の話はしない。一切しない。うん、しない」

「それはやだ。だって、しょっちゅう顔合わすでしょ？　それなのに一切しないなんて不自然だし、かえってやだ」

「どっちだよ。どうすりゃいいんだよ。聞きたくないんだろ」

「だから、私がイヤだってことを頭の中に入れておきなさいよ。その上でしゃべればいいのよ。で、ときどき私が不機嫌になったらあやまりなさいよ」

「意味わかんないよ」

「しょっちゅうされるのもイヤだけど、わざと全然しないのもイヤなの！」

勢いよく立ち上がった知美に、殴られるのかと真平は身構える。

「飲み物買ってくる……なんかいる？」

「お、おう……じゃ、同じものを」

「わかった」とカウンターへと向かう知美に、「金太郎！」と真平が大きな声をかける。店中の客が一斉に知美を見つめる。

なんで私だってわかるんだよ……。

「これで頼むわ」

そう言って真平は自分の財布を知美へと放る。使い古された革の財布……真平らしいなと知美の頬がゆるむ。カウンターでビールを注文し、財布を開ける。札を取り出したとき、一緒に何かがポロッと落ちた。

診察券……？

なんとなく手にとり眺めていた知美の目が〝脳神経科〟の文字に釘付けになる。

裏返すと診察予約が羅列されていて、ひんぱんに通っていることがうかがい知れる。

「何これ……」

執筆用のテーブルに原稿用紙を広げてはいるものの、灰田はそれに向かう様子はみじんもなく物珍しげに美容ローラーを試している。こっそりうかがっていた千明と目が合うと、悪びれることもなく、言った。「千明、なんかして遊ぶ?」

「遊びません」

「だよな」

「どうですか?　原稿のほうは」

「教えません」

灰田はソファに寝転がると思い出したように言った。

「……お前さ、局で会ったとき言ってたじゃん。かつては美人プロデューサーって言われてたけど、今はもう……みたいなこと」

「え……ああ……言いましたね、たしかに」

「ああいうの、やめな」

「え?」

「いい女はさ、いくつになったっていい女だからさ。やめな」

どうにも気障《きざわ》りなセリフだけど、灰田ののんびりと眠たげな口調で言われると抵抗感なく心に滑り込み、ちょっとキュンとなってしまう。

「わかった」と素直に頷く千明に灰田は微笑む。

「千明ぃ」

「ていうか、書けないの？」

「書けないいんじゃない。書きたくないいんだよ」

子どものような言い草に、千明は思わず笑ってしまう。

「いいから書いてくださいよ」

「千明」

「……なんでしょうか？」

「なんか、楽しいね」

まるで付き合いたてのカップルのように、ただ名前を呼んで微笑む灰田につられ千明もなんだか楽しくなってきた。

「千明ぃ、煙草買ってきてくんない？」

甘える灰田に、千明は苦笑する。


店で偶然出会った一条が昔なじみだったこともあってか、キャバクラで緑子は大はしゃぎだった。当然、親善大使の話などできるはずもなく、一緒になって騒ぐ広行に和平は軽い殺意すら覚える。

まだ飲み足りないと不満そうな緑子をどうにかなだめすかし、タクシーの後部座席に押し込むと和平は栓をするかのように隣に座る。タクシーが走り出し、和平は緑子は言った。


ようやく息をついた。

「長倉さん」

ほろ酔いの濡れたような目で和平を見つめながら、緑子は言った。

「酔った勢いはイヤです、私」

「え？　あ、いや、何をおっしゃってるんですか、そんなこと私は」

「なんだ、そう思ってなかったんですか？」

不服そうに言われ、和平は慌てる。

「いや、あの、あれ、えっと……あの、先生」

「なんで自分なのでしょうか、という質問ですか？」

「……ええ」

「ちょうどいいんですよ、長倉さんは」

「ちょうどいい？」

「ええ。たとえば、すごく若くて可愛い男の子だと、みっともないっていうか、恥ずかしいですしね、こっちもいざとなると。それに、すごく素敵な人で、離れられなくなっちゃうと、それはまたそれで困るじゃないですか。かといって、なんでもいいってわけじゃないし。だから、ちょうどいいんです」

「……はぁ……」

「秘密も守ってくれそうだし、死ぬまで」

「それはまぁ……」

「明日から仕事で何日か鎌倉を離れます。帰ってきたら……お願いします」

言うだけ言うと緑子は座席に深くもたれ、気持ちよさそうに寝息をたてはじめた。


「なんだよ、ちょうどいいって……」

緑子を自宅まで送り届け、家の前の路地でタクシーを降りた和平がとぼとぼと歩きだすと、そこにコンビニ袋を下げた千明が小走りで駆けてきた。

「どうも、こんな時分にお買い物ですか？」

「あ……今、脚本家の先生がウチで執筆中でして。なんか歌舞伎揚げとガリガリ君が食べたいとかって注文がうるさくて」

「新しいドラマ、決まったんですか？　よかったですね」

「ありがとうございます。おかげさまで、苦手なサスペンスをやらせていただきます」

「いいじゃないですか、サスペンス。好きですけどね、私。むしろドラマはサスペンスくらいしか見ないかな」

「なるほどね」

「……あの、一つ質問していいですか？」

「どうぞ」

「テレビの世界でよくあるって聞いたんですけど、ドラマとかであるじゃないですか。テレビ局の偉いおっさんとかが、若い女優志望の女の子に……ほら、あの」

「なんの話ですか？」

「いや、あるじゃないですか。わかってるだろ？　役が欲しかったら……みたいな。ね、わかるでしょ？」

「わかりますけど……そういうドラマが好きだって話ですか？」

「いや、そうじゃなくてですね。そういうのって、実際あるんですか？」

「はい？」

和平を見る千明の目つきが変わる。

「私がそういうことしてるのかってことですか？」

「いやいやいや……してるんですか？」

「あるわけないでしょうが」と千明は和平をどつく。

「ですよね。よかった」

「ん？」

「どんな気持ちなのかなって」

「……誰がですか?」

「若い女優志望の女の子。悩むんだろうなぁ、やっぱり。仕事のためにそこまでしなくてはいけないのか。それは人としてどうなんだ。そんなことをして売れても、私は幸せなのだろうか」

「大丈夫ですか?」

「たぶん……すみません、なんか。お仕事頑張ってくださいね。サスペンス楽しみにしてます」

「ありがとうございます」

「できれば旅情っていうんですかね。そういうの好きですね。列車とか秘湯とか」

「考えときます」

「鎌倉ロケは勘弁してください」

「わかってます」

いつの間にか家にたどり着いていて、「おやすみなさい」とふたりは別れた。

外に出ていた看板を玄関の脇に置き、和平が「ふぅ」と重い息を吐きながら家に入る。テーブルについていた真平に、「また」と指摘され、和平はハッとする。

「今、ため息ついた? 俺」

「うん」

「よくないねえ、朝も夜も」

奥のソファにパジャマ姿のえりなが座っていることに気づいた和平は、「おう、えりな、ただいまっ！」とテンション高く声をかける。

「だから、いいですってば」

「あ、そうでした……」

「よかったら、相談に乗りますけど」

えりなの意外な言葉に、和平は驚く。

「え……あぁ……ありがとう」

「ま、その気になったらいつでもどうぞ」

そう言って、えりなは自分の部屋へと戻っていった。感動に打ち震えている和平に、真平が言った。「すりゃいいのに、相談。ああ言ってるんだし」

「娘にできるわけないだろうが、こんな相談」

つぶやきながら、和平は真平を見る。

こいつなら、いいか……。

テラスに場所を移し、和平は真平に今日の出来事を話しはじめた。

「なんだかなぁ……まいったよ。答えは二つに一つなわけよ。彼女の条件を受け入れて、仕事を成立させる。もしくは、彼女の条件を断って、仕事をあきらめる」

「なるほど」

「あ、誤解すんなよ。俺はべつに仕事の手柄がほしいわけじゃないぞ。純粋にさ、鎌倉のために親善大使を引き受けてほしいって思ってる」

「うん」

「しかし、あんな条件突きつけられるなんて、夢にも思ってなかったよ」

「だよね……あ、どんな人なの？」

「どんなって……素敵な人だよ。とってもきれいな」

「へえ、そうなんだ」

「あぁ」

「俺だったらさ、その先生の希望？　かなえてあげたいと思うけどね」

「……そうだよな。天使だったもんな、お前は。天使に相談した俺が間違ってた」

「だってさ、勇気いったと思うよ。その人……そんな条件、簡単に口に出せるもんじゃないよ。それはちゃんと受け止めてあげないとね」

真平の言葉に、和平は考え込む。

「あ、ごめん。余計悩み深くしちゃったかな？」

苦笑しながら和平は頷く。

「あ、お前さ、このことは絶対誰にも言うなよ。絶対だぞ。大橋さんに言ったりしたら絶対駄目だぞ。あれは俺の部下なんだからさ」

「わかった」

「あと、わかってると思うけど、典子は駄目だ」

和平はくどいくらいに念を押す。


せっかく用意したテーブルではなく、なぜかダイニングテーブルで背中を丸めながら灰田が原稿に向かっている。千明が食べ散らかされたお菓子の袋を片づけていると、「千明」と声をかけられた。

「万理子ってさ、面白いよな」

意図をうかがうように、千明は灰田を見つめた。

「いい女だよな」

なんだ、そういうことか……と千明は少し浮かれていた自分を笑う。返事がないので、灰田は原稿用紙から顔を上げ、千明を見た。

「そうだよ」と千明は灰田に微笑む。「めちゃくちゃいい女だよ」

「な」

「もしかして、お気に入りとか？」

「あぁ、興味あるねえ」

「へえ……」

千明は気持ちを整理すると、灰田に言った。

「ていうかさ、書いてます？」

「書いてますよ」と答える灰田だったが、さかんに動く鉛筆の先から生み出されているのは文字ではなく万理子の似顔絵。しかも結構特徴をとらえていて、うまい。

「いや、絵じゃなくて」


カーテンの隙間から差す朝日が顔に当たり、千明はまぶしそうに薄く目を開けた。窮屈な姿勢でソファに収めていた体を伸ばし、ハッとする。すぐに飛び起き、部屋を見回すが、やはり灰田の姿はない。

「ヤバい……逃げられた」

絶望的な気持ちでダイニングテーブルを見ると、丁寧に整えられた原稿の束が置いてある。

「え？……マジで？」

一枚一枚原稿を確認すると、千明は万理子へと電話をかけた。

「驚きました。驚異的な執筆速度ですね。一晩で台本を完成させるとは」

原稿用紙をめくりながら、万理子が興奮気味に言う。

「ホントだよね」

「で、灰田先生は？」

「私ちょっと寝ちゃってさ。起きたら、いなくなってた」

「ほぉ、なかなか粋なことをなさいますな」

「だよね」

「スタッフ一同喜びますね。早く準備に取りかかれて」

「うん」

「あ、灰田先生についていろいろ調べてみたのですが、なかなか面白い方ですね」

「あ、そう？」

「はい。なかなか興味深いです」

にっこりと笑う万理子を見て、千明は何かを企むような顔になる。

「ねえ、万理子」

「はい？」

鏡の中からシンプルなワンピース姿の自分が、寂しげな顔で見つめている。狭い試着室が万理子の暗い思いで満たされていく。

最初は楽しかった。

千明に連れられブティックを回った。着せかえ人形のように女性らしいきれいな服を取っかえ引っかえ着せられるのは苦痛でしかなかったが、千明の喜ぶ顔が見られるのが幸せだった。

でも……。

だんだんと千明の意図がわかってくると、心が切なく痛みはじめた。

暗い顔のまま、万理子は試着室を出る。千明は女らしく変身した万理子に、「いいじゃん」と微笑む。万理子の表情の変化には気づいていない。

「ただ、髪型なんだよなぁ」と爆発頭を一つにまとめると満足そうにうなずいた。

「いいねえ……なかなかいい女だよ……うん」

「……」

「こういうの好きなんじゃない、灰田先生」

「……千明さん……もういいですか？」

万理子の頬を一筋の涙がつたっている。千明は驚き、万理子を見つめた。

「ごめん、イヤだった？」

万理子は首を振り、言った。

「千明さん、意地悪です……意地悪です」

涙を流しながら抗議する万理子に、千明は慌てる。

「ごめん……ごめんごめん、万理子」

泣きながら首を振りつづける万理子を、千明はやさしく抱きしめた。

「……ごめん、私が悪かった」

子どものように泣きじゃくる万理子の頭を抱えながら、千明は激しい後悔に襲われていた。


閉店後の『ながくら』の奥のソファ席に、浮かない顔の典子が座っている。夕べの出来事を思い出し、深いため息をひとつ。

なんであんなことになっちゃったんだろうなぁ……。

ずっとハワイ旅行のことが頭にあったから、フラダンス教室の看板を見て、フラッと中に入ってしまった。迎えてくれたインストラクターのコア先生は浅黒い肌をしたたくましいポリネシア系の青年で、とにかく異様に明るかった。

すっかり乗せられて体験レッスンに加わると、これがまた楽しい。レッスンの最後はアップビートな曲で、みんなが情熱的に踊りだす。自分も気づかないうちにテンションが上がって、曲が終わった瞬間、思わず目の前にいたコア先生と抱き合ってしまった。

そうしたら、キスをされたのだ。そして……。

「はぁ」

「どうしたの？　典姉、ため息よくないよ」

後片づけをしていた真平が声をかける。

「まぁねえ……まいったなぁ」と典子はソファにごろんと横になる。

「何？　悩み事？……みんな、大変だね、いろいろ」

何げない真平の発言に、典子は「ん？」と身を起こす。

「みんなって、誰のこと？」

「え？　あ、いや」と焦る真平を、「言いなさいよ」と典子が問い詰める。

「万理子？　えりな？　まさか、お兄ちゃん？」

ビクッとする真平に、典子の目が輝く。

「お兄ちゃんなの？　どうしたの？　何？　何？」

「知らないよ」としらばっくれる真平だったが、典子の激しい追及に秘密を守り通すことなどできるはずもなかった。

翌朝、朝食のテーブルについた典子は意味深に和平の顔を眺める。視線に気がついた和平が「なんだよ」と尋ねると、「お兄ちゃんさ」と口を開いた。慌てて真平が、「典姉、手伝って」とキッチンへと引っ張っていく。

そこに「おはようございます」と千明が入ってきた。気まずそうに万理子の様子をうかがうと、万理子は満面の笑みで「おはようございます！」と返してくれた。千明の心は一気に軽くなる。

いつもの席についた千明に、和平が話しかけた。

実は昨日の朝方、ゴミ出しに行ったときに千明の家を出ていく灰田と顔を合わせていたのだ。

「ドラマの台本ができたとか」

「ええ、おかげさまで」

「よかったですねえ。お会いしましたよ、昨日の朝」

「あ、そうだったんですか」

「五十歳のおっちゃんですよね」

「え？　あぁ、五十歳でしたっけ？」

「はい」と万理子がうなずく。

「脚本家さんっていうのは、ああいう感じなんですか？　なんて言うんですか、無精ヒゲとか生やして、ぬぼーっと覇気がない感じで、ときどき失礼なこと言うみたいな。まぁ、いいんですけどね。私にはできないですよね。ひとり暮らしの女性の部屋で朝まで仕事って」

「でしょうねえ。でも、あれですよ。私にはできないとか言ってる人間のほうがスケベなんですよね」

「ん?」

「だって、スケベなことをすぐ連想するから、できないんでしょ?」

「ちょっと待ちなさい。いいですか」

「イヤです」

「またそれかよ」

そこに典子が朝食の皿を持って現れた。千明の前に皿を置きながら、言う。

「むっつりスケベはむっつりスケベで、いろいろ大変なんだと思うよ」

「どういう意味だよ」

「いや、お兄ちゃんはお兄ちゃんでいろいろ大変だなぁと思ってさ」

「何がだよ」と問いただそうとしたとき、典子の背後の真平が目に入った。しきりに表情と仕草で「ごめん」とあやまっている。

まさか、典子に言ったのか……。

和平は絶望的な気分に叩き落とされる。ちょうどそこにえりなが二階から下りてきた。まさにそのタイミングで、典子が千明に言った。

「仕事とるために、体を売るらしいわよ、この人」

「は？」

「なんだ、その単刀直入な言い方は！」

和平は立ち上がると「真平！」と振り向いた。

「ごめん」

「お前は典子か！」

パニくる父親を冷静に見つめながら、えりなが言った。

「援助交際みたいなものですか？」

和平は愕然とえりなを見つめる。言い訳しようにも言葉が出てこない。代わりに
「まぁ、そうかな」と典子が答える。

「違う！　何を言ってるんだお前は。なんでそういうことになるんだ」

「あの、ちょっといいですか」

口をはさもうとする千明に、「イヤです」と和平。千明は無視して続ける。

「典子さんの説明でさらに複雑になるのなら、ご自分で説明なさったほうが傷が浅くすむんじゃないでしょうかね」

「え……」

観念した和平は、みんなに話しはじめた。

足どり重く、どんよりとした顔で駅に向かって歩いてくる和平を、駅前のベンチに座った千明が眺めている。声をかける前に、和平が千明に気づいた。

「……どうも」

「負のオーラが全身からだだ漏れですよ」

「……今日は勘弁してください」

力なく返す和平に、千明は言った。「サボりませんか?」

「は?」

「ないでしょ? 仕事サボったこと」

「え?……ええ」

「付き合いますよ」

にっこりと笑う千明に、なぜか和平は頷いていた。


ハイキングコースとは名ばかりで、これは登山に近いじゃないか。足元の悪い急な斜面を歩きながら、千明はぜいぜいと息を弾ませる。前を進んでいた和平が不意に振り返り、ニコッと笑った。

「どうです? 空気が違いますでしょ」

息を整え、千明は「ですねえ」と微笑む。「でも、あれですね。仕事サボっても鎌倉を案内してるなんて、もう根っからの観光推進おじさんですね」

「あ……たしかに」と和平は苦笑する。

見晴台で鎌倉の街を一望したあと、ふたりは峠の茶屋に入った。

「でも、なかなかファンキーなことになってるんですねえ、世界遺産問題」

「世界遺産問題って言い方やめてください」

「いや、私もね、実は微妙にいろいろあるんですよ。だから、なぐさめようかなって思ったんです。私なんかもっとひどいんですよみたいなこと言ってね」

「ありがとうございます」

「でも、やめときます。とても勝てません、今のあなたには。仕事の困った状態自慢はそちらの勝ちです。いさぎよく私は負けを認めます」

「全然うれしくない勝ちだな」

「どうせあれでしょ？　バカで無責任な上司に押しつけられたんでしょ？　無理めな仕事を」

「わかります？」

「わかりますよ」

そう言うと、千明は通りがかった店員にビールを二つ頼んだ。

真っ昼間からビール？　とちょっと引っかかったが、せっかくサボってるんだから、まぁいいかと和平は自分を納得させる。

「あれでしょ？　俺は、駄目でしたっていう言葉は聞きたくないからなとかって、さもちょっとカッコいいこと言ってるような顔で言いやがるわけでしょ？　そんなの誰だって聞きたくないし、言いたくねえよって話ですよ」

「どこかで見てたんですか？」

「どこの世界でも同じですよ。大して実力もないくせにひとの手柄を自分のものにして偉くなっちゃったような上司でしょ？」

「はい。そのとおりです」と和平は強く頷く。

「いるよね」

「しかも……しかもですよ。その上司なんですけど……年下」

「うわ」

「しかも元部下」

「マジッすか」

「……マジッす」

千明は無言で和平の肩を叩く。そこに店員がビールを運んできた。

「飲みましょう」と千明は缶ビールを開け、和平に手渡す。「ありがとうございます」と受けとり、和平はそれを千明の缶と合わせる。同時に飲み、ふたりは気持ちよさそうにぷはぁと息を吐いた。

「あ〜、飲んじゃいましたね」

「飲んじゃいました」

「サボりビールはうまいでしょう？」

「うまいっす」

ふたりが笑い合ったとき、にぎやかなおばちゃんの団体が入ってきた。その一団を率いてるのは、なんと田所だ。

「！」

和平は素早く顔を伏せると、千明の手を引き、そろそろと茶屋を出た。


ふたりが次にやってきたのは海風が心地よいカフェテラス。気分がハイになっていたのでトロピカルドリンクなんかを頼んでしまう。

「いや、勘違いしないでほしいんですけどね。いいですか。私はね、そんな取引みたいな理由で、女性とその、するなんてことはって悩んでるわけじゃないんです」

「ほお」

「いや、もちろんね、そのことも少しはありますよ。古いタイプの男ですから」

「たしかに、古いタイプの男ですね」

「ええ。べつにね、私だってできますよ。できます。しようと思えばね。しろって言うんならしますよ、男ですからね」

「そりゃそうだ」

「しかも相手はですよ」

「向坂緑子、なかなかいい女ですよね」

「そう。なんの問題もありません。むしろ、ラッキーってなもんですよ」

「ですよねぇ。五十にもなった男がですよ。仕事の見返りに体を求められるなんてことなかなかないですよ。ファンキーですよ」

「ファンキー、そのとおりです。でもね、引っかかることが一つあるんですよ」

「なんすか？　できるのかっていうことですか？」

「そう……いや、違います！　さっきからできるって言ってるじゃないですか」

「こりゃ失敬」

「私が引っかかってるのはですよ。そうやって私が、文字どおり体を張って親善大使を引き受けていただいたとしてもですよ」

「そのバカ上司の手柄になる」と千明はあとを引き取る。

「目に浮かぶんですよ。いかにも自分がやったみたいに広報の取材を受けたり、向坂先生と一緒に写真に納まってる姿が」

「ムカつくね、それ。超ムカつく」

「でしょ？　その写真の中の、笑った顔まで想像できるわけですよ」

「なんか私まで目に浮かぶ気がします」

「イヤな感じでしょう？」

「イヤな感じですねぇ」

ふたりは頭の中で、ちんまりと写真に居すわってるアホ上司を必死に追い出す。

「お前、向こう行け！」

「行け！　行け！　行ったぁ」

「行きました？　やったぁ！」

子どもみたいなバカな振る舞いに、ふたりは思わず笑ってしまう。

「あぁ……なんかスッキリしました」

「そうですか。よかったです」

礼を言った和平は今度は千明に話をうながしたが、千明は若者ばかりの店内と目の前のトロピカルドリンクを見て、「ここではちょっと……」と口を閉ざす。

居酒屋へと河岸を変え、焼酎を入れると、千明はすぐに饒舌に語りだした。

「でね、ま、恥ずかしいんですけど、その脚本家先生にね、ちょっとだけ私、キュンとしちゃったわけですよ。あら、ちょっといい感じ？　みたいなね。でね、向こうもそうなんじゃないかって思ったわけですよ。べつにうぬぼれとか、そういうんじゃないですけど、なんかわかるじゃないですか、そういうのってなんとなく」

「わかりますよ」

「でも、全然はずれでした。私に女としての興味なんか持ってないんですよ、全然。そのこと自体はいいんですよ。でもね、そっから先の私が最悪なんです」

「最悪……ですか」

「最悪です」と千明は自分に身震いしてみせる。「あいつがね、興味を持ってたのは万理子ちゃんだったわけですよ。私、気づいてしまったんです」

「え？　万理子ってウチの？」

「ええ。考えてみれば当然ですよ。彼女は私より全然若いし、それにほら、可愛いですからね、あの子。何よりも面白い！　興味深い存在じゃないですか……で、そこからですよ、私」

千明は深く息をつくと、頭を垂れた。「最低です。ちっちゃいわ、私」

「それはあれですか？　なんていうか、傷ついてしまった自分を隠すために余裕があるふりをしてしまったというか」

「そうそう！　ふたりの恋を応援しちゃおうかしら、みたいなね。なんとか傷を隠すのに必死なわけですよ。で、万理子ちゃんの気持ちをまったく考えずに……傷つけてしまいました」

「そうですか……」

「情けない。本当に、情けない。カッコ悪いです。ちっちゃいわ。最低」

「今どきの言葉で言うと……イタい？」

「そう！　イタい……イタい、イタい」

自虐的に連呼する千明に、和平は笑ってしまう。

「なんですか？」

「いや、イタいなんて言葉、いったいいつから使うようになったのかなって」

「あぁ……そういえば、昔は言いませんでしたよね、イタいって」

「言いませんよ。でも、不思議なんですけど、イタいのほかに言い換えられないんですよね。昔はなんて言ってたんだろう、イタい人のこと」

「昔は……痛々しいとか？　違うか。でも、あまりいい言葉じゃないですよね、イタいって。私、イタくありません？　って言うと、余計イタいみたいな。まるでイタいのループです」

「たしかに……いろいろイタいって思われてるんでしょうね、私たち」

「満身創痍ですよ」

「ですね」

しょぼんとする和平の肩を、千明は笑いながら思い切り叩いた。

「いってーなぁ。なんですか?」

「いや、あなたと話してると、女同士、おばさん同士で話してるみたいで」

「私はおじさん同士で話してるみたいですよ」

「は?」

「そろそろヒゲが生えてきてますよ」

「え?、もうそんな時間?」

和平の振りに千明が乗っかり、ふたりは爆笑。勢いのついたふたりは、まだ宵の口なのにハイペースでグイグイと焼酎を空けていく。

どうにも気持ちのいいお酒だった。


家の前で和平と別れた千明は、「……ただいまぁ」と探るようにドアを開けた。明かりがついていたので典子が来ているのだろうと思ったが、それだけではないようだ。沓脱《くつぬ》ぎには見慣れない靴が三足並んでいる。

千明の声を聞きつけ、典子が「遅いわよ」と居間から飛んでくる。その後ろにはなんと知美の姿。ふたりに引っ張られるようにして、千明は居間のソファに座った。

そこで待っていた万理子が言った。

「みなさん、それぞれ千明さんにお話ししたいことがあるようでして。あ、ちなみに私もです」

「駆け込み寺か、ここは……ていうか、知美ちゃんも？」

「はい」と知美は頷く。

「そう……」

「誰から？」

「いや、誰からって私に聞かれても……」

「どうすんのよ」

すかさず万理子が手をあげ、提案する。「先着順ということになると、典子、知美、万理子の順番になるわけですが、ここは病院ではないので……どうでしょう？話の軽い方からというのは」

「あぁ、そうね。いきなり重い話されてもね、困っちゃうしね」

「私のはかなり深い話だからあとで」と典子は引っ込む。知美も、自分の話は重いような気がすると万理子にゆずった。

「では、お先に失礼させていただきます」

「あぁ、ちょっと待って。ずっとおしっこ我慢してきたの。その前にお手洗い行かせて。漏れちゃう」

千明は立ち上がり、トイレへとダッシュする。トイレから戻ると、万理子がひとりダイニングテーブルのほうに移動していた。

なんか人生相談みたいだなと思いながら、千明は万理子の正面につく。

「あ、まずあの、万理子、昨日はホントにごめんね」

「いえ、全然大丈夫です」

「よかった」

「なんの話？」とソファに座った典子が尋ねる。

「いえ、そこから話すと長くなりますので、私からの相談からスタートさせていただきます」

典子は頷き、「どうぞ」と先をうながす。

「千明さん」

万理子はあらためて千明に向き直り、ふっと微笑んだ。

「私ですね、千明さんが好きです」

「え〜！」と知美がソファから立ち上がる。が、周りが誰も動じていないのを見て、おずおずと座り直した。

「……ありがとう」と千明も万理子に笑みを返す。

「でも、その恋がかなわないのもわかっています。そして……ここのところ、思っていたことがあります」

「なんだろ？」

「私、脚本家になりたいです。なれますか？」

「ごめん。今の、飛び方がわかんないんだけど」

「ちょっと黙ってて」と典子を制し、千明は万理子を真剣に見つめる。

「以前、千明さんはおっしゃっていました。ドラマを作るとき、プロデューサーと脚本家は恋愛してるのと同じだと。おっしゃいましたよね？」

「うん。言った」

「現実で恋愛関係になれないのでしたら、仕事の上で、恋愛できたら素敵だなと考えました。もちろん、なりたいと言ってなれるものでないことは承知しております。でも私、千明さんに喜んでいただけるのなら、なんでもできる気がしております」

「そっか……正直な気持ちを言うね」

「はい」

「向いてると思う」

「……え？」

千明は灰田を思い浮かべながら言葉を続ける。

「向いてるんじゃないかな。今回すごい思ったんだけど、脚本家っていうのは、自分は全然駄目なくせに、ひとのことを冷静にあれこれ言えるタイプの人間だなって。要するに、常に他人事でいられるというか……あ、これほめてるんだからね。客観性や観察力があるっていう」

「ありがとうございます」

「万理子ちゃん」と千明はにっこりと笑って、言った。「仕事の上で恋人になれるのを、楽しみに待ってます」

「……はい。感無量でございます」

よくわからないけど知美も感激し、「よかったですねえ」と立ち上がる。

「はい、頑張ります」と典子に頷き、万理子は席を立った。「では、次の方」

「よかったね、万理子」

知美を押し退けるように、典子が千明の前に座る。

「いい?」

「はい。どうしました?」

和平は縁側でお茶を飲みながら、酔いをさましていた。しばらくすると、コンビニの袋を下げた真平とえりなが帰ってきた。真平はバツが悪そうに、頭を下げる。

「朝はすいませんでした」

「ホントだよ」と和平は苦笑する。アイスキャンディーをくわえ、えりなは自分の部屋に戻ろうとしたが、和平の言葉に足を止めた。

「俺さ、今日、サボっちゃった、役所」

「え？　マジで？」

「うん」と真平にうなずく和平はちょっと得意気だ。「ハハ……たまにはいいもんだな、ズル休みも」

「へえ、兄貴がねぇ」

「人生初のズル休み、へへ」

「頑張ったね」と和平に微笑み、えりなは部屋へと戻っていく。

そのとき、外から千明のバカでかい声が聞こえてきた。

「はあ？　なんだそれ」

和平と真平は顔を見合わせ、耳をすます。

開いた口がふさがらないという顔で、みんなが典子を見つめている。

「で、何？　しちゃったわけ？　その先生と」

典子はフラダンス教室のコア先生との出来事を話していた。

「途中までだけどね」

「え？」

「途中とは？」と万理子に訊かれ、「具体的に話す？」と典子。

「いらない。結構です」

「はい……どうしよう、千明」

「いいんじゃない。その先生とハワイにでも行って、幸せに暮らしなさいよ」

あきれたように立ち上がると、千明はキッチンへと向かう。見捨てないでよと典子もあとを追う。

「そんなことできるわけないでしょ。べつに好きなわけじゃないし、そもそもよく知らないし……」

千明は煙草に火をつけると、冷蔵庫から取り出した缶ビールを典子に渡した。典子はビールを一口飲んで、話を続ける。

「なんかさ、旦那と元さやに収まったじゃない。でもさ、結局何も変わってないっていうか、仲がよくなったのもほんの一瞬で……私はさ、べつにどうしてもハワイに行きたいってわけじゃないんだけどさ、なんか変化がほしかったっていうか。でも、全然乗ってこないし……そうしたら私も、べつにいいかって感じになってね。あぁ、このまま年取ってくのかなと思ったらさ、なんかさ……で、そんなことになっちゃったんだけど、いざとなったら逃げちゃって……」

「なるほどね」

「もう、どうしていいかわかんない」

「バカだよね、ホントに。あんたも……私も」

「え？……」

「何ジタバタしてんだろうね。いい年してみっともない。なんかさ、大人になったらさ、分別とかも身についてさ、もっとちゃんとしてるはずだったでしょ。でも、全然駄目。むしろ、年を取れば取るほど、もっとみっともなくなってるような気がする。ホントみっともないことばっかしてんだよね。イヤになっちゃうよ」

「千明……」

「いつになったら、本当の大人になれるんだろうね」

千明は煙をふーっと吐き、典子に微笑む。

「でもさ、私、そういうあんたのこと、なんか可愛いなって思うよ。ジタバタしてバカみたいでみっともないけど、すごい可愛いなって思う。世の男どもはさ、女のそういうとこ全然見てくんないんだよね。可愛いなんて絶対言ってくれないじゃない。だからさ、女同士はせめてさ、そういうとこもなめ合おうよ」

「うん」と典子はうなずく。「私も千明のこと可愛いと思う」

「いいよ、私は」

「バカだし、みっともないし、童顔をいいことに若作りだし、グダグダだけど……でも千明って可愛いと思う」

「やめて……やめてよ、そういうこと言うの」

涙ぐんでる自分に千明は少し驚く。

「でも、ありがとう」

「千明ぃ」

典子は千明に抱きつき、号泣しはじめた。つられて千明も涙が止まらなくなる。

「さっきあんた、童顔をいいことに若作りしてるとか言ったよね」

「幻聴じゃないの。耳まで遠くなって……」

「うっそ、やだぁ」

くだらないことを言い合いながら、思う存分泣くふたりだった。


「今度は泣いてるよ」

隣から漏れ聞こえてくる泣き声に苦笑する和平に、真平は以前から訊きたかったことを尋ねた。

「兄貴はさ、千明じゃダメなの？」

「え?……いや、ダメとかそういう」

「好きじゃないの?」

「そういうふうに言われれば、好きっていうか……うん」

「ならさ」と勢い込む真平に、落ち着いた口調で和平は答える。

「大事に思ってるんだよ、俺は。あの人のこと。なんか勢いで恋愛みたいになったとするだろ?　でも、恋愛はうまくいかなくて壊れてしまうこともある。俺はお前みたいな天使じゃないからさ。そうしたら今のように一緒にはいられなくなる。それがイヤなんだ」

「……へえ」

「ま、天使のお前にはわからないかもしれないけどね」

「そうですか」

さんざん泣いてスッキリした千明と典子は、居間に戻ってまったりとした飲みモードに突入。典子は千明に、和平について尋ねる。

「いや、おたくのお兄さんとはさ、好きっていうか……いろんなことすっ飛ばしてさ、いきなり気の合う老夫婦みたいな感じになってるじゃん。だからさ、今さら恋愛はじめましょうっていうのは、なんだかねって感じなんだよね」

「なるほど」と頷いたのは万理子。知美も感心したように聞いている。

「ま、でも、この先誰も現れなかったらさ、それもありかなっていう気持ちはあるけどね」

「保険のようなものですかね」

「だね」と頷く千明に、「なんか、ちょっとズルい」と典子はふくれる。

「ふふん。これが独身の強みだね」

すっかり場が和んだところで、「あの……」と知美が手をあげた。

「あ、忘れてた、ごめん」

「いえ、じゃないかなとは思ったんですけど……」

「ごめんごめん……で、なんでしょうか？」

「真平さんのことなんですけど……」

「真平がどうかした？　あ、浮気？」と典子が軽い感じで返す。

「なんか、病気なんですよね」

「え……」

想定外の質問に、三人は少しうろたえる。

「あ、それは本人に訊いていただきたいなと」

万理子の言葉に、千明と典子も「そうそう」と乗っかる。

「脳外科……通ってるんですよね」

「そこまでご存じで」

「本人に訊きたくないんです。言わないということは言いたくないからですよね。でも、中途半端なところまで、私、知ってしまいました。このままではいられません。女同士のお願いです。どうか教えてください」

「……」

「彼が天使だとか言ってるのも、それが理由なんですよね」

千明は典子と万理子を見て、うながす。

「この恋する真剣な目には、ちゃんと答えるしかないんじゃない？」

ふたりは黙って、頷いた。


キャスティングや撮影の下準備などで最近活気づいていたチーム千明の面々だったが、今日はどんよりとした重い空気がみんなの間に漂っている。そろそろ脚本の直しをして、具体的な撮影準備に取りかからなきゃいけないのに、灰田にまったく連絡がとれなくなってしまったのだ。

「行きつけの店には全部当たったんですけどねぇ」

三井がため息まじりにつぶやいたとき、万理子が勢いよく立ち上がった。

「私にやらせていただくというのは……」

そう言って手にしていた原稿の束を千明に差し出す。

「ほぉ、直しを」

「見てください」

そのとき、会議室のドアが開き、灰田がふらっと入ってきた。

「よ、みんな、元気？　そろそろ俺が必要かなと思ってさ」

みんなが盛り上がって灰田を取り囲むなか、万理子はひとり、チッと舌打ち。

「ん？」

しかし、すぐに気を取り直し、灰田に向き合う。

「あの、灰田先生に質問があります」

「おう、言ってみな」

「干してある全身タイツは七枚だったという証言がありますが、朔太郎は全身タイツを着たまま絞殺されておりますので、実際には六枚でなければおかしいと思うのですが、いかがでしょうか？」

「え」

「たしかに」と千明は頷く。

灰田はかなり慌てて原稿を確認しはじめる。これはトリックの根幹に関わることで、単純に七を六に変えればいいという問題ではないのだ。

「つきましては、その問題を解決するアイデアを申し上げてもよろしいでしょうか」

「え……そうね」

「言ってごらん」と千明がうながすと、万理子はホワイトボードに何やら図を描きはじめる。描き終わるや、理路整然とした説明を開始。

そんな万理子を、千明は頼もしそうに見つめるのだった。


いつもの食卓。せっかく作った夕食に「おいしい」のひと言もなく、勝手に食べはじめる広行と翔に、典子はいらだつ。なんで先に食べてるのよと文句を言おうとしたとき、広行が「あのさ」と話しかけてきた。

「何よ」

「翔と話したんだけどな、ハワイ……行ってもいいんじゃないかって。な！」

「うん」

「え？　ウソ……」

「でさ」と広行はガイドブックをテーブルに広げ、プランを話しはじめる。それだけでもう、典子は泣きそうになってしまう。

「典子はここに買い物に行きたいだろ？……で、その間、俺と翔はここに行って」

「ありがとう」

「で、典子はここにも買い物に行きたいだろ？　だから、その日は俺と翔はオプションでこれをやって」

「そうそう」

「……ん？」

「で、典子は多分、ここに行きたいだろうから、その間、俺と翔は」

「ちょっと待ちなさいよ。私、ずっとひとりじゃないの。ひとり旅か！」

「駄目？」

「なんなのよ、それ。ったくもう……あ、そうか。千明も一緒に行けばいいんだ」

典子は勝手に千明を一員に加え、新たにプランを練りはじめる。


カウンターに寂しそうな女性がひとり、ロックグラスの氷を指でゆっくりと回している。何度もくり返される哀しげな吐息……。

どうしていつも、俺の視界に入る場所にこういう女性は座るのか。それとも長年使ってきた天使センサーが、勝手にこういう女性をキャッチしてしまうのか。

もう辛抱たまらないと真平が腰を上げ、「あの……僕に」と言葉を発した瞬間、目の前に人影が立ちふさがった。

知美！

瞳の中に燃え上がる怒りの炎を見て、真平は焦る。

「僕に、なんだって？」

「あ、いや、僕に……なんだろ？」

「……ふざけんな」

そう言うや、知美は真平の厚い胸をどんと押した。小さな体に似合わぬ強さに、真平は一歩あとずさる。様子がいつもと少し違っている。

「ふざけんなよ」

「……」

「あなたは、病気でなんか死なない」

「え……お前……なんで」

「うるさい」

知美はごろつく子どものように、真平の体を何度も叩く。

「病気では、死なないわ」

「……」

「私がぶっ殺す！」

涙を目に溜めながらバシバシと叩き続ける知美を、真平は抱きしめた。

「離してよ」

「やだ」

逃げようともがく知美を、真平はさらにきつく抱く。知美の体から、すーっと力が抜けていく。

「死んだら……ぶっ殺すからね」

「……わかった」

安心したかのように、知美は真平の胸に体をあずけた。


お互いの仕事が忙しくしばらく会えなかったが、ようやく時間が合い、千明は親友のふたり、祥子と啓子と行きつけのイタリアンレストランに来ていた。すでにワインも二本目に突入し、皆、いい感じにエンジンがかかってきている。

ふたりに比べると、自分は仕事的にかなりヤバい状況にあったとの千明の告白に、

「今は大丈夫なの？」と祥子が心配そうに尋ねる。

「いや、ヤバい状況は変わってない。執行猶予っていうかね……でも、怖かった。このまま仕事なくなっちゃったりしたらさ、どうなるんだろうって思ってさ……怖かった。私から仕事とったら何があるんだろう……何もないんじゃないかって」

千明はふたりを見回し、尋ねた。「どうする？　仕事なくなったら」

しばらくテーブルは重い沈黙に包まれた。祥子にしても啓子にしても、仕事を自

らのアイデンティティとしてこれまで生きてきたのだ。それを失った自分など、うまく想像できなかった。

「ごめん。やめようか、この話」

「そうだね。考えるのやめよう」と頬をさすりながら啓子が返す。

「答えないしね」と祥子も頷く。

「だよね。ていうか、啓子、何さっきから顔気にしてんの？　特にシワ増えてないよ。ないとは言わないけど」

「違うわよ……この辺りに、あと残ってない？　線っていうか」

「線？　いや、ないけど」

「よかった……なんかさ、昼間ちょっと会社のソファで寝たわけね。そしたらさ、ここに線入っちゃってさ」

「あるある」と祥子が笑う。

「若い頃は、そんなのすぐに消えたのにさ……夕方になっても消えないんだよ」

「あぁ……消えないよね」

「消えないねぇ……」

三人は新たなため息をつく。話題を変えようと、千明が祥子に顔を向けた。

「てかさ、あんたその禁煙パイプ、何よ。やめるの？　煙草」

「私さ……車買ったんだ。へへ」

「なんでまた」

「ちょっとね、勧められてっていうか」

「あ、ディーラーがちょっと若くていい男だったんだ」

「ハハ……まぁね」

「それで禁煙か」と啓子はあきれ顔になる。

「頑張ってみようかと思うわけ」

「ホントの年、言った?」

千明の問いを無視し、祥子はみんなでドライブに行こうと誘う。

「言ってないね、これ」

「絶対言ってない」


日曜日。祥子の新車で東京から鎌倉までのドライブを楽しんだ一行は、目的のリゾートホテルへとやってきた。評判のエステで疲れた体をチューンナップして、明日への英気を養おうという心づもりだ。

ロビーのラウンジでくつろいでいると、啓子が前方の席を見て声を上げた。

「向坂緑子じゃない?」

「あ、本当だ。きれいだね」とシックなドレス姿で優雅にお茶を飲んでいる緑子に祥子も見とれる。

これは、もしかしてまずいところに居合わせたか……。

千明がそう思う間もなく、和平が現れ、緑子のほうへと向かう。

「あれ？　長倉兄」とすぐに啓子が気づいた。

「本当だ」

「しーっ……」

千明はふたりを黙らせると、和平と緑子の死角へと静かに移動する。


「今日は約束を果たしにきてくださったんですよね」

和平に余裕の笑みを浮かべると、緑子は言った。「お部屋に行きましょうか」

「いえ、違います。向坂先生」

緑子の表情がわずかにゆがむ。

「今日はお願いしていた世界遺産親善大使の件、取り下げに参りました。いろいろとご無理を申し上げ、申し訳ございませんでした」

深々と頭を下げる和平に、緑子は言った。

「そんなにイヤですか？　私と」

「いえ、そういうことではないんです」

「じゃあ、どうして?」

悩みに悩んだが、結局自分を変えることはできなかった。自分はずっとこうやって生きてきた。このまま愚直に生きるしかないのだ。

和平はすっきりとした表情で説明をはじめる。

「私、もう五十です。すぐに五十一になります。もうそんなに、女性とそういう関係になることはないと思うんです。だから、大事にしたいんです」

「……」

「いい年して何を言ってるんだと思われるかもしれませんが、いい年だからこそ大事に……本当に大切な人とのことに……とっておきたいんです」

聞き耳を立てながら、千明は心の中で「バージンか」と毒づく。しかし、裏腹に言いようのない感動にも襲われていた。

「そうしなければいけないと堅苦しく思ってるわけじゃないんです。ただ、自分がそうしたいんです」

「……そういう方がいらっしゃるんですね」

「……はい。います」と和平は微笑む。

「古臭いんですね」

そう言って、緑子は席を立った。和平はただ黙って頭を下げる。

「ひと言だけ言わせてください」

「はい」

緑子は和平ににっこりと笑って、

「意気地なし」

そう言うと、クルッときびすを返し、去っていく。

「……」

緑子の姿が消え、和平は大きく息を吐く。

これで、よかったんだ……。

ふと、視線を感じ、振り返った。今の自分の姿を最も見られたくない人物の姿がそこにあった。

「どうもぉ」

つくり笑顔の千明の横には、啓子と祥子まで。和平は目の前が真っ暗になる。

「私たち、先にエステ行ってくるわ」と祥子と啓子は気をきかせて退散。

ふたりきりになり、ようやく和平は言葉を発した。

「……どうして、いるんですか?」

「私たちのほうが、先にいましたよ」

「だったら」

「だったら？」

「……なんでもないです」

「大丈夫ですか？」

「大丈夫じゃないです。なんで私の人生は必ずこういう展開なんですか」と和平は脱力してイスにへたり込む。

「さぁ」と千明は隣に座った。

「……みっともないところを見られてしまいました」

「どこがみっともないんですか？」

「意気地なし……なんて、言われて」

「いいじゃないですか、意気地なし……素敵です」

「え？」

「素敵でした……私も、大切にしたいと思いました」

言いながら、千明の顔が熱を持ってくる。顔を上げると、自分を熱く見つめる和平の視線とぶつかった。

「……」

「……」

「……あの」

「……いいですよ」

心の中で同時に号砲が鳴り、まるで百メートル走のスプリンターのようにふたりは同時に席を立った。

化粧室でメイクを整え終わった千明がフロントに戻ると、さっきの勢いはどこへやら和平はがっくりと肩を落としている。千明に気づき、残念そうに首を振った。

「満室でした」

「マジで？」

「マジです」

しかし、火がついてしまった心と体はこのままでは収まりがつかない。そうだ！と千明はエステへと走る。戻ってきたときには祥子の車のキーを手に入れていた。

和平の運転で海沿いの道を走る。しばらく行くとラブホテルの看板が見えた。よっしゃ！　とすかさず和平はハンドルを切る。が、すぐに〝満室〟の赤いランプがふたりの目に飛び込んできた。

「……」

気を取り直し、さらに道を走る。べつにホテルはいくらでもあるのだ。

しかし……。

行くホテル行くホテル、そのすべてで〝満室〟のランプに出迎えられた。さすがにふたりは呆然としてしまう。

さらに最悪なことに、ホテルを探してうろうろしていたら、いつの間にか渋滞にハマってしまっていた。十分経っても車一台分も進まない。

気がつくときれいな夕焼けが湘南の海を赤く染めている。

「……」

ふたりは顔を見合わせ、同時に噴き出した。

「あれですかね、これは」と笑いながら和平が言う。

「なんですか？」

「まだ早いってことですかね」

「かもしれませんね」

「ですよね。とっときますか」

「そうですね。老後の楽しみにでも」

「老後じゃ楽しめないでしょう？」

「あ、そうか。ま、そちらのが早くね、あれになるわけですが」

「なんですか、あれって」

「あとどれくらい大丈夫なんすか？」

「ヤンキー口調で言うのやめてもらえますか、そういうことを」

「は？　なってませんよ、ヤンキー口調になんて」

「なってますよ。自覚なし？　この道がそうさせるんですかね。車に乗ると勝手にそうなるとか。ハコ乗りとかやめてくださいよ」

「なんすか、それ」

「ほら」

「わかりましたよ。あとどれくらい大丈夫でいらっしゃるんですか？」

「もうしばらくは大丈夫だと……思いますよ」

「そうですか……ヤバくなったら教えてくださいね」

「教えられますか、そんなこと」

「じゃあ、どうするんですか」

「その前に……お願いします」

「……こちらこそ、よろしくお願いします」

ふたたび沈黙が車内を包む。

それにしても、なんなんだこの関係は……。

最高におかしくて、最高にいとおしくて、そして、最高にファンキーだ。

同じことを思っていたのか、同時に目が合い、ふたりはまた噴き出した。

高まる気持ちを抑えきれず、千明はクラクションを思い切り鳴らす。

「ちょっと、やめないさいって」

焦る和平がおかしくて、千明は連打。進軍ラッパのような勇ましいクラクションの音が、渋滞の道に響きわたる。


長倉家の朝。真っ赤なレイとフラ用のスカートを身につけた典子が、真平にダンスを教えている。えりなも真似て踊ってみせる。テーブルでは万理子がスマホをにらみながら、何やら神に祈っている。朝からバタバタと騒がしい面々に、和平が顔をしかめたとき、「おはようございます！」と千明が入ってきた。

不安を押し隠すように明るく振る舞おうとする千明に、「大変なんだね、視聴率っていうのも」とえりなが声をかける。

「そうだよ。人生かかってるからね。悪かったら、終わりなんだから」

「面白かったですよ。ちょっと旅情が足りなかったですけどね」

「あぁ、そうですか」

あからさまに不機嫌な返事に、和平はムッとする。

「あの、ひとのウチに来て、イライラするのってどうなんですかね」

「いいじゃないですか。ひとりじゃ怖いんですよ」

「駄目だとは言ってませんけど」

「エロいシーンが少なかったよね」

「俺はさ、もっとグルメな感じがほしかったな」

外野のお気楽な意見に、「うるさいうるさい」と千明は吠える。

「そういえばさ」と真平が和平に水を向けた。「あの先生、世界遺産の親善大使、引き受けてくれたんだね」

「おう、まぁな」

「やったんだ？　結局」

「やってない。典子、そういう言い方やめろ」

「絶対、やったね」

そのとき、千明の携帯が鳴った。恐る恐る電話に出た千明の顔が、不安から喜びへと変わっていく。

「マジで！　うん、ありがとう」

Vサインの千明に、みんなが拍手。万理子は涙ぐんでいる。

千明が通話を切ると、すぐにまた携帯が鳴った。「アホ部長だ」と電話をとる。

「……ありがとうございます……は？　サスペンスをずっとですか？　ライフワー

クにしろって……わかりましたよ。やらせていただきます……ただ、脚本家の灰田先生は行方不明なんですよ。なんかどっかの若い姉ちゃんと南の島に行くって。お金がなくなったら帰ってくるって言ってました……ええ……でも、脚本家ならいい新人がひとりいるんですよ……ええ、間違いありません」

電話を切った千明は、万理子に微笑む。

「ということです。万理子ちゃん、よろしくね」

我に返った万理子は、顔をくしゃくしゃにしながら千明に誓う。

「命をかけてやらせていただきます！」

そんな万理子を、千明がギュッと抱きしめる。

ひとしきりみんなからの祝福が終わると、和平がポツリと言った。

「なんか、やり手のおばはんプロデューサーって感じですよね」

「はぁ？」

「いや、今日はやめときましょう」

「あ、そうですよね。今日はね、やめときましょうね」

そう言うと、千明はみんなに目配せする。すぐにみんなは準備に入る。

「では、突然ですが」

千明の合図で、みんなが和平にクラッカーを向けた。

「長倉和平さん、五十一歳、五十一歳、五十一歳おめでとうございます！」

「おめでとう！」

パン！　と和平に向かって一斉に紙吹雪が浴びせられた。

戸惑う和平の前に真平がケーキを運んでくる。無理やり刺した五十一本のロウソク全部に火がつけられ、ケーキはぼうぼうと燃えている。

「五十一、五十一、五十一年も、よく頑張りました」

「五十一、五十一って連呼することないでしょ。今日はあるなって、そりゃ思ってはいましたけど……なんで」

「ぐだぐだ言ってないで、早く消して！　火事になるよ」と典子が叫ぶ。

「わかってるよ。消すよ、消すけどさ、なんか扱いが雑じゃないか。しかも、朝の七時半ってなんなんだよ」

「申し訳ございません、夜はちょっと」

「は？」

「兄貴、早く消さないと！」

「わかったよ」

「夜は、私と『シーラス』に行っていただきます」

千明の言葉に、和平は「え？」っとなる。

「ほら、早く！」

「あ、はい」

ロウソクの火が消え、歓声が湧き上がる。典子と真平はフラダンスを踊りだし、えりなもそれに加わる。

みんな笑顔の輪のなかで、千明は和平をそっとうかがう。

というわけで、吉野千明、四十六歳。そして……。

長倉和平、五十一歳。

とりあえず、人生キープです。

Cast

吉野千明……………………… 小泉今日子

長倉和平……………………… 中井貴一

長倉真平……………………… 坂口憲二

長倉万理子 …………………… 内田有紀

大橋知美……………………… 佐津川愛美

AP三井さん ………………… 久保田磨希

田所 勉 ……………………… 松尾 諭

栗山ハルカ …………………… 益若つばさ

畑中みどり …………………… 吉田 羊

武田 誠 ……………………… 坂本 真

長倉えりな …………………… 白本彩奈

一条さん……………………… 織本順吉

大橋秀子……………………… 美保 純

水野祥子……………………… 渡辺真起子

荒木啓子……………………… 森口博子

水谷広行……………………… 浅野和之

水谷典子……………………… 飯島直子

〈最後から二番目の恋　2012 秋・ゲスト〉

向坂緑子……………………… 萬田久子

灰田マモル …………………… リリー・フランキー

〈 TV STAFF 〉

脚本：岡田惠和

音楽：平沢敦士

主題歌：浜崎あゆみ「how beautiful you are」(avex trax)

プロデュース：若松央樹　浅野澄美（FCC）

演出：宮本理江子　谷村政樹　並木道子

制作：フジテレビ　ドラマ制作センター

制作著作：㈱フジテレビジョン

〈 BOOK STAFF 〉

脚本：岡田惠和

ノベライズ：蒔田陽平

装丁・本文デザイン：竹下典子（扶桑社）

校正：小出美由規

DTP：明昌堂

新装版　最後から二番目の恋

発行日　2025年5月1日　初版第1刷発行

脚　　本　岡田惠和
ノベライズ　蒔田陽平

発 行 者　秋尾弘史
発 行 所　株式会社 扶桑社
〒105-8070　東京都港区海岸1-2-20 汐留ビルディング
電話　03-5843-8842(編集部)
03-5843-8143(メールセンター)
www.fusosha.co.jp

企画協力　株式会社フジテレビジョン
印刷・製本　中央精版印刷株式会社

Printed in Japan
ISBN 978-4-594-10062-9